褒曼走了，薄荷茶很甜

沈嘉禄——著

上海文化出版社

自序 生活还在继续

　　互联网时代，信息大爆炸，人手一机，一早醒来就知道昨夜全世界发生了什么。你跟世界的距离越来越近，仿佛只隔着一扇窗户。获取知识的渠道也全面开放，手指一滑，老师就来到你面前，问吧孩子。纸质媒体集体雪崩，发行量"飞流直下三千尺"，街头书报亭也不知所终，以前夹着一份早报去街边摊买早餐好像是很有派的事，现在恐怕要被人笑了。现在，地铁、公园、学校、剧场、影院、饭店、超市、医院……人越来越多，比人还多的是手机。

　　信息是无边无际的海洋，彩色的，炫幻的，尖锐的，圆润的，朦胧的，粗糙的，时而轻飏，时而狂躁，潮起潮落，不舍昼夜，你不去追逐浪花，世界就弃你而去。你获得的信息量越多，危机感也越强烈，时刻担心被这个快速运转的地球抛出轨道。

　　一个人被人围观很容易，被人忽略也很容易；一件事被人热议很容易，被人遗忘也很容易。扁平的世界，人与人交往便捷而频繁，但是一个人退缩在自己的小宇宙里又倍感孤独、软弱，从肉体到灵魂就像碎纸片一样在空中飞舞。

　　博客、微博、微信、公众号、今日头条、小群、大群……只要不违反游戏规则，谁都可以对某个人、某起事件、某个群体发表看法，拙于表达也没关系，白字连篇也没关系，要捧捧上天，要踩踩成泥，独孤求败去，墙倒众人推，鸡汤煲好了，能饮一杯否？七嘴八舌的热闹劲，很适合中国人的性格和习惯，这是史无前例的话语大释放！

　　不仅报纸杂志没人读了，图书也面临着自印刷术发明以来的最大危机。出版社的库存越积越多，书店几乎每季度会推出清仓大销售。有些人即使保持着阅读的习惯，但也从手机上去下载了。况且还有数不清的网站，艺术的、文学的、历史的、风尚的、神话的、情感的，跨界的并带一点色情的，都在疯狂"吸粉"。网站上的文章、图片也有十分精彩的，有些还配了音乐，这些优势可能是纸质图书不能望其项背的。

今天，我们还有理由去读一本纸质图书吗？

理由还是有的。碎片化时代的阅读，人们习惯于一目十行的视觉快跑，不求甚解，囫囵吞枣，真正能在脑子里留下来的信息并不多，所以我们肯定会回归到有质量的阅读，让时间沉淀下来，让情绪、感情、思想、记忆都慢慢沉淀下来。慢阅读、慢行走、慢欣赏、慢思考、慢生活，是对互联网状态的必要纠偏。

文明社会培养了成千上万的书迷，他们热情搜求，收藏宏富，痴迷于抚摸纸张的感觉，温暖、柔软、光滑、脆弱，对外部环境相当敏感，像人的另一张皮肤。书籍在燃烧时还会发出令人战栗的光亮和足以毁灭一切的能量——历经沧桑的读书人对此有深刻的记忆。我们这座城市还有许多读书会和咖啡馆，读书会不应该是纸质图书的悲情谢幕，喝咖啡时更需要一本图书为伴，最好是羊皮面子的精装本，烫金花体字，扉页上有原版藏书票，1864年的初版本，从壁炉里溢出来的火光向它表达长久的怀念。

正是有许多人还对阅读保持着敬畏和热爱，这几年里在政府的引导和支持下，与传统书店有着不同定位与诉求的实体书店在每个角落如雨后春笋地开起来了。空间虽然不大，但设计得相当温馨，有书，有咖啡，有茶点，有小型画展，有轻巧玲珑的文创产品，还有一个接一个的讲座。我在小、快、灵的实体书店里做过六七次讲座，与听众的距离很近，容易交流，气氛很好。这样的书店不仅为读者开辟了一个新的社交空间，也是大脑的充电桩、心灵的休息站。

我们不是一直在追求"诗和远方"吗？去远方。暮春者，春服既成，浴乎沂，风乎舞雩，相约去远方。这个远方也许在人烟稀少的大山深处、森林边缘、沙漠尽头，也许是在候鸟往返的海边，沙滩上有贝壳、小船、鱼的遗骸、被冲上岸的漂流瓶，穿过礁石缝隙的海水也穿过了你的脚趾缝，这个时候就应该关上手机，打开一本足够厚的书，身旁坐着你的心上人。

正是想到上述种种情景，我才有勇气将近两三年里写的文章连缀成这本书，内容包括市民社会生态、上海城市历史、艺术人生和旅途见闻等，献给互联网时代的人们，献给准备去寻找"诗和远方"的朋友。唯愿在你风雨兼程的人生旅途中，书中的一两句话能够引起你的共鸣。

生活还在继续，太阳照常升起，写作是我简单生活的日课，光怪陆离的现实世界和虚无缥缈的幻想是书写者的墨水瓶。请接受我最最真挚的感谢！

最后，邀请各位加入我的微信公众号"老有上海味道"，我们可以随时交流，分享各自的快乐思考。

沈嘉禄

2019年初春

目录

步行去大场

上海，一座照顾穷人的城市　　　　10

老北站：本次列车终点　　　　16

上海女人的自尊与情调　　　　21

上海女人是"茄人头"　　　　28

董竹君：从亭子间到花园别墅　　　　33

吴湄与梅龙镇　　　　43

小时候，我们放学回家　　　　46

步行去大场　　　　49

捏得牢，才是真正的红包　　　　54

看他一条道上走到黑　　　　58

小寒亭不怕"老面皮"　　　　61

静看一朵花的绽放　　　　　　　　　64

李白兄，一路保重！　　　　　　　　66

弄堂蒙太奇

从版图变化看上海人的身份焦虑　　　70

上海弄堂蒙太奇　　　　　　　　　　76

老街，城邑的二维码　　　　　　　　85

美女老外从乔家路走过　　　　　　　95

春雨初歇书隐楼　　　　　　　　　　98

藏宝楼淘宝忆往　　　　　　　　　　103

城隍庙的三巡会　　　　　　　　　　112

苏州河边说苏州　　　　　　　　　　118

我们也要有"我们的意大利"　　　　126

聊天机器人

是书店，更是大家的客厅　　　　　　130

读书的姿势　　　　　　　　　　　　133

画扇记　　　　　　　　　　　　　　136

戏墨画紫砂　　　　　　　　　　　　139

那对透明无邪的眸子　　　　　　　　141

我爱鸡冠花　　　　　　　　　　　　144

含羞草　　　　　　　　　　　　　　146

红烛有泪　　　　　　　　　　　　　148

聊天机器人 151

岁末的大理石小城 154

秋月一般美丽的荔枝啤酒 157

马德里惊魂

阿拉伯新娘 162

褒曼走了，薄荷茶很甜 165

迷宫一样的菲斯老城 168

舍夫沙万，蓝精灵的世界 171

马德里惊魂 173

被仰望和被消费的高迪 176

狂欢中的里约贫民窟 179

克鲁姆洛夫，我的前世今生 183

芬兰的猫和玫瑰 186

乘上慢车逛九州 190

春访崇德里

余东老街的红扁豆花 194

在"尉头国"邂逅"二师兄" 199

遥致冰川，端起那碗酥油茶 201

长城之最 —— 司马台 205

春访崇德里 207

三江汇流，成就元通 210

东海那边，有个古村儒雅洋　　　214

李庄，"下江人"留下的读书种子　　217

沙溪古镇的选择　　　225

頔塘河畔师俭堂　　　228

微旅行，说走就走的访问　　　234

趣味的意味　　　236

瓶隐庐识印

瓶隐庐识印　　　240

师母沈嘉华　　　244

碗底的婴戏图　　　248

陆康的"七彩人生"　　　250

吴颐人的格局与清气　　　252

重阳节与诸烨兄一起登高　　　255

花间微醺，访问石禅的故乡　　　259

"正常人"沈善增　　　262

爷叔画《繁花》　　　266

秋阳中的那棵白桦树　　　269

他用镜头挽救了苏州河的名声　　　271

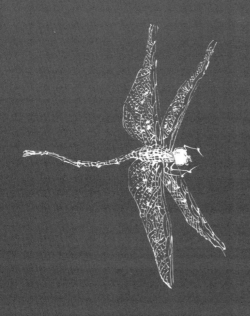

步 行 去 大 场

上海，一座照顾穷人的城市

上海贵在有大，也贵在有小

　　上海之所以伟大，不仅在于"大"：大工业、大银行、大港口、大机场、大商场、大马路、大影城、大剧院、大广场、大楼盘、大公园、大学城、大摩天轮、过江大桥……还有"小"：小弄堂、小洋房、小阁楼、小花园、小商品、小吃店、小书摊、小作坊、小菜场，等等。在历史上还有许多以小知足的场所，比如茶馆酒楼叫小乐天、小有天、小广寒、小绍兴、小金陵，老百姓自斟自饮叫小乐胃，打卫生麻将叫小来来……没错，也因此，外省人讥讽上海人为"小市民"。

　　小市民身上有许多小缺点，比如小聪明、小脑筋、小滑头，大智慧不足。行到水穷处，但看云起时，这些小缺点，上海人正在克服之中，很努力地在反思与提升。

　　但是有些被别人目为缺点的行止，其实也要具体分析，不能脱离历史背景，倘若放在当下，说不定就是优点呢。

　　北方人喜欢拿上海人开涮，比如说在计划经济时代居然发明了半两头的粮票，买一根油条、两根麻花就用半两粮票，一两粮票可以买一碗小馄饨或者四只生煎馒头啦，真是小鸡肚肠！是的，北方人真的豪放，油条买起来都是论捆的。但这样的油条都是冷的，软皮拉塌，会好吃吗？至今你去北京王府井，食品店里卖蛋糕仍然论斤计价的，你若要求买一块，肯定会领受营业员的白眼。他们不知道，上海人在最最尴尬的时候，仍然有信心、有能力把俭朴寒素的生活打理得井井有条，用最低的代价享受到最大限度的生活乐趣，这就叫精细化管理好不好？

一座伟大的城市，不仅能为有理想、有能力的人提供发展空间和机会，还能对弱势群体有适当的、及时的照顾。在计划经济时代是这样，在市场经济时代也应该是这样。

在我小时候，就深切地感知到这一点。今天我深爱着上海，以做一个上海人为荣，就因为这座城市告诉我：对穷人要有同情心。

上海的居民集聚区，每个街坊都会布设许多与民生有关的商业网点，烟纸店、老虎灶、煤球店、酱油店、米店、文具店、小吃店、裁缝店、小书摊……以及小修小补的各种摊点，另外还有串街走巷的叫卖者和修理匠。为了照顾群众，有不少商品是可以拆零供应的，比如香烟，飞马、大前门、光荣等牌子的都可以拆开来卖，花几分钱买四分之一包。上海出品的光明牌冰砖是闻名全国的，还有一种简装冰砖，每块一角九分，价廉物美，但店家还会将简砖一切二，半块起售，这样就惠及了许多穷人。甚至一分钱也能做生意，比如一分钱在烟杂店里可以买两枚绣花针，可以买一小捆橡皮筋，可以买一个信封或者两张信纸，可以买十张草纸，可以买两粒樟脑丸，可以买四粒红红绿绿的弹子糖——还有一种更加迷你的弹子糖，一分钱可以买三十一粒，三十粒是彩色的，一粒是表面涂上巧克力的。你知道小弹子糖是如何计数的吗？营业员手持一块打了三十一个小孔的模板，抓起一把弹子糖往板子上一抹，每个孔都填进一粒，计数瞬间完成，然后仔细包成一个三角包交到孩子手里。这样的小本生意，上海人做起来兢兢业业，一丝不苟，放现在，谁还有这个心相！

一分钱还可以在路边小书摊看两本小书，在街道文化站看一场幻灯片，在小菜场里呢，一分钱可以买几棵葱，或者一片姜。三分钱也可以买一棵咸菜，咸菜卤不要钱，拿只碗去要就行了。在酱油店里，一分钱可以买一勺辣伙，或者一勺米醋，乳腐也就三分钱一块，什锦酱菜用三分也可以买了。在居委会开办的食堂里，一分钱可以买一碗毛菜汤。在米店，标准粉轧的切面一角七分一市斤，二两切面起卖，四舍五入只收你三分钱。

上海城隍庙以前云集了许多小商品店，一分钱可以买一个软木瓶塞，也可以买一根线绳，或者一尺松紧带，一分钱可以在"纽扣大王"那里配到比较特殊的衬衫纽扣。在五金店里，一分钱可以买一包小钉子，或者两枚螺丝钉、一圈20号铅丝。在文具店里，有零拷的蓝墨水、红墨水，四分钱装满一小瓶，用上小半年。一分钱可以买一叠草稿纸，或者一包铅笔芯，三分钱可以买一支铅笔，橡皮两分钱一块。在布店里，经常有质地相当不错的零头布吸引精打细算的家庭主妇，一寸纺织品专用券可以买一只"节约领"。林林总总的小生意做得风生水起，营业员从不给顾客看脸色，柔声细语，和颜悦色，有一种暖老温贫的力量。

物资短缺时期的一抹暖意

从上世纪70年代到80年代这漫长的岁月里，中国处于经济短缺时期，木材不够供应，从国外采购木材又无外汇，所以家具供应非常紧张，家具店里通常是只有样品，没有商品。上海人在结婚时讲究"三十六条腿"，男方要是缺一条腿，新娘子的腿也不会跨进男家门槛。但上海人素来聪明，房子局促，就螺蛳壳里做道场，变戏法似的搭出二层阁三层阁，布置成一间蛮像样的新房；家具买不到，就自己动手，丰衣足食。于是，整个上海滩打响了一场做家具的"人民战争"，从沙发到大衣柜，都可以自己做！

木材短缺怎么办？有关方面真是贴心贴肺，在每个区都设有一处废旧木料供应点，这些废旧木料大都是建筑工地收集来的水泥壳子板。每家每户凭户口簿可去购买，我就用自己家的，再加上亲戚家的户口簿买过几次废旧木料，才几分钱一斤，拼拼凑凑做成了好几件家具，其中一副床架子和一张方桌用了三十多年都岿然不动呢！

虹江路、蓬莱路、浙江路、"淮国旧"以及中央商场，都有废旧生产资料和半导体零件供应，聪明能干的上海男人在那里淘来零件，变魔术一般鼓捣出了煤油炉、收音机、喇叭箱、电唱机、自行车、电风扇、节能台灯等，每逢周日，上述几处地方简直人山人海！

那时候外地人来上海出差探亲，采购价廉物美的上海货就是一项额外的使命。不久他又会发现，在每个居民集聚区都会有一两个修理店，那里的师傅几乎身怀绝技，可以将破旧的外套、汗衫、鞋子、雨伞、搪瓷脸盆、钢精锅子修补得天衣无缝，还可以用上很多年！上海人对"新三年、旧三年，缝缝补补又三年"这句话最相信。

上海让一个即使经济能力较弱的人，也有机会分享生活的滋味与乐趣，享有做人的尊严。柴米油盐面前，人人平等！

走街串巷的小贩，为我们送来了及时雨，买了他的甜酒酿和赤豆棒冰，请他磨了剪刀，修了棕绷，配了钥匙，付钱时还会递上一杯水。灾区来讨饭的外乡人，弄堂里的居民也从来不会轰他们走，盛一碗冷饭，翻几件旧衣，再打听一下农村的灾情。

彼此心照不宣，风云变幻，时世维难，每个人都不容易！

王承志写了一部长篇小说《同和里》，里面就有许多草根阶层的穷人，在上海弄堂里讨生活，理发的、修鞋的、卖甜酒酿的，涸辙之鲋，相濡以沫。王承志在字里行间充满了对劳动人民的同情和怜悯，是对上海市民阶层的礼赞。从这点意义上考量，这部小说不比《繁花》逊色。我们上海人都有这样的情怀。

以前国有企业的工会都有职工互助金，每个会员存入十元钱，有急需时可向工会申请借款，三五十元没有问题，然后按月从工资里扣除，这项举措不知化解了多少人的"急难愁盼"。我工作后加入工会，就很自觉地存入了互助金，因为我从小就得知父亲经常从工会那里借钱以解燃眉之急。

家庭经济困难再大，也可以得到单位的一次性补助。上世纪六七十年代，家有三四个知青在外地务农的，从工会那里得到的帮助很大。

因为有了对贫困者的这份暖意，加上机会均等，信奉诚实劳动，欣赏智力博弈，上海成为中国最有吸引力的创业之城，开埠以后形成的三次移民大潮已经证明了这一点。许多名声赫赫的实业家，在他们踏上这座城市之初，就是身无分文的贫困者，从做小生意起步，经过十几年、几十年的打拼，终于咸鱼翻身，飞龙在天。

上海人一般不会居高临下地去侮辱一个饥寒交迫的人，只有那些游手好闲、坐吃山空、卖儿典妻、信用为负，最终连立锥之地都没有的人，才被大家叫做"瘪三"。

今天，因为通货膨胀的原因，更因为收入普遍提升的原因，用一分钱来说事意义不大。但是在中国商业化程度最高的城市，一分钱能获得如此丰富的商品，这样的案例应该提炼出一种精神，那就是照顾穷人的精神！

照顾穷人的三个渠道

有国际视野的人一定会赞成我的以下观点：一座伟大的城市应该这样——让有钱人放心地将资本与其他生产要素投到这里，通过合法经营不断发展壮大；让没钱的人肯出力，出大力，出巧力，辛勤劳动终究能收获可以预期的回报，最终成为业界翘楚也不是梦幻泡影。特别是一些出身贫寒的杰出人士，在成功之后格外懂得回馈社会，建学校、修路桥、办医院、投身慈善事业和文化事业，让更多的贫困者有机会学习、工作、成家立业，融入国际大都会，为社会做出更大贡献。叶澄衷就是这样的代表性人物。

今天，上海还是这样伟大吗？

改革开放后，上海迎来了一波规模空前的移民大潮，今天上海的外来务工人员和漂在上海的外乡人超过历史上任何一个时期，他们也想为上海的发展与繁荣做出一份贡献，并安顿自己的肉身与灵魂。十年前，不少外来民工子弟得以有机会分享上海公共资源，当然也对城市管理造成了巨大压力。现在上海开始了一轮大规模的拆违，似乎是一场纠错。我坚决支持拆违，但也要看到不少小本经营者破墙开店以图安身立命的梦想一下子被击得粉碎。有些外来人员或者证照不全，或许存在这样那样的问题，在滔天白浪面前，这些无根之人几无招架之力。回到故乡有可能吗？继续留在上海有可能吗？我觉得政府应该有通盘考虑，在拆违之后完善商业网点，方便群众生活，让城市管理与人口控制得到较好的平衡。

一座伟大城市对穷人的照顾是必须的，如果做不到这一点，就是可耻的。

照顾穷人是一个持久的工程，只有起点，没有终点，所以应该通过三种渠道。

一是行政手段。比如对旧区危房简屋的改造，在老式里弄房子里面加装一个独立卫生间、一个共用厨房，在没有电梯的旧式公寓楼里通过政府补贴安装电梯等。这样的措施是功德无量的，体现了社会主义制度的优越性，但也必须走好法律程序，招投标、预决算等都必须合乎法规，而且账目公开，接受公众的监督。因为政府的钱就是纳税人的钱，通过公开招标和账务可以杜绝腐败，可以增加纳税人的责任感和荣誉感。

第二条是公序良俗。除了社区居民在特殊情况下施以援手，主要还是通过民间社团来实现帮困。上海曾经有两百多个同乡会性质的公馆会所，对本乡来沪人员的工作生活进行切实的帮助，历史证明是行之有效的，对政府管理也是有力的补益。那么现在也应该发挥这种社会组织的作用，同时还要激发企业家来帮助穷人。

　　第三是市场行为。比如在政府的指导与优惠条件下，有些商店就对弱势群体着意照顾。我家附近就有一家伍缘超市，商品很便宜，实际上就是仿效发达国家的"穷人超市"。在新天地、陆家嘴、外滩滨江等所谓的富人区，你就开城市超市和盒马鲜生吧。另外，在相对不够繁华的老旧城区，能否允许一些沿街面小吃摊、小商店、露天小菜场的存在呢？如果担心市容市貌，加强管理就行了。不管三七二十一地封堵人家已经开了多年的店面，对老百姓的生活没有好处，对穷人的生存没有好处，对社会稳定更没有好处。

　　让上海继续伟大吧，照顾穷人，或许就成了一场自我救赎！

老北站：本次列车终点

　　王安忆在她的早期小说《本次列车终点》中写到归心似箭的知青陈信在返城途中，听到车厢内响起列车广播员的报告："前方到站，是本次列车终点站——上海……"于是，车厢内再次喧腾起来，有人瞌睡醒了，有人脱了鞋子踏上座位取行李，出差到上海的一群新疆人则准备出站后先洗个澡，再去吃顿西餐……

　　吃西餐是外地客人来上海的一个浪漫节目，上海知青其实也有这个念想，但近乡情更怯的他们，彼时有着太多的麻烦事情要应付——这里，不妨将镜头拉回至上世纪70年代，某一年的春节前，每列途经上海或以上海为终点的列车——都是现如今难得一见的绿皮火车——早已被挤得水泄不通。后来作家们喜欢用"沙丁鱼罐头"来形容狭小空间内的拥塞情景，但这个形容词尚不能表达知青们的真切感受，因为除了前胸贴后背的挤压和推搡，还有那些没有座位的乘客，要么只能像猴子那样佝偻在两节车厢的连接处、蹲在厕所旁，或者像一只可怜的寄居蟹一样缩在椅子下面过夜，或者攀上狭长的行李架将身子附着得像一条花腹蟒蛇，还有，窄窄的椅子靠背上也常常站立两三个人，因为上面的空间有限，而且列车在行进途中晃动厉害，他们必须蜷缩着身子并牢牢抓住行李架的边缘才不至于被甩下来。而且，我要说到与沙丁鱼罐头的不同之处，罐头食品尚有标准化的香味，而身处如此密集嘈杂的车厢内，在被蒸汽机车头一路喘气地拉了两三天后，空气就会变得污浊不堪，大蒜味、饭菜味、烧酒味、香烟味、臭脚丫子味、焦糊味、厕所外泄的无孔不入的尿粪味……还要加上壮硕的、柔软的肉体们好几天没清洗的那股"肉膈气"，融合混杂在一起然后随着列车的颠动不时涌动，简直令人呕吐和窒息。再加之各种略带夸张的方言和暴力倾向明显的咒骂与恫吓，以知青为主体的旅客情绪随时都会被引爆。

此时，终点就意味着解放，意味着苦难历程的终结，谁还有兴致去怀念红房子的法式洋葱汤呢？

在那个风雷激荡的年代，上海知青们当然记得从黑龙江三棵树驶来的54次列车，这趟车与55次对开，被称作"强盗车"或"垃圾车"，前者形容混乱，后者形容肮脏。我五哥是黑龙江知青，每次回沪我都要去车站接他。那个时候，去上海火车站（俗称北站）接客送客应该算门技术活。首先要掐准时间，但那时列车晚点是常态，对于一辆严重超员的列车来说，能安全驶到终点，晚点实在算不了什么。然后需要获得一张站台票，这需要手持知青发回来的电报，才能到指定窗口购买。没有电报的人只能凭自己的眼光瞅准哪位旅客此时准备进站，而他身边又没有送客的人，那么上前打个招呼，借用他的车票去买一张送客票，也能混进去。当时的人们都比较善良，一般情况下都能帮你。

在西北风呼呼吹的站台上焦灼地等了一个小时又一个小时，终于来了，从远方射来一束光柱，寒冷而刺眼的车前灯似乎要将接客的人们射穿，然后在我眼前一晃而过，将整个站台照得雪亮。没等列车停稳，被水蒸气淹没的站台上已经大呼小叫起来，看到站台上亲友的知青们开始从窗口向下面扔行李袋，鼓鼓囊囊的，横七竖八地捆着彩色的绳子，装满了东北的土特产：黄豆、玉米、番薯干、黑木耳、榛蘑、绵白糖等等。

有一次我登上车厢接五哥，就差点被那股浓烈刺鼻的气味熏倒。知青们的脸上写着灰黄的疲倦，布满血丝的眼睛里却闪烁着兴奋，但肯定不是期待牛排和罗宋汤，而是别的。等知青们下得差不多了，我才能看清车厢内的情景，满地的垃圾，干的湿的一堆堆，像一场残酷巷战后的街区。

五哥先是与同场知青在北安县通过货运卡车或拖拉机甚至马车来到三棵树，在车站等了足足两天还没有买到火车票，最后与同伴一起扒窗翻上列车，在车上补票，当然没有座位，一直要站到济南才坐到位子。有的知青脑子活络，天生是跑江湖的料，干脆一路逃票到上海。有一次五哥也壮着胆子逃票，结果车到沈阳遇到查票，同行的知青都躲过去了，他看到列车员逼近就慌了神色，结果被逮住，在沈阳的下一个小站被赶下去。在车站，孤苦伶仃的他用身上最后一点钱发了份电报到家里，父亲马上汇钱过去，三天后他才补了票回上海。

知青们一路风尘终于回到了既熟悉又陌生的城市，他们有的披军大衣，有的像老农民一样穿着蓝布老棉袄，腰间再扎一根绳子。女知青比较注意形象，除了宽大的翻毛领军大装，还穿红红绿绿的中式棉袄，臃肿而鲜亮。他们浩浩荡荡出了车站大门，拖着笨重的行李，扭歪了脸庞，汗珠从额头滚落，在昏暗的广场灯照射下，构成了奇特的景观。然后，他们在接客亲友的引导下，在广场里叫一辆"乌龟壳"，那是一种包了铁皮外壳的三轮摩托车，一路上"噗噗"作响，花五角钱就可以送你到家。

那就是上世纪70年代春节前，在上海北站天天可以看到的场景，是那个时候的"春运"。因为铁路、公路、水路等交通网络有限，车皮船只有限，运能严重不足，加上当时政策只允许知青每隔四年或两年回家探亲一次，所以每个知青的探亲之路异常艰难，是今天的春运不可同日而语的，知青们在回家途中饱尝的苦涩，远远超过今天的农民工。

春节过去了，元宵节也过去了，知青们一拖再拖，终于到了该回去的时候。男人嘛，还要理个发，去澡堂搓一把，女知青则相约老同学去逛逛南京路、外滩，在"王开"或"蝶来"拍张合影。

送知青回农场的情景也是同样壮观的，父母、兄弟姐妹，大包小包，肩扛手提，簇拥着焕然一新的知青进了站，55次列车十几节车厢已经在站台上停妥，加足了水，装满了煤。人们在站台上集合，以家庭为单位围作一团，衣襟拉拉直，领口翻翻平，道别时说的都是家常话，陈谷子烂芝麻，但词语殷殷，强作欢颜，一堆一堆，都是相似的表情与姿势。高音喇叭一阵阵催促乘客上车，知青们极不情愿地上了车，找到座位，从车窗扑出小半个身子，继续与亲人翻来覆去重复这几句真情告白。

突然车厢一阵颠抖，是车头与车厢咬上了钩，站台上下顿时一片哭喊声，那股声浪简直要将站台上的天棚掀翻！像我这种不大懂事的孩子也难免眼眶潮热。两年一次、四年一次的探亲，多么遥远！在这漫长的日子里，又会发生多少不可预测的变故！

黑龙江知青回去了，他们回程的行囊里有什么？卫生衫、衬衫、羊毛衫、假领头和特别经得起磨的劳动布工装——那可是父亲省下来的劳防用品，还有刚刚流行开来的装拉链的春秋衫，两面可穿！各种吃食有腊肉、猪油、肉松、咸鱼、香肠等，还有美加净牙膏、打火机、护创胶、香烟。

但并不是每个知青都有这样的福分。这里我只举一个例子，我的朋友孙建成兄在早年的一篇小说里设置了这样一个细节：有一女知青家境贫困，回沪探亲时带了一袋她自己晒制的番薯干，春节后她返回黑龙江农场时，她的继母让她带走的是一袋油炸薯片。继母能给她的，只能是平时一点一滴省下来的菜油！

还有一个细节出现在金宇澄的散文集《洗牌年代》里，一个女知青带着大包小包回农场，下了船要走很长一段路才能出码头，她实在走不动了，就将一个包扔在半路上，白花花的年糕片撒了一地。

但是黑龙江知青的探亲之旅，与新疆知青相比，又算幸运的！

首先，新疆知青每逢四年才获得一次探亲假，新疆的路途更加遥远，生活条件更加艰难，而假期控制更严，这显然不合理。但新疆知青年龄要大几岁，读的书多，人也老实得多。我二哥是新疆知青，在阿克苏，农一师九团的前身是赫赫有名的三五九旅一部，革命传统一路传承。每次探亲，真像是一次冒险。先是从农场出来，搭拖拉机或马车，一路颠簸到阿克苏，再伺机搭上货运卡车到乌鲁木齐。搭卡车是需要施展小计谋的，男知青要与女知青"狼狈为奸"方能成功，男知青先躲藏在公路旁边的旱沟下面，女知青在路边拦车，卡车司机看到女知青扬招，又是一个人，比较容易怜香惜玉，就一个刹车停下让她上车，但车门一开，男知青如土拨鼠一般先从沟里窜出来，上车贴紧司机，递上两包香烟，外加好话一串。司机自知上当，骂个一两句，凛然地抬抬下巴。副驾驶照例可坐两人，男知青得识相，坐最外侧，他与司机之间的位置留给女知青，这也是规矩。

从乌鲁木齐驶往上海的列车虽然不像"强盗车"或"垃圾车"，但也要开足三天四夜，也要躺在座位底下，也要站在椅背上，也要躲在厕所里，也要为一缸开水起口角甚至动粗，在拥挤和污浊程度上与东北来的那趟专列堪有一拼。我每次去北站接二哥，发现车厢内的秩序明显要好一些，但知青们脸上的表情则更加倦怠，更加无奈，更加宿命，当然你也可以理解为更加镇定，更加从容。

新疆物产丰富，还是"十类地区"，农场职工的工资要比黑龙江知青高一些，但那个时候新疆知青能带回来的土特产并不多，也就是一些哈密瓜干、杏干、葡萄干，但他们回去时带走的东西却不少，比如固体酱油、熟猪油、牛肉干、肉松、白糖、糖果、护肤用品、衣服、皮鞋等，新疆生产建设兵团的副食品供应比较差而劳动强度更高。

来一次上海太不容易了，大上海在新疆又享有特别崇高的地位，上海知青回去时携带的物品中，大半是战友托带的。像我二哥每回来一次，差不多就要花光家里积攒下来的布票和纺织品专用券，茄克衫、涤卡中山装、的确良衬衫之类的时髦货，都是采购单上的"大宗"！

送别的情景也是相似的，但是新疆知青毕竟钻过地窝子，啃过窝窝头，在戈壁滩上滚过，车头与车厢咬住的那一刻，亲属们哭声震天，要死要活，知青们却噙着眼泪，咬破嘴唇，不肯出声。四年啊，他们知道这一切都是命中注定的，哭是没用的。

那个时候，我每年要去北站迎来送往，除了自家二哥五哥，还有多位表哥表姐，他们像豆子一般被撒在了西安、长春、重庆等地，所以这样的场面我见惯了。但每次去，我都会感到更深一层的疲累和伤感。不过转念一想，正是几位兄长去了外地，我毕业后才能按照政策留在上海，我出点小力又算什么呢。

上海女人的自尊与情调

　　《新民晚报》晒出一张民国时期的老照片，照片主人是一位名叫李伟华的女士，她那优雅、端庄的身姿与阳光灿烂的笑容引发了狂热点赞，并勾起人们对过往岁月的怀念与想象，甚至将她称为"海上女神"。成千上万的读者还将自己家里的老照片晒出来，母亲、祖母、外婆、阿姨、姨妈、姐姐……代表东方审美情调的上海女性，再次成为大众记忆和想象的切入点，从不那么遥远的过去穿越至当下，成为公共话题。

　　上海女性的美在哪里？其实对一直生活、工作在上海的"土著"而言，这不算什么问题。李伟华的美当然在她身上：无微不至的母爱，坚定不移的家庭观念，素面朝天而不可近亵的丰美仪容，勤勉节俭的持家作风，隐忍含蓄的性格脾气，大方得体的社交姿态，爱岗敬业的职业形象。其实，这些优点也或多或少地出现在成千上万个上海女人身上，比如在妈妈身上，在姐姐身上，在老婆大人身上，嘿嘿，还在邻家小妹身上。

　　上海的每条干净整洁的弄堂里、每一条流光溢彩的马路上，都可以看到李伟华的优雅背影，听得到她们吴侬软语地说着家长里短。

　　在故纸堆里偶然曝光的那些老照片只是李伟华生命历程中的几个瞬间，更多故事深藏在她家人的记忆中，而照片背后的大历史与城市生态，则是我们熟悉并时时浮现于日常话语的。今天我们所讲的海派文化，或者城市性格，或者魔都的迷人之处，就因为有成千上万个李伟华以及代代相承的张伟华、刘伟华，才变得如此的活色生香，丰富多彩。

　　有一次，龙应台来大陆参加一个笔会，某天的午茶时间，一个来自西北地区的作家在那里唾沫横飞地大放厥词："女人就是要每天一顿打，女人不打就不服管，就会红杏出墙。"说到得意处他朝在座的几位上海作家那里瞟了一眼："上海的男人疼老婆、宠老婆，不懂得调教女人，所以上海的女人就爬到男人头上了，红杏出墙也是家常便饭……"

龙应台将茶杯一顿拂袖而去，两位上海作家看到情况不妙，赶紧护送她出门。到台阶上稍作喘息，龙应台忍不住爆出一句："这个狂妄自大的大男人主义的猪！"

照她一贯的脾气，早就想抽那头猪一巴掌了。碍于场面，她最终还是克制住了自己的情绪。

被上海男人宠着哄着的上海女人是怎样成长为女神的？

上海女人知道：我从哪里来

"上海人"是一个集合概念，从来就不是铁板一块，但你吃过五仁月饼吗？皮薄馅足，实实在在，五花八门，热热闹闹，海纳百川，好吃是王道。

"我们来自五湖四海，为了一个共同的革命目标，走到一起来了。"上世纪70年代初，中学毕业的小学徒被分配到工厂后，领导照例要给革命接班人办一个学习班，开门见山第一个程序是重温毛主席的谆谆教导。再说彼时的结婚证书上，也这么赫然醒目地印着这条语录。"我们来自五湖四海"，差不多成了攻无不克的魔咒，出门办事，请求援助，对方不免有所戒备，但只要这么一说，"大前门"再这么一递，对方就对你客客气气。"五湖四海"，是上海的命门。

上海从农业文明主导的县城转身为引领工业文明、商业文明的城市，走过了风狂雨骤的一百多年。在这之前，上海虽称"南吴壮县"，但长期处在松江府的管辖之下。一直到上海开埠之后，外国资本的进入、大量移民的涌入、西方文化和近代工业技术的叠加与冲撞，以及交通南北的优越地理条件，还有以资本主义世界为轴心的形格势禁，造就了魔都。

在城市化的进程中，本土文化不可避免地受到外来文化的猛烈冲击，本土的上海人也不可避免地被改造成近代城市意义上的城市人，大量移民也在此过程中逐渐成为主流群体。到上世纪40年代，外来移民占到上海总人口的百分之八十。资料表明，为上海近代化做出最大贡献的群体并不是上海的土著，而是广东人和浙江人，尤其是广东人中的中山人——南京路上的"四大公司"都是他们创建的，还有浙江人中的宁波人，创下了近代中国的许多"第一"，比如第一家银行、第一家证券交易所、第一家五金店、第一家南货店、第一家绸布店、第一家火柴厂、第一家染织厂、第一家化学制品厂、第一家印刷厂、第一家国药店、第一家灯泡厂、第一家钟表店……

上海的移民，造就了这座城市显明的移民文化，它是今天上海文化的特质，表现为丰富性、多元性，杂糅、交融、并存。那么作为上海女人，最明显的一点就是她们是故乡方言的传播者与守卫者。风云际会，时代更替，移民横下心来闯荡大上海，要在十里洋场站稳脚跟，必须先寻找同乡会，然后学习上海话，方能进入上海市民社会。若想在洋行做个高等华人，西装革履，那么再要学会"英格利西"。女人一般不大有机会在外面抛头露面，她的职责是相夫教子，柴米油盐一把抓，她在街坊弄堂与人打交道就说自己家乡话。为什么？她要寻找自己的朋友圈。

方言告诉对方：我是谁？

上海早期的移民，大多来自广东、浙江、安徽、福建，广东移民集中在虹口一带，浙江人进入法租界和公共租界，安徽人和福建人一般集中在老城厢周边。甲午战争和辛亥革命后，外国资本更大规模地进入上海，民族资本也开始崛起，两股力量竞争绞杀，在上海开了许多工厂，特别是纱厂、缫丝厂、织布厂、印染厂，典型的劳动密集型企业，吸引了大量苏北地区农村少女。"小珍子"们来到陌生的大都市，只能在租界之外的荒郊野地、臭水浜边找点木板和油毛毡搭建简易棚屋，条件好点的几人合租住一间平房。"物以类聚，人以群分"，移民以方言为地理标志抱团取暖，方能落地生根。

弄堂里的学问也是很大的，顶费与租金等于设置进入门槛，基本决定了弄堂居民是怎样的收入水平、怎样的文化程度。上海女人就是在这样的环境中了解上海，融入上海，接受上海的规则。同时她也在寻找与模仿中，被社区所接纳，在出身相近的左邻右舍中获得共同语言和归属感、安全感。所以，在学会上海话——这个更大层面的交际语言后，女人们在小范围内与同乡移民交流时就格外强调家乡话。这些家乡话还可能是一种值得显耀的身份，比如宁波话、苏州话、广东话、绍兴话等，因为这些地区的方言多少代表着财富和地位，至少在上海是主流方言群。

更进一步地分析，方言背后的文化意味也是相当强烈的，比如宁波话代表着更加严格繁复的礼教风俗，苏州话代表着更加深厚的文化底蕴，广东话隐含着发达的商业文明、得风气之先的时尚敏感度，绍兴话则代表着出谋划策的师爷文化。是的，苏北话也是上海重要的一种方言，它不仅在本乡本土的覆盖面较广，在上海的通行地区也相当广阔，还有着不可忽视的历史地位，在风云激荡的大革命时代，它似乎天然地代表着革命性和鼓动力，庶几成为一种具有鲜明阶级属性的方言，在工人阶级领导一切的历史阶段中表现得尤其突出。

在核心城区，山东方言、安徽方言等"小语种"的流通范围不大，但上海人对这些方言的态度还是友好的。还有本地话，它呈现无孔不入的态势。但这里所指的本地人也是移民的支流，他们来自川沙、南汇、宝山、崇明等郊区，数量上居然还比不上绍兴人。他们有可爱的地方，嗓门粗，音量大，直来直去的行事风格与城里原住民大相径庭，他们水银泻地、雪泥鸿爪地与外省移民打成一片。

方言很重要吗？当然，方言就是密码，就是暗号，就是二维码，也好比动物的触须——在此重申，不必与地域歧视扯上关系。

方言不仅帮助上海女人找到同类，还能使她们在找恋爱对象时，更可靠地找到值得托付终身的伴侣。方言告诉人家"我从哪里来"，代表着生活习惯与集体性格，日常生活中表现出来的饮食、衣着、礼仪、风俗、处世方式、思维方式等，都与方言以及方言代表的地域文化有关。

语言是社交密码和思维工具，语言是文化，语言也是政治，在上海成为有影响力的国际大都市的时代要求和历史趋势中，我无意用语言问题来撕裂市民社会，而是想强调：在普通话和英语成为重要交际工具的前提下，我们必须更加认真地关切包括上海话在内的多种方言的生存空间和必要性。

不知各位是否观察到这个现象：上海女性是上海方言最坚定、最务实的捍卫者，上海现在有许多方言类APP或视频节目，都由上海女性主持并朗读。

与某些省份的方言相比，上海方言并不具有天然的成势，它甚至不能说是一种便于交际的工具，但是上海女性在字正腔圆、清浊分明的朗读中，坚持着一种声音美学，坚持着自己的身份，以及对这座城市的记忆与爱。上海方言与沪剧、滑稽戏、月份牌、旗袍、高跟皮鞋、石库门房子、花园洋房、郊外别墅、人像摄影、本帮菜、风味小吃、流行歌曲、电影海报、外滩、苏州河等一起，构成了海派文化的底色。

上海女人："那一低头的温柔"

今天，"发飙"被许多年轻人解读为有个性、自尊心强。一位曾经做过居委会主任的上海女人跟我说："靠发飙来体现自尊心，一不小心就会闹出笑话。上海人从来低调含蓄，低调就是不张扬。我们小区里有个老太太，一头白发，穿着朴素，见任何人都客客气气打招呼，还义务帮大学生补习德语，等她去世后我们才知道老太太不是一般人，中科院院士，化工专家！她的自尊是靠彬彬有礼赢来的，是靠她的朴素低调赢来的。咋咋呼呼也不是上海女人认可的做派，即使对你有意见，甚至看不起你，也不会写在面孔上，表面上还跟你客客气气，甚至撸你顺毛，给你吃糖精片，但是绝不会跟你深交。你看上海弄堂里的小姐妹，不开心也有的，但眼睛一眨又粘在一道了，这才是知根知底的挚友。"

数十年来，甚至再往前数十年，上海女人一直是茶余饭后的谐趣话题，从贩夫走卒到文化闲汉，都津津有味地咀嚼再三。上海女人风骚性感、风姿绰约、风情万种，似乎是不易之论。但骨子里，外省人对上海女人不得不刮目相视。特别是半个多世纪来的白云苍狗，上海女人处乱不惊的从容、海宴河清的优雅，尤其是作为社会名流、文化巨匠背后的"贤内助"，集睿智胆识与柔情风韵于一身，差不多就成了东方女神的完美诠释——比如巴金的妻子萧珊、傅雷的妻子朱梅馥、刘海粟的妻子夏伊乔、曹天钦的妻子谢希德……

情调与自尊的内在逻辑

我从小生活在一条建于1922年的石库门弄堂里，在我读小学一年级时，有三个女人给我留下深刻印象。一个是倒马桶的阿姨，每天天不亮就推着笨拙的粪车进弄堂，高喊一声："居民朋友们，马桶拎出来啊……"新的一天就这样开始了。她与一般的环卫工人就是不一样，年纪不过三十出头，长得小巧玲珑，楚楚动人，应该算得上绝色美女，而且总是穿戴整齐，对居民们客客气气。有人说她是某大资本家第三个老婆所生，1949年她父亲带着大老婆逃到香港，她与自己的亲娘就被抛弃了。

"现在落魄到这种地步，真是造化弄人！"弄堂里的老克勒有点怜香惜玉，但这位阿姨相当淡定。我曾经多次看到她下班后，换上一身熨烫得很挺括的衣服，或浅绿，或粉红，从我家弄堂口走过。夏天她还会撑一把杭州纸伞，上面画了西湖风景。当时我想不明白，一朵鲜花已经插在粪堆上了，再这样打扮还有什么意义？是否像报纸上所说的她还在"追求资产阶级生活方式"？

还有一个女人年龄要大几岁，稍微发福，在路边木头搭建的小亭子里卖酱菜，有时很孤独地捧着一本小说在看。我曾经在与伙伴玩耍时打碎她的柜台玻璃，也向她借过《晋阳秋》。有一次看到她偷偷地抹口红，她也看到了我，脸上顿时飞起一抹少女般的红晕。这个时候，抹口红是很容易招来口舌的事情啊！

还有一个老太太，在菜场旁的路口摆一只葱姜摊，箩筐倒扣，上面搁一块洗得雪白的木板，葱姜经过清洗筛选，分堆摆放，她本人一身灰色的大襟布衫，洗得干干净净。等待客人光顾的间隙，她从箩筐里拿出一副黑底直贡呢鞋面，一针上一针下地绣起花来。我每次去买葱姜都会注意到她在衣襟上仔仔细细地别着一朵栀子花，那股幽幽清香，就是上海的气息！

我曾经跟妈妈谈到这三个女人，妈妈说："一个女人，如果你没有看不起自己，那么别人永远也不敢看不起你。"这句有点拗口的话，成为我日后认识上海女人的指南。

上海女人有资格"作"

有人说，上海女人喜欢"作"。这倒不假。"作"的涵义相当丰富，有点撒娇的意思，也有点故意蛮不讲理的意思，但更多情况下是据理力争，要争取话语权和独立地位，也有点提醒男人要继续欣赏她、关心她，一如既往将她视作掌中明珠的用意。这是太太的权利，争一下是理所当然的。而且上海女人的"作"是注意分寸的，火候掌握得相当到位。女人不"作"，男人不爱！

上海女人跟自己男人吵架也是蛮凶的，但吵得越凶，好得越快。上海女人跟男人再意见不合，在公开场合还是给足男人面子的，淡妆浓抹，珠光宝气，十指紧扣，步调一致，闲话里句句帮衬，一般人根本看不出来他们昨夜落英缤纷，一地鸡毛。

"香烟不碰，老酒少吃，远离毒品远离小三，听老婆闲话，跟共产党走"，这是上海男人的铁律。在日新月异的城市风尚中，在鸡毛蒜皮的弄堂生活中，上海女人练就了一套以柔克刚的"内家拳"，这一点也是让外省女人羡慕嫉妒恨的。

是的，三十年前，数以万计的上海女人嫁给台湾人，嫁给欧美人，嫁给日本人，上海男人心里真不是滋味。后来据我所知，有好些上海女人嫁出去后，不出三五年，就将男人，包括公婆收拾得服服帖帖。

上海曾经是女人的课堂，现在当然也是，上海有歌剧院、交响乐团、芭蕾舞学校、电影制片厂、译制片厂，有国内一流的大学、医院、图书馆、美术馆、博物馆、音乐厅、大剧场、舞厅等等，优秀的女人就是近在眼前的偶像。百货公司的橱窗、外滩的情人墙、电影院的海报、时尚杂志的封面、电视里的访谈节目，也是女人的良师益友。从形象到声音再到妆容，上海女人一直有模仿对象，有学习机会，也一直有自我修为的动力。

上海女人美丽、聪明、能干、勤奋、务实、时尚。上海有张爱玲，也有董竹君；有周小燕，也有马伊琍；有关紫兰，也有秦怡；有谢希德，也有印海蓉；有宋庆龄，也有吴尔愉……若论颜值，她们沉鱼落雁、闭花羞月，你说主要靠气质，行啊，她们从来不会输给其他城市的女人！

上海女人是"茄人头"

王安忆说："上海的女性心里都是有股子硬劲的，否则你就对付不了这城市的人和事。"她还说："这里的女性必是有些男子气的，男人也不完全把她们当女人。奋斗的任务是一样的，都是要在那密密匝匝的屋顶下挤出立足之地。……要写上海，最好的代表就是女性，不管有多么大的委屈，上海也给了她们好舞台，让她们施展身手。"

是的，上海女人中总有一些"茄人头"（"茄"有说本字为"敨"，音"茄"，须用上海方言读出，才能体会其中的奥妙。"茄"，就是特别能干，掌握多门生活技巧，在许多方面胜人一筹的意思）。她们多半是标准的贤妻良母，将老公照顾得无微不至，对孩子的教育也有行之有效的一套办法，在诸如买房、买车、买家具、装修、请客送礼、招待吃饭等方面都有一槌定音的发言权。

"茄人头"是弄堂里一帮同龄女人的精神领袖，她们穿什么衣服，烧什么小菜，去哪里逛街，如何教育小孩，甚至如何与婆婆搞好关系，就能得到响应。她们是弄堂生态和市井文化的营造者与推广者。

百年风云，改朝换代，上世纪二三十年代，上海人对原先满族妇女专属的旗袍进行了多次改良，剪短袖子，拔高领口，收窄腰身，开叉引上，使女性形体曲线毕露，楚楚动人。同时，上海纺织业的发展，纺织面料的更新，对旗袍的"新生"以及"普及"也起到了推动作用，欧美进口的羽纱、呢绒、蕾丝等纺织面料大量涌入，使旗袍获得了更丰富的表现素材。尤其是出现了镂空织物和半透明的化纤及人造丝绸以后，"透、露、瘦"的旗袍就开始流行。旗袍既合乎人体美学，又表现了东方美学。

旗袍让上海女人清新、摩登、性感、自信满满，回头率领先全国女同胞。今天我们看到这一时期老照片上的上海女性，无论站立还是行走，无论居家还是出客，多穿裁剪合体的旗袍。经过摄影师的构图与光影处理，那根线条，那种姿态，那般风情，真真比月份牌上的"画中人"还要端庄而摩登。

我们还能从纪实类老照片上看到与旗袍并行的风景，还有一部分上海女人的服饰是相当欧化的，体现出一种很开放、很包容、很自信的心态。

建国后，以列宁装、布拉吉为标志的服装体系，借了革命的名义，还借了便于劳动、节省布料等理由，大幅度向男性靠拢，甚至消解了女性的性别特征，但上海女人从来没有放弃对美的追求，一次次的"资产阶级生活方式回潮"，正是上海女人与主流意识形态巧妙周旋的表现。

在物质供应匮乏的年代，计划经济又给中国女人设置了多重障碍，"36元万岁"仿佛是绝对的公平，但一件普通衣服在上海女人身上也能体现"贫瘠的审美"，大方得体，暗含韵味，这就是城市的文化基因在起作用。彼时，上海布店经常会出售一些零头布，所需布票很少或干脆免票，价钱也便宜，成为家庭主妇的最爱。零头布利用得当，可以做外套、裙子、背心等。还有一种更便宜的边角料是论斤卖的，我记得有一种彩色织锦缎的边角料，居然是三角形的，简直无法利用，但聪明的上海女人照样能拼出被面、窗帘或沙发套。

同样拿做服装来说，套裁是一种利用有限的票证和资金，获取利益最大化的小窍门。通常是两个关系密切的小姐妹合买一块布料，然后通过巧妙安排做成两件衣服，比单独做一件节省不少。衣服做成后她们还会穿上新衣招摇过市，向世人展示自己的理财能力和生活品位。女式风雪大衣一般是浅灰色的，领子容易脏，也不够厚实，上海女人就用编结绒线衫的富余材料织一只套领，既保暖又时尚，使大衣领子免遭污损。

上海女人善于捕捉一切有助于提升生活品质的信息。比如上世纪70年代，时尚信息特别闭塞，上海女人却能从外国电影里女主角服饰上发现异国风尚的蛛丝马迹，比如用所谓的"阿尔巴尼亚花"编结毛衣或滑雪帽，后来还从越南电影里见识了一种轻便的布衫，一块碎花细布，对折上面后剪一个洞，两边对称剪两个洞，略微收一下腰，左右缝拢，就成了一件轻便的适合夏天穿的布衫，这就是所谓的"越南衫"，凉快，省钱，也足够性感。罗马尼亚电影《爆炸》播映后，上海女人拿着电影海报去理发店，"师傅，请侬帮我照这个样子烫一只'爆炸头'"。

很长一段时间里，上海姑娘出嫁，嫁妆里要有一台缝纫机，自己做衣服，既可降低生活成本，又能体现个人情趣。这里补充一句：缝纫机在清朝末年就引进上海了，自行车、划船、斯诺克、高尔夫、西餐、跑马、汽车等时髦玩意儿也在此时先后登陆，上海女人就充当了消费与传播的急先锋。上海一些富裕家庭完全有能力请裁缝来家里做衣服，但上海女人还是要备一台缝纫机，通过自己的双手来谋求"获得感"。

平时，弄堂里的老太太聚在一起就喜欢对女人评头论足，若说这个女人"风骚"，她即使听到了也不会生气，顶多假装生气一下。女人知道在上海的世俗语境中，风骚证明自己年轻漂亮，姿色撩人，拥有目送秋波的资本，足可晋级窈窕淑女。要是被一帮九斤老太说成"好吃懒做"，那么这个女人肯定要跳得八丈高。这是一个重量级的负面评价，你一辈子也别想翻身了。

改革开放之初，旗袍与烫发、口红、高跟鞋、牛仔裤一起，成为风尚重返女性世界的标志。还有连衣裙，上海女人就将裙摆改短，露出双膝，显得更加楚楚动人。

上海女人对美的追求，不能仅仅从物质消费层面去解读，而应该从人性回归、思想解放等层面上去理解。

上世纪80年代，旗袍接续30年代的春梦，回归日常生活，特别是在《花样年华》《一世情缘》《金粉世家》等影视作品中，女主人公几十件旗袍，走马灯般地替换，大大撩拨了女人的心。今天，上海女人拥有几十个旗袍协会，扎堆玩，还去米兰世博会走秀，吓死外国宝宝！当然，有品位的上海女人对旗袍的真正认识，不在于金线银丝编织而成的奢华感，而是普通面料裁剪的小家碧玉风情，偶尔也可以用些新式高档面料，也决不会追求光怪陆离之感。宋氏姐妹的旗袍就是榜样，低调内敛，顶多局部装饰一下。

与旗袍相对的是时装。《世界时装之苑》杂志是最早在上海登陆的，法国人认定上海女人是他们的目标客户群。不过在二十年前，当世界名牌一波波涌入上海这个时尚之都，因为非一般收入者所能拥有，华亭路市场成了上海女人的淘宝圣地，那些假冒的世界名牌足可抚慰一颗脆弱的心，上海女人通过巧妙砍价，以较低成本美化自己，成为一种初级阶段的风尚注脚。又过了一段时间，她们就意气风发地奔向美美百货、锦江迪生、恒隆广场、梅龙镇广场、国金、环贸以及奥特莱斯。直至今天，七浦路服装市场和董家渡路布料市场仍是涓涓细流，汇作江河。

如今，链式商区转身为岛式商场，产品设计、迭代、引进、更新的速度极快，上海女人对时尚服饰追寻的劲头就更加足了。她们的审美眼光是挑剔的、敏感的、尖锐的、国际化的，对一二线名牌知根知底，对名牌与代言人的关系也了如指掌。但是成熟女性相当有心机，比方说，她对某件名牌衣服有眼缘，一开始只是摸摸面料，试试长短肥瘦，寻找上身后的感觉，再看看吊牌谈价钱，摸清卖家底线后向店经理索要一张名片，最后微笑拜拜。她要到了换季打折时才会出手，以时间换空间，此时的价格至少便宜四成。还有些"茄人头"公关能力超强，与店家混得熟稔，营业员自会向她透露优惠酬宾的时间表，还会将她属意而存货不多的那个款式、那个号码悄悄藏起来，到打折那天拿出来投之以桃。

但上海女人的虚荣心也体现在一些丢人的举动上，比如有的服装店为提升形象，承诺出售的衣服，如果顾客不满意，可以无理由退货。于是有些女人就买来出几天风头，然后编个故事退掉。还有些上海女人穿了真丝睡衣、趿了一双拖鞋满街走，似乎很有品位。其实，主动暴露隐私是对他人的不尊重，好在现在这样的情况在核心城区少多了。

上海女人善持中馈，四鲜烤麸、油爆虾、干煎带鱼、面拖排骨、外婆红烧肉、腌笃鲜、八宝辣酱、油酱毛蟹等本帮风味，就是上海女人的拿手好戏。一条青鱼，中段可以做香辣爆鱼，也可刮肉剁茸做鱼圆，尾巴剞花上浆油炸做成糖醋味，鱼头一劈二加豆腐煲汤。一只鸡，半只做白斩鸡，半只做咖喱鸡，鸡汤加白菜线粉就是一锅味道清鲜的汤。闺蜜聚会，最受欢迎的手信不是巧克力，而是亲手制作的八宝辣酱或秃黄油，自家烘烤的苹果派、提子曲奇、蝴蝶酥亦是极好的。今天做私房菜的女老板都是从自己厨房向外跨一步而获得成功的。

上海女人——从"白骨精"到跳街舞的大妈，相约三五知己下个馆子不算稀奇，近年来还发展成为小有规模的同学、同事聚餐，终成一道热闹风景。但是上海女人绝不会将冷盘热炒叠床架屋地铺满餐桌，外省人认为很有面子的事，在上海女人看来是典型的"打肿面孔充胖子"。

上海女人在外吃饭有两个特点：一是点菜经济实惠，适可而止，吃剩有余就要打包。许多饭店都备有打包袋或餐盒，还会印上店名和订座电话，欢迎下次光临。有些上海男人比较爱面子，表示将餐余给家里小狗吃，大家也心照不宣，照顾他面子。但上海女人就很直爽地说"带回去回锅热一下又是一顿"，或者烧一锅泡饭。第二个特点是"AA制"，谁也不要抢，不要躲，蜻蜓吃尾巴，没有心理负担。"AA制"使人际交往变得务实而简单，也维护了个人尊严。

据一位证券分析师说，上海女人炒股明显比男人炒股赢面大，她们敏锐、果断、克制、头脑清爽，比起整天盯着K线图的技术派来，感觉派似乎更加有效。

有人说上海是座阴盛阳衰的城市，这话让男人气胀胸闷，抬不起头来。但是在各个方面，上海女人中的"茄人头"敢为人先，成绩斐然，影响力与日俱增也是不争的事实。不过话也要说回来，要是上海男人也像北方男人信奉的那样"每天一顿打"，上海还能成为上海吗？上海女人靠上海文化滋养，靠上海男人呵护，最终出落得山清水秀，同时也为海派文化做出了卓越贡献。

自立、自强、自爱、自重、自信，上海女人由此显得优雅而富有情调——这大约就是魔都之所以成为时尚之都的逻辑。

董竹君：从亭子间到花园别墅

在上海的董竹君旧居中，愚园路上那个应该是保存得最好的，在她的传奇人生中也见证了个体的命运转折，还有新旧时代的更替。

愚园路1320弄也称新华村，占地11500平方米，是典型的英国城市别墅建筑群落，内有五幢独立花园洋房，外墙上的铸铁水落斗表面标有"1925"的字样。作为董竹君旧居的1号楼为假四层，原系外商私产，后几易其主，由董竹君租住。建筑面积为890平方米，混合结构，西侧面、南侧面开间设三角形山墙，南立面底层为三开间拱券洞口，红瓦四坡屋顶，二层有一条长长的敞廊，室外有两条对称的露天石阶呈八字形，左右两边均可登步入室。一层外墙面干黏鹅卵石，门窗套和建筑外隅均有包角，一层以上墙面为清水红砖勾缝。二层及以上室内装饰考究，庭院宽敞，环境幽静。底层为住宅的附属用房和车库。

经过九十余年的风雨沧桑，这幢保存及修缮得相当完好的英式别墅仍然保持着典雅与高贵的风姿，它的长廊、烟囱以及对称的露天石阶都给人无限的遐想。当董竹君身穿长裙从石阶缓步上行并扶栏回眸一笑时，一个时代就在她身边闪烁出耀眼的光芒。

在《遇见——愚园路》的叙事背景下来谈论董竹君的旧居，应该以她的传奇故事为经。

纵观董竹君的一生，是学习的一生、奋斗的一生，也是艰辛的一生，更是屡经磨难的一生。她从四川夫家出走重返上海后的三十余年中，先后租住过好几个地方，结合她的栖身之处也许能更清晰地辨识她在上海的生命轨迹。愚园路上的英式洋房绝不是一个孤立的存在。

背叛封建大家庭的"新太太"

是的，对董竹君身世有所了解的读者一定知道，这位生于1900年的新女性极具传奇色彩。董竹君的童年是在社会底层中度过的，她的家在"洋泾浜边上、沿着马路从南向北一排破旧矮小的平房中，邻居都是在各行业中当小工的"（引自董竹君的自传《我的一个世纪》）。洋泾浜后来被租界当局填平，成为英法租界的边界，俗称"六马路"，就是今天的延安东路。

她父亲是一位黄包车夫，母亲是替人家洗衣服的女佣，在她十三岁时，父亲因病而失去劳动力，又为治病而欠下沉重的债务，就以三百元钱将她抵押给了一家长三堂子，为期三年。于是，从小在贫寒家境中成长的董竹君流着眼泪，坐上一顶简陋的轿子去清和坊充当"清倌人"，就是所谓卖艺不卖身的歌妓。十四岁的时候，红到来不及应接堂差的"当家花旦"董竹君遇到了经常来摆花酒、打麻将的"夏爷"。一开始董竹君并不知道年方二十六七岁的夏之时其实是同盟会会员，曾任四川副都督、重庆镇抚府总长，后受人排挤被迫辞职，出川后来到上海与革命党人一起谋划"二次革命"，只觉得他"和其他人有所不同"，"有时穿洋装，很英俊大方"。后来的故事比较通俗，董竹君在夏之时的帮助下逃出火坑，并约法三章后嫁给了他，举办了新式婚礼，再后来就以督军夫人的尊荣与夏之时东渡日本留学。巧的是，在船上她见到了孙中山和宋庆龄。

在日本三年多，董竹君不仅读完了东京御茶之水女子高等师范理科的全部课程，还开阔了眼界，"想为男女平等、争取女权多做些事。亦想创办事业，从经济上开路"。

回国后，董竹君来到夏之时的老家合江做起了"新太太"，但是深受民主、女权思想熏陶的她，已经与封建大家庭格格不入了，"封建大家庭勾心斗角矛盾重重，残酷无人性的事很多呢"。另一方面，此时的夏之时也被四川军阀唐继尧任命为靖国招讨军总司令，凭借军事力量在合江设立关卡，横征暴敛，中饱私囊，这让董竹君非常看不惯。尤其是随着"五四运动"的影响扩散至全国，董竹君对夏之时越来越失望，在劝告、忍耐、沟通、反抗等都告无效后，就从冷淡走向分居，再走向决裂。董竹君对夏之时说的一句话至今仍然发人深省："爱情和友情是不能建筑在'恐惧'和'不平等'的基础上的！"

二十九岁的董竹君带着孩子回到上海。她毅然冲破封建家庭桎梏，抛弃荣华富贵，独立抚养四个女儿的事迹在社会上传为美谈，即使在男人世界里也赢得了尊敬。

饱尝人间的苦难

董竹君重返上海后，先是住在西门路（今自忠路），因为房子太小，不久就搬到吕班路（今重庆路）的大陆坊。这个时候她还没有与夏之时正式离婚，夏之时一直在争取她回心转意，等他用尽了威逼利诱等手段终于认识到一切已不能挽回后，只得怏怏退出。董竹君就带着双亲和四个孩子搬到了蒲石路（今长乐路）渔阳里1号。这是一座石库门房子，由她的二舅承租，二舅把楼下左厢房让给了她。

1931年，董竹君通过海外筹资创办了群益纱管厂，这一阶段她与双亲分开住了，租下了法租界麦色蒂罗路（今兴安路）三德坊的两间亭子间。二房东与房客中有不少是她熟悉的中共地下党员或进步人士，以及爱国华侨，他们对董竹君的创业帮助很大。上海的亭子间曾是无数作家、画家、电影明星的最后港湾，董竹君在创业之初也在亭子间里编织光芒四射的梦想。

再后来董竹君又搬到了霞飞路（今淮海路）歧斋前楼，后又搬到金神父路（今瑞金二路）花园坊96号，可见她的经济情况正在改善。董竹君在她的自传里这样写道："这期间，我所接触的人绝大部分是进步青年、共产党员，左倾的文艺工作者。他们对我思想进步帮助很大，使我生活更有力，意志更坚强。对于问题的认识、分析、判断、处理，比较更准确。"在"九一八"事变后，董竹君带着女儿董国琼参加了示威大游行，后来从群益纱管厂里抽出资金与郑沙梅合办了《戏剧与音乐》杂志，但不久工厂在"一·二八"事件后遭日军飞机轰炸而损失殆尽，她又因收藏宣传革命的传单遭到法租界巡捕的逮捕，杂志也没能办下去。

董竹君身陷囹圄期间，她女儿董国琼为安全起见，将家搬到了福履理路（今建国西路）资敬坊1号。董竹君出狱后，再将家偷偷地搬到辣斐德路（今复兴西路）桃源村。这一期间董竹君陷入了极度的贫困，一家人加上她的双亲，全靠女儿董国琼教人家钢琴维持生计，变卖家产、跑当铺、向朋友借钱，成了一种常态，四个孩子也跟着她饱尝人间的苦难。

为了节省开支，董竹君将家搬到了甘斯东路（今嘉善路）甘村，分租一间房间，她的双亲只能住在"霞飞路的贫民窟"。"这时期我们的生活愈来愈困难。……房租连欠几个月付不出，挨房东骂，受邻居奚落。我先是连进出都觉得脸红，后来也逐渐习惯了。"

不久，董母因病去世，董竹君向朋友借钱办了丧事，后因债务累累，不得不把女儿董国琼送到北平朋友家寄养。当时所借的这笔款子让她和她的父亲、孩子都承受了许多难以启齿的屈辱，直到开了锦江川菜馆后才连本带息偿清。

1933年秋，同样是为了节省开支，董竹君从甘斯东路搬到了巨泼来斯路（今安福路）美华里20号。这一带位于上海西区，当时还比较荒凉，房租便宜。董竹君租下一底三楼加两间亭子间，自家住三楼一间，其他房间出租，靠当二房东的收入维持生活。在她的房客中有不少地下党员，建国后都成了部级干部。著名作家廖沫沙、女作家白薇、大学教授陈子展都是她的邻居。

"中国娜拉"创建锦江川菜馆

1935年，董竹君正好三十五岁，经受了革命风云的历练，思想成熟，意志坚定，风姿绰约，也得到四川高士李嵩高的慷慨资助，着手创建锦江川菜馆，担任董事长兼经理。

锦江川菜馆的开张时间在1935年3月15日，地址在华格臬路（今宁海西路）31号，这个地方虽处八仙桥地块，与法租界的霞飞路也只是一箭之遥，但因为马路北面留有一大片空地，属于比较冷僻的待开发地段。

上世纪前半叶，川菜登陆上海有两个时间节点，一个是辛亥革命前后，另一个是抗战胜利以后。董竹君创建锦江川菜馆，正是在这两个时间节点当中。有意思的是，旧上海餐饮界有四位女强人，她们是：锦江川菜馆的董竹君、梅龙镇的吴湄，另外两位是执掌洁而精和九如的女老板，姓名我忘了。这也许是巧合，但也从一个侧面反映了当时上海人对川菜、湘菜的兴趣，更反映了女权运动在上海所具有的火爆刚烈的"麻辣味道"。

优雅的环境、适口的菜肴、现代化的管理加上董竹君的个人风采与交际手段，是锦江川菜馆大获成功的关键，生意大好的时候，"连杜月笙、黄金荣、张啸林、以及当时南京政府要人和上海军政界人物来吃饭也得等上很久"。更"过分"的是，锦江川菜馆将这一带潜在的商业价值激活了，马路对面的空地上很快造起了房子，开了商铺，成都川菜馆、重庆楼川菜馆、蜀渝川菜馆、川味川菜馆、长江川菜馆、陶乐春川菜馆、富春楼扬州菜馆、闽东园福建菜馆、章东明绍兴菜馆、新三和楼、上海本地菜馆等相继开业，以前不被人看好的华格臬路由此成了美食街区。

当年郭沫若从日本回国，董竹君怕他遭到坏人暗算，每日派人送饭到旅馆，持续一个半月。郭沫若临别赠诗一首："患难一饭值千金，而今四海正陆沉。今有英雄起巾帼，娜拉行迹素所钦。"

于是，文化界进步人士都称董竹君为"中国的娜拉"。

锦江川菜馆一炮打响，声誉卓著，生意火爆，董竹君的生活状况有了较大改变。她为了方便治病养病，先后有两个临时住所，一处是霞飞路的荣业里，另一处是迈尔西爱路（今茂名南路）一位白俄老太太的家。此后又搬到蒲石路（今长乐路）125弄30号，一幢二层楼的西式洋房，房东是法国人，这也是她第二次与长乐路发生关系。

一年后的1936年1月28日，董竹君乘势而为，又在华龙路（今雁荡路）租赁中华职业社的房子开了一家兼供餐食的锦江茶室，同时作为地下党、左派人士和文化界进步人士的活动据点，支持夏衍、于伶、章泯、钱杏邨等人开展地下工作。有了一定的资金后，她还在抗战前期与《大公报》的记者蒋逸宵为发起人，创办了《上海妇女》杂志。后迫于环境压力于1940年停刊，但也出版了36期。

这一时期董竹君的居住条件大为改善，她在位于亚尔培路（今陕西南路）的凡尔登花园31号租下整幢小楼。凡尔登花园又名长乐村，是当时条件优良的花园里弄住宅，1925年由华懋地产有限公司投资，1929年建成使用。凡尔登花园是典型的法国近代式建筑，部分借鉴了西班牙式平屋顶和近代立体形式的建筑元素。屋面大体上为"孟沙式"，屋顶斜坡分上下两段，在陡峭一面屋顶处开老虎窗。外墙面上部为混水墙，下部为清水墙。屋前有一个庭院，宜栽种花木。

以洋房为掩护，甘冒风险为党工作

上海"孤岛时期"，形势越来越险恶，为躲避日伪的刁难与干扰，董竹君将饭店交给下属管理，于1940年去菲律宾做贸易，不料太平洋战争爆发，在马尼拉受阻达数年之久，备尝惊险与艰难。

抗战胜利后，董竹君回到上海，对锦江川菜馆进行一番整顿，清除了少数贪腐的管理人员，并受地下党上海局的吴克坚、张执一领导，与田云樵配合开展地下工作。她的家就是地下党开碰头会、商讨具体工作的联络点。这时期她还独资创办了永业印刷所、协森印刷局、美化纸品厂，集资开办美文印刷厂，作为党的秘密印刷机构，出版进步刊物、印刷秘密文件，如《新民主主义论》《在延安文艺座谈会上的讲话》《论共产党员的修养》《告上海全市人民书》等近百种。在国民党警察、特务的眼皮底下做这样动静不小的事，是需要勇气和智慧的。

1945年秋，邓颖超曾去凡尔登花园看望董竹君，对她下达关于统战和妇女方面的多项指示，"这天下午她（邓颖超）走出后门，低头沿墙漫步！我站在后门口眼送大姐，心情高兴、害怕、难过——怕的是，有人盯梢；难过的是，这样受人尊敬的人物，生活如此艰苦"（引自《我的一个世纪》）。

王炳南也经常去看望董竹君，给她和她的女儿董国瑛鼓舞很大。

1945年，为了更好地掩护地下工作和地下党同志，董竹君觉得凡尔登花园的房子不够用，就在迈尔西爱路163弄6号租下一至二层数间房子，外加厨房和汽车间。此时董竹君还开办了锦华进出口公司，作为上海地下党与台湾地下党的秘密联络渠道，其间利用这处新住所营救、保护了一批地下工作者和民主人士。

从1948年秋到1949年春，"三大战役"打响并取得了比党中央预期更好的辉煌成果，一个崭新的人民政权即将横空出世。在黎明前的黑暗中，上海的地下党处境日益严峻，为减少和避免意外的发生，董竹君将迈尔西爱路的房子与凡尔登花园的洋房一并顶出，将此款顶下愚园路1320弄1号。

她在新华村迎接新时代的曙光

愚园路的这幢洋房也确实在关键时刻为我党地下工作起到了重要作用，吴克坚、郭春涛、王寄一等和杨虎的碰头会就在这里进行。有时候形势紧张，与会人员的文件不便带走，就留在小楼里，次日再由专人取走。

可以想象的是，5月27日，那个枪炮声突然消失的清晨格外宁静，董竹君披着外套推开窗子，第一缕曙光就照在她的脸上。

董竹君在她的《我的一个世纪》中还回忆道："上海刚解放，我在愚园路家里邀请党员黄森同志每周来讲一次政治课，讲解社会发展史、革命故事、马列主义、帝国主义等。听讲的人有：朱桂英护士长，体育、托儿工作者姓谭的夫妇俩，在银行工作的伍维武、何国琼，招商局工作的蹇人鹏，青年吴明德等。记得每次讲完，吃些点心后即散会，大家兴致勃勃。他们后来都做了国家干部。……上海刚解放，李亚农同志从新四军到上海后，因病我请他在愚园路家里休养过一个多月。病愈后，他担任上海科学院院长，几年后不幸病故。我和国瑛女经常谈起他！"

一个新时代开始了，董竹君的传奇人生转入新的轨道。

上海刚解放时，人心很不稳定，加之1950年初国民党飞机在上海制造了卢家湾"二六轰炸"，市面更加萧条，酒菜业生意也很凋零。董竹君经过一番考虑，再将愚园路这幢英式花园别墅廉价顶出，维持两店正常经营以待市场回暖。自己与家人搬到一处房租虽高但不须出顶费的法华路（今新华路）336号大花园洋房居住。这幢房子原是汪精卫手下红人曾仲鸣的，后来因局势变化而让给了陈纳德夫妇，陈纳德夫妇离开上海后便一直空关着。这是一幢法国式的洋房，有大、中、小多个客厅，大客厅能容纳百人左右，还有大、小两套餐间及前后大花园，不同装潢风格的浴室也有四间之多。董竹君一家迁住这里，锦江有些工作人员很不理解，以为她贪图享受。其实此时为了开展统战工作，她还不能公开自己的身份。

锦江饭店的这片青竹叶

上海解放后，时局尚不稳定，内有潜伏特务破坏，外有敌机轰炸。上海市政府要接待中央领导来视察工作，或有外宾来沪访问，急需有一个能确保安全的宾馆级接待机构。1951年3月，副市长潘汉年派人来到法华路董竹君寓所，道明来意，肯定了她的社会名望、思想进步，以及长期来对中共地下党的帮助，"希望你同意，并迅速把两店迁移到十三层楼（长乐路89号，原名华懋公寓，英国犹太人沙逊的大厦）扩充发展"。董竹君欣然应命。于是锦江川菜馆与锦江茶室两店的所有设备与人员，迁移至长乐路上的华懋公寓，所有资产价值15万美元，"双手恭奉给党和国家"。

1951年6月9日，锦江饭店正式挂牌成立，新中国第一个国宾馆诞生。店徽仍是当年董竹君亲自设计的竹叶图案，由董竹君出任锦江饭店董事长兼总经理，任百尊等任副总。任百尊与董竹君认识很早，在海外搞地下工作时不幸陷于困境，最终多亏了董竹君的救援才得以脱险回国。

华懋公寓就是今天锦江饭店的北楼，1926年建成，是当年上海最豪华的酒店式公寓，哥特式风格，蟹脚扶梯、铜门铁饰、浪漫的电梯厅等都是吸睛的亮点，房子刚刚完工就销售一空。与华懋公寓并肩相望、于1935年同样由沙逊投资建造的格林文纳公寓，以无处不在的装饰派艺术元素彰显不凡气质，可与当时名声显赫的纽约巴克利维赛大楼比美，1958年由锦江饭店接手管理。

长期来，人们在谈起董竹君的传奇人生时一直强调她是锦江饭店的创始人。这里需要说明一下，今天我们所说的茂名南路上的锦江饭店，在创建时除了餐厅这一块，还有一个更大的服务功能，就是客房，而这块业务在董竹君的自传里没有提及，这是不能疏忽的。另一方面，华懋公寓是外国资本留在上海的不动产，解放后收归国有，这也是政权更迭时的决定，不是董竹君凭自己一家饭店、一家茶室的实力能够承接的。上海市政府委托董竹君以"红色资本家"的身份创建一个能够接待高规格客人的宾馆，是特定历史阶段的需要。或许从各方面的条件来看，董竹君是最合适的人选。民营资本变为国有资本，外国产业变为国家财产，这一案例虽然不能说是几年后大规模的社会主义改造的预演，但其操作程序的"空前绝后"，至少也提供了一定的经验。

所以说，董竹君其实是幸运的，时代给了她机会。如果考虑到此后的公私合营，她肯定被烙上"资方代理人"的印记，一番脱胎换骨、触及灵魂的思想改造、身份转换就不可避免。董竹君也是聪明的，她这一路走来，一直有共产党内的朋友给她指点帮助，使她在关键时刻能够认清形势，顺应潮流，做出有利于国家、有利于企业，也有利于自己的决定。

有人这样说：没有董竹君，华懋公寓、格林文纳公寓可能也会改建为宾馆，但不会称为"锦江饭店"。我觉得这句话说得相当中肯，时代造就了董竹君，董竹君也为历史书写了一页华丽篇章。

董竹君有着暗香浮动的仪态，有着出水芙蓉的风骨，还有绿叶新篁那样的气节，当她毅然捐出自己的两家企业后，个人财务难免有些尴尬。她在自传里透露，这一时期曾向朋友借过人民币两千元，后来以灰鼠大衣抵偿。她任锦江饭店董事长兼总经理时，每月工资三百单位（折合人民币一百六十几元），1957年，任全国政协委员后，工资由全国政协支付了。"几十年来，依靠国外女儿、外孙女们的劳力所得贴补，我从无任何不动产业，且除旧手表外无任何值钱物件，迄今社会上还有人认为我是富翁。哈哈！"（引自《我的一个世纪》）

1989年董竹君父母归葬江苏吴县东山华侨公墓，一切费用都是由她的子女国琼、国瑛、国璋三人分担的。

行文至此我突然发现，董竹君虽然搬家多达十余次，但绝大多数选择在法租界。另外，董竹君内心其实一直居住着一位文艺女青年，时不时要冒出来表演一下。她在穿着打扮上一直很时髦，极具文艺气质，哪怕在最最落魄时也注意自己的形象。在开饭店时将自己的艺术才华体现在环境布置上，同时又培养女儿国琼、国瑛、国绣学习音乐或电影，最终使她们在艺术界实现美好的人生理想。

1997年12月，饱经沧桑的世纪老人董竹君先生安然离开了这个世界，享年九十八岁。她传奇的一生，书写着不一般的爱情、创业、磨难、历练、辉煌，当然也带走了不少秘密。她是中国女性的楷模，1953年秋周恩来总理与夫人邓颖超在中南海西花厅设家宴招待董竹君时当面赞扬她："身为都督夫人，抛弃荣华，单枪匹马，参加革命真难得。"周总理还跟她女儿说过："一个人革命不容易，一个女人革命更不容易。一个女人要做成功一件事就更难了。"

董竹君去世后，人们并没有忘记她，在她的自传《我的一个世纪》问世、在同题材电视连续剧播出后，她的名字传遍了大江南北，为改革开放中的中国人重新定义了"精彩"二字。

那一年我去成都采访，发现家家户户都在收看并议论《世纪人生》，四川老百姓为拥有这样一个"四川媳妇"而备感自豪。几年后峨眉电影集团还希望我根据董竹君的身世写一个电影剧本，为此我与身居北京的董竹君女儿董国瑛女士取得联系，最终因为种种原因而没有达成意向，成了我写作生涯中不小的遗憾。

董竹君在愚园路新华村居住的时间并不长，却是她人生旅途中最重要的一节，她在这里度过了紧张而又心情舒畅的一段时光。1960年底，董竹君离开上海去北京与女儿生活在一起。董竹君旧居在1954年2月转为长宁区房地局代管，1955后为中共长宁区委机关使用。前不久我与太太去愚园路逛街，特地去新华村看了一眼。门卫说：董竹君住过的房子一直空关着，不知道将来会怎么样。

最后再补充一点，董竹君的祖籍在江苏海门，她父亲本姓东，至今海门东灶港姓东的人还很多，随着时代和风俗的变迁，也有少量姓东的人改姓为董了。董竹君在她的自传里写道："祠族人中，据我知道的几位早已改姓董了。故在1986年为双亲设建的墓碑上未改回东姓。"

今天，董竹君成了海门的骄傲，海门市政府还以她名字辟建了一个董竹君广场，凭海临风，相当气派，在我下榻的那个宾馆大堂里还置有董竹君的大理石雕像，董竹君的传奇人生也早已成为海门青年一代求学创业的楷模。

我从不因被曲解而改变初衷

不因冷落而怀疑信念

亦不因年迈而放慢脚步

这是董竹君在《我的一个世纪》封面上的三句话，值得所有的人铭记。

吴湄与梅龙镇

　　2018年是梅龙镇酒家创建八十周年，关于上世纪40年代酒家首任经理吴湄女士的故事似乎很值得一说，我认为也是纪念这家著名馆店的极好话题。

　　上世纪30年代后，在西方文明大举渗透之下，上海知识女性要求解放的意愿十分强烈，她们希望像娜拉一样摆脱夫权，走出家庭，争取独立的社会地位，干一番轰轰烈烈的事业，开饭店也成了她们的选项之一。而开饭店最成功者有四位女性，她们是锦江食府的董竹君、梅龙镇的吴湄，还有两位分别是洁而精与九如的女老板，也风云一时，可惜名字忘了，请教了几位老前辈，也说不清楚。但有意思的是，四位女老板推出的菜肴不是川菜就是湘菜，口味很重，原来今天的辣妹子早就有了教母！而后来所谓海派菜的成型，与董竹君和吴湄也有极大关系。

　　董竹君的故事妇孺皆知，她写过厚厚一本回忆录，二十年前还有一部电视剧轰动一时。而知道吴湄的人就少了，今天要找一张她的照片也不容易。其实吴湄人生经历的传奇性不亚于董竹君。二十年前我为上海电影制片厂撰写了《春风得意梅龙镇》的电影剧本，虽有郎雄、吴倩莲和陈小春等大腕担纲主演，还是被香港导演拍成搞笑风格的贺岁片，我差点气得脑溢血。其实我更想以吴湄为原型写一部片子。

　　吴湄于1908年在上海出生，初中毕业后在一所女子中学的小学部任教。后来又在暨南大学文学系读过几年书。在大学期间接触了进步文艺工作者，在田汉的南国社演过话剧。她端庄秀丽，演技也好，在夏衍编剧、司徒慧敏导演的进步电影《自由神》中担任女主角，获得观众的肯定。她主演的话剧《小丈夫》《女子公寓》《阿Q正传》等也颇受文化界人士的赞赏。她后来参加中共地下党和文艺界左翼人士组织的活动，以舞台为战场，积极宣传抗日救亡。

在上海"孤岛时期"，吴湄参加了由中共地下党员领导的中国职业妇女俱乐部并担任理事，但不久俱乐部主席茅丽瑛遭汪伪特务暗杀，俱乐部就解散了。

吴湄曾跟朋友说起："我的名字是田汉起的。田汉见我眉毛浅，便说，你叫吴湄（意指无眉）吧。"但她的本名叫什么，却无从知道。

我在写《梅龙镇》的剧本时专门到梅龙镇酒家采访过几位老职工，听到了一些关于吴湄的故事。比如吴湄的先生陈万里是《时报》的资深记者，抗战最艰难时期被派到西南边陲采访，采写的报道连载于《时报》，但不幸在那里神秘失踪，据说蒋介石与周恩来同时发唁电表示哀悼。更有意思的是，吴湄本人是地下党，她家里人都倾向左翼，而陈万里家族大多跻身于国民党阵营，但无妨他俩"画眉深浅入时无"。

1940年息影之后的吴湄，根据地下党的指示接办了一家行将倒闭的梅龙镇酒家(这个酒家开办于1938年，主要供应淮扬点心)，自任经理，副总经理是龚若冰，也是地下党员，而且是赫赫有名的"抗日三杰"之一梅龚彬的夫人。从此，梅龙镇酒家成为进步戏剧、电影工作者经常聚会之地。于伶领导的进步戏剧活动缺乏经费，也向吴湄求援，平时演职人员来酒家打牙祭，一律赊账，到年底积有厚厚一沓，最后都由吴湄投进火炉化为灰烬。

吴湄能说会道，鉴貌辨色，交际能力极强，应付当时上海滩上敌、特、伪及黑道人物不在话下，连上海市民谈虎色变的梵皇渡路76号汪伪特务机关里出来的汉奸吃醉了老酒胡作非为，她也能找到关系摆平。日本军官去梅龙镇吃饭，必穿正装以示隆重，酒家专门做了一个红漆木架子供他们挂指挥刀。有一次一个军官吃醉了，丑态百出还不肯付钱，吴湄礼送出门，然后一只电话打给日军司令部。第二天一个少佐押着那个胡天野地吃白食的下级军官来到酒家鞠躬道歉，当着吴湄的面赏了小军官十多个耳光。

战时供应紧张，但日本人照顾吴湄生意，梅龙镇酒家就成了全上海唯一能在晚上八点过后在屋顶花园继续亮灯营业的酒家，作为战略物资的大米也保证供应。当地的地痞流氓也经常向吴湄打秋风，有一黑帮小头目，每年要向吴湄报告他父亲过生日的"喜讯"，吴湄照例送上礼金，但两三个月一过，又送来父亲生日的请柬。吴湄笑着说："你到底有几个老头子？"小混混脸皮厚厚地回答:"上次是过房爷生日,这次是亲生阿爹做寿。"但梅龙镇酒家若发生客人失窃钱包之类的不痛快事情,一只电话打给那个小头目,隔日就能送过来。就这样,吴湄利用特殊身份维持酒家经营,暗地接待与掩护进步文艺工作者,保证他们有一个安全可靠的活动场所。

袁雪芬曾向邓颖超表示要加入共产党,邓对她说,可经常去梅龙镇,在那里可以接触到进步人士。后来袁雪芬就将那里当作活动基地,"越剧十姐妹"结拜仪式就在梅龙镇举办。

吴湄作为妇女界的代表,在抗战胜利后还经常在时尚界露面,在1947年9月出版的《女声》杂志,就有一篇报道描写了宋庆龄主持的一次中秋游园会盛况。文章写道:"孙夫人上午就来了,她穿了一件白底黑碎花的长旗袍,上罩白麻布的上装;梅龙镇的老板娘吴湄穿了件酱色的旗袍;明星黄宗英是吃麦克风的主持,她朴素地穿了件深蓝色旗袍……游园会晚上七点开始,孙夫人换上一件深蓝地白碎花的旗袍,同样料子的披风,短及手肘;胡蝶穿的是粉蓝的短大衣,鸭黄的短旗袍,全高跟的皮鞋;白杨穿着深咖啡长袖旗袍,橙红的呢背心,蛇皮的高跟鞋……游园会几乎成了旗袍大观园。"

吴湄没有子女(据沪上美食作家老波头说:吴湄其实与前夫生有一子,后托杜月笙送到国外读书),将酒家一些员工认作过房儿女,但运动一来六亲不认,个别过房女儿就贴大字报宣布要跟她划清界线,并骂她是"三开分子"(共产党、国民党和日本人面前都"吃得开")。她受不了种种折磨,于1967年年底毅然自裁,时年六十岁。白发苍苍的老母亲前来收尸,发现女儿手里还捏着一张纸条,上面写着宋代于谦的诗句:"粉身碎骨浑不怕,要留清白在人间。"

小时候，我们放学回家

　　小时候，我们放学回家，这是一天中最开心的时候。

　　作业都在课堂里做完了，都是自己一笔一画完成的。抄人家功课是很丢脸的事。即使最要好的同学也不会让你抄，那是害了你！如果你实在不会做，老师会叫你留下来，到办公室开小灶，直到你弄明白为止。从来没听说过额外收费这档事，想想都会脸红！

　　有时候我会留下来，出黑板报。一块黑板，一盒彩色粉笔，鼓捣一两个钟头，手上、鼻尖上、衣服上都是粉笔灰，但黑板上居然鲜花绽放，还有和平鸽飞过，我们写的极其稚嫩的作文也在上面——标题用美术字。办公室里的老师夸我画得好，我像喝了蜜糖那样，班主任脸上也很有光彩，但是她一般不会当面表扬我。回家路上，我像飞一样，书包在屁股上颠着。

　　有时候我们放学后不必急于回家，因为学校体育室每周两次开放，这次轮到我们班打乒乓，同学们捉对厮杀，体育老师为我们加油，大家满头大汗，嗓子渴得冒烟，就奔到操场上嘴对着黄铜龙头喝喷泉一样飙出来的沙滤水，水很甜，直沁心肺。还有各种兴趣班，谁都可以报名。我本想参加美术班的，但名额满了，只能报个作文班，二十年后我居然成了作家。

　　不出黑板报、兴趣班没有活动的日子，我们就直接回家。从学校到家，也就是几百米的距离，我们尽可能地延长这段时光。因为三五成群，我们可以开开玩笑，踢踢小石子，穿穿小弄堂，谁的兜里有钱，就买点小零嘴大家分享。盐津枣、咸支卜、奶油话李都是我们的最爱。有一个同学人品差，大家都不爱搭理他，可是有一天我发现放学后不少同学都围着他转，粉丝量飙升，这家伙可得意了，像黑老大那样分发各种零食。两天后他妈妈来学校了，找班主任说事。原来这家伙偷了家里的钱，买了零食贿赂班里最有话语权的淘气鬼，以换得大家邀请他一起白相的机会。

你看，友谊的小船不是你想上就上得了的！

我们学校门口的这条马路上有好几家五金店，马路上长年堆放着铸铁件或钢板，横卧在地上的庞然大物就是锅炉。经常看到有工人蹲在地上用喷枪切割钢板，这是我们最爱看的风景之一，虽然惨白的火焰据说有损于眼睛。我们从小就有一个理想，我的理想经常切换，其中一个就是从马路上得来的，我想长大后做一个能把坚硬的钢板切割成豆腐干的工人也是不错的选择。

有时候，我与最要好的同学一起去街道文化站看幻灯片，每人花两分钱买一张门票，一直看到天黑回家。幻灯片在一帧帧播放的时候，有一个瘦瘦的男人在做讲解。在那里，我看到了另一个世界，知道了应该尽可能地帮助别人，甚至牺牲自己，知道了不可以出卖组织，也不可以出卖朋友，知道了中国地大物博，有许多丰富的矿藏等着我们去发现、开采。这些幻灯片对我的三观形成很有帮助。

还有一次，我与几个胆子贼大的同学一起翻墙头进入淮海公园旁边的外国坟山，在齐腰高的野草丛中，躺着许多外国侨民的坟墓，墓碑被落日的余晖照得一片金黄，上面刻着的英文字母和新月形图案就特别清晰。啊，还有一块墓碑上刻着一个女孩子的侧面像，简笔画的风格，翘鼻子，圆下巴，鬈头发，十分美丽。"1923—1934"，我飞快一算，她只活了十二岁！当时我才八岁，这块墓碑给我震撼极大，生命原来如此脆弱，十二岁就可以死了！

我们很快就长大了，到了三年级，我们放学后还会偷偷地跟踪漂亮的女老师，跟她一路回家，知道她家住在尚贤坊还是文元坊。我们已经知道谁比谁更漂亮，谁比谁住的地方更好。

在我们小时候，从来没有一个学生是家长护送来校的，放学也没有一个家长来接。要是真发生这样的事，这个学生就会成为大家的笑话，别想抬头做人了。

噢，有过一次。有一天放学前突然昏天黑地，雷声大作，特大暴雨倾盆而下，短短几分钟工夫学校门口就发起了大水。雨势稍减后我们一下子拥到校门口，校门对面的人行道上已有不少家长举着雨伞提着套鞋，一声声叫唤自己孩子的名字。我哥哥也发现了我，他举着一把明黄色的油布伞，但是我没有专属的套鞋，他就哗哗作响地趟着浑水走过来，要背我离开。我怎么也不肯，他只比我大三岁，并不比我高大很多，于是我脱了布鞋，卷起裤腿，拉着他的衣角走出了"灾区"。

第二天一切归于平静，路面异常干净，弹硌路的石头缝隙中，积水反射着日光，亮晶晶的刺眼。再也没有家长堵在校门口了，一个也没有。我倒是希望再下一场暴雨，这样我们就可以勇敢地冲进小河里，唱一唱《让我们荡起双桨》了。

步行去大场

准备出发了。小黑皮狠狠地踹了几脚砖缝松动的墙根，像一匹知道要走一趟远路的小马驹。

一周前才聚拢来的小团队在丁字路口集中，暑假所剩无几，天气还是那么燠热，早晨七点，穿过树叶缝隙的那几道锐利的阳光，在弹硌路上点燃一缕缕尘埃。豆腐店老王将一格淌着水的豆腐凌空举起，在闪亮的光头上略作停留，换一下手势放下，揭开一层白布，操起锃亮的紫铜铲刀。这时，黄胖才从买豆腐的那排女人后面闪出，他的鼻尖上蒸出了一堆汗珠。

可怜的黄胖在小学三年级就得了肾病，上海话叫"腰子病"，一对失神的小眼睛深陷在一张白白胖胖的圆盘脸中，进了中学后依然不见任何起色。他曾对我说：我会早死的。他不在我们的朋友圈，但得知消息后跑到我家来几次三番地恳求同行，还借给我一本《巴斯克维尔的猎犬》。小黑皮坚决不准，最后黄胖表示愿为此次活动贡献五角钱的经费，他才点头了，对于经费严重不足的此次行动，没法拒绝。

此刻，我们将各自的零用钱交给小黑皮统一管理，他检查了一下我们带的干粮：馒头、大饼，还有黄瓜、番茄，又将斜背在自己肩上的灰色人造革"马桶包"转到胸前，扯开拉链，圆桶形的包里面有一包光荣牌香烟、一根锈迹斑斑的三角铁、一把泥水匠用的泥刀，刀柄上还沾着一些水泥浆，看上去"风雷滚滚"。有了这些防身装备，我们走遍天下都不怕了。

我们五个人：小黑皮、黄胖、德国人、阿二头和我，向北而行。我回头看了一眼我家的弄堂口，大饼摊人头攒动，星期天的生意居然也很好，煎油条的铁锅突然蹿出一股浓烟，一直升到二楼人家的窗口。像打仗一样，我这样想着，止不住笑了。

目的地是大场。三天前我像侦察兵那样打开了上海市交通地图，用尺测量了太平桥与大场的直线距离，不算太远，参照去中山公园（两个月前我们去过）的经验，再翻个倍，大场唾手可得。后来才发现上当，交通地图并不按照等比例绘制，在中山路以外的地方，实际距离被大大压缩，所以我们对困难就估计不足了。我们穿过像一口平底锅似的人民广场，翻过大统路桥，一个斜刺就来到了番瓜弄，一大片危房简屋横亘在眼前，煤屑砖、芦席卷、柏油桶、伏倒的枯树，向日葵在杂乱无章中显现出勃勃的生机，我们没作过多停留，径直朝传说中的旱桥走去。

我是第一次见到旱桥，光行人不通车，它像一个长长的铁笼子，桥身两边以及顶部都焊上了坚固的铁栏杆，涂上黑漆，也许是被桥下的火车用浓烟熏黑的，于是，从这座桥上通过就有了游戏的性质。为什么要把旱桥弄成笼子一样？小黑皮说是为了防止有人跳下去自杀。我们扒在栏杆上等火车，十几根透迤而来的铁轨反射出刺眼的银光，一群麻雀在枕木边啄食。不一会，麻雀又飞走了，一辆货车缓缓驶来，足足有四十二节！从我们脚下穿过时，这条长长的乌龙猛然吼出一股浓烟，我们一边逃一边笑。

烟雾尚未散尽，我们被一群人堵住了前路，十五六个，看阵形、看眼神，来者不善。我有点害怕，问小黑皮是不是往后撤。小黑皮用嘴朝后一努，后面同样来了一群人，步步紧逼。我们插翅难飞。"你们原地立定别动，好汉不吃眼前亏。"小黑皮说着，一个人迎上去，与对方的头领照了个面，打开"马桶包"飞出一包香烟。接下来我就听到了这样的对话："你们从哪里来？""我们是卢家湾桥头的。""五里桥长脚你认识吗？""认识的。""日晖港的小眼睛呢？""小眼睛就不谈了，赤膊兄弟。""你们擦着我的地皮，一包香烟就算买路钿啦？""既然你认识长脚跟小眼睛，讲这种话伤感情吗？以后你到我们桥头，看我摆只台面如何？"

小黑皮把我们凑拢来的零花钱都缴出去了。对方头领赤膊，肤色赤铜，下身一条黑裤子，看上去比小黑皮大两三岁，也许同龄，他接过战利品后散给身后的小喽啰，又从自己的裤袋里摸出一张钞票："你的这点意思兄弟收下，这张'鱼头'（面值五元）算是见面礼，后会有期！"

我们一行五人，至少是我，几乎是战战兢兢地从两排虎视眈眈的陌生人中间走过。过了旱桥，我们仿佛从威虎山上下来，不免有点慌张，奔跑了几步才停下。阿二头有点蒙：他们截了我们的道，却又送了一张"鱼头"，什么路道？

小黑皮说：江湖就这样的啊。

我问：我们明明是从太平桥出来的，你为什么说卢家湾？

小黑皮嘿嘿一笑：我们太平桥的人都是缩货，在外名声不好。你们看看"卢庙"（卢湾公安分局拘留所）里关的人大多数是卢家湾桥头的，所以我就……什么长脚啦，小眼睛啦，我听说过，其实谁认识他们？

小黑皮是我同年级的同学，他读书没心相，在小学留了两级，后来教育"革命"了，考试取消，才顺水推舟地成了我们的同学。弄堂里的大人说小黑皮是"拖油瓶"，但他并没跟亲娘一起来，小学五年级之前一直住在外婆家，直到他后爹两年前工伤去世，他的同父异母哥哥顶替父亲进了钢管厂工作，才来到我们弄堂跟娘一起挤在阴暗潮湿的后客堂。他为我们这条弄堂带来了别样的游戏规则，还有苏北腔的切口和浪劲十足的抽烟姿势。我的父母包括前客堂的苏州好婆再三警告我不要跟小黑皮在一道白相，但是小黑皮见多识广、果断坚定，足以垂范天下。我们在弄堂里可以擦肩而过、视而不见，到了外面又亲如手足，我很享受那种好比地下党联络员接头的游戏。小黑皮还有本事从学校早已贴了封条的图书馆里偷出外国小说来跟小青工换香烟，如果没有他，我就不可能闯入巴尔扎克的广阔世界。

我们继续前行，骄阳似火，热风千里，公路两边出现了一望无际的农田，还有永无尽头的沟渠，汗水濡湿了汗衫和短裤，晒红了的皮肤也好像在吱吱地往外出油。我们在小河边洗脸洗脚，立马被蚊子叮成赤豆粽子。大场还在前方，仿佛童话中一个神秘的城堡，遥遥无期的感觉让我们疲惫不堪。

我们坐在一棵大树下分享干粮，小黑皮买了一包香烟来，我也抽了一根。如果不是要继续赶路，我会把屠格涅夫小说中的诗意覆盖到眼前的景色上。然而，不断有大卡车和手扶拖拉机经过，卷起的尘土几乎要将我们掩埋。

直到小腿抽筋，大场终于到了。这次远行的目的地是小黑皮定的，不过他从没解释过理由。此时他才随口说了一声，他哥哥的钢管厂就在这里，但是搞不清地址。我就不明白了，少则一星期，多则半个月，你哥哥会回家一次，你们经常见面，大老远跑来看一眼有意思吗？再说你又跟他不亲！

小黑皮狠狠地吸了一口烟，脸上浮起一层迷茫：我只想看看，大场。

我们在大场一带转悠了一圈，工厂连着工厂，墙后隐约传来机器的声响，就是没找到钢管厂。我们在一家建筑工地上对着橡皮水管灌了个饱。

突然，小黑皮拉起我察看一棵大树的枝桠，虽然夏天还没过去，树上已有垂吊下来的皮虫。枯叶卷起，虫子在纺锤形的吊床里沉睡，很像后来我们常见的风铃。小黑皮说：你家不是养了两只鸡吗，鸡吃了皮虫大补，我给你带点回去！

我不会爬树，黄胖更加不行，小黑皮、阿二头和德国人身手敏捷，唰唰唰地上了树，皮虫像雨点一样落下来，我与黄胖好比误闯了国王的黄金宝库，捡不停的节奏。我仿佛已经看到家里的一公一母两只浦东鸡吃得翅膀下垂的无赖相。是的，不能笑得太早，只听到"哗啪"一声，阿二头抱着一根蛊口粗的树枝摔下来，路边一幢大房子里跑出来几个工人：你们是干什么的？

我们抬着阿二头，被押进了这幢大房子，我看到了墙上的标语和墙脚的消防器材，猜想这是某个工厂的仓库。工人师傅搜了我们的身，叫我们蹲下，双手抱头，厉声询问：家庭成分？他们四个都是石骨铁硬的工人家庭出身，只有我的父亲出身职员，一个师傅打了我一记头塌："小赤佬，大老远跑来，我看你们是来盗窃战备物资的吧。老实交代，否则送保卫科关起来。"

我没想到问题会有这么严重，也恨父亲是个职员。我希望获得工人师傅的怜悯与宽恕，于是我就装哭。小黑皮用胳膊肘杵了我一下："哭什么，我们又没犯法，捉皮虫是为了帮助农民伯伯消灭害虫，是革命行动。"

小黑皮被老师傅狠狠踹了一脚：还革命呢，树上害虫也是国家的，不是你们想消灭就可以消灭的，要等我们的统一部署。一个师傅将"马桶包"朝地上一倒，一堆皮虫，还有三角铁和泥刀，"嘿嘿，你们带上这些凶器也是为了革命行动吗？"小黑皮突然直起身子，怒目圆睁，大声报出他哥哥的姓名，还有他所在的厂名。他指着一台电话机说："你们打电话呀，叫他来！"

阶级兄弟好说话，半小时后，小黑皮的哥哥来了。我们早就认识了，他是个老实人，弄堂里的阿姨经常开他玩笑，他脸红起来像个姑娘，不知所措。但是这一次他很激动："你们怎么可以关押革命接班人，什么立场，什么感情？"

我们重获自由了，阿二头本无大碍，此时也恢复了常态，跟着小黑皮的哥哥走了一段路，终于看到门头很雄伟的钢管厂。不过我们没进厂，只在传达室里喝了一通自制的酸梅汤，过了一会，小黑皮的哥哥从食堂里出来，将十几只花卷倒进小黑皮的"马桶包"。时间不早了，赶快回家，不要叫大人着急。又塞给小黑皮几张零票买公交车票。小黑皮说自己有，但一摸口袋才发现用那张"鱼头"买烟兑开后的几元钱已经被工人师傅搜走了。

夕阳西下，迎面吹来的风仍然燥热，我们浑身散发着难闻的汗臭，但是疲惫感神奇地消失了，如果说仍然保持旺盛的革命斗志也不算夸张。公交车到终点站了，当我们再次穿过人民广场时，天色渐暗，玫瑰色的晚霞通过金边云映红了我们的头发。走到崇德路时才发现空气中弥漫着一股呛人的烟雾，原来这天是街道规定的"烟熏日"，家家户户从"里革委"领来拌有敌敌畏的木屑，置于废旧的脸盆或大碗内，点燃，起烟，紧闭家里的门窗，据说此法可以有效灭杀蚊蝇。不过烟雾仍从门窗的隙缝逃逸，弄得乌烟瘴气。居民们已经习惯，不管风吹浪打，胜似闲庭信步，照样搬了竹榻、板凳在弄堂口或路灯下乘凉、打牌、吃晚饭，说说笑笑。

妈妈见我像逃兵一样归来，劈头盖脸一顿痛骂，我必须倍加温驯，如果她知道我远行大场，脚骨都要敲断。两只浦东鸡已从阳台上转移到弄堂里了，它们在竹笼里咕咕叫着并不时甩动脑袋。猛然想起家里还有一缸我养的热带鱼，顾不上妈妈的神色了，即刻上楼，从浓烟翻滚的家中抢了出来，可惜那几条柔弱的、艳丽的热带鱼已经翻起了白肚皮。

这次远行之后，我与小黑皮他们接触的次数就少了，因为我爱上了拉小提琴，爱上了写诗，或者爱上了木匠活……实在不好说。有一句话我倒是经常提醒自己：一个人要变坏是很容易的。

中学毕业后，小黑皮因为有哥哥在市区工矿企业，根据政策他就被分配到崇明农场，再后来就断了音信。再次见到小黑皮是很久以后的事。1979年对越自卫反击战以后，大世界（当时还是上海市青年宫）举办了一个自卫反击战烈士事迹展，以上海籍烈士为宣传对象。单位组织参观，我去了。我愕然地看到了小黑皮的戎装照，他大名叫刘建国，某师侦察排排长，在罗家坪为掩护战士而牺牲。参观结束，领导叫我在留言簿上写几句，我强忍着泪水写下一行字：小黑皮，我们难道就不能再走一趟大场吗？

捏得牢，才是真正的红包

在辞旧迎新的套路中，压岁红包对孩子来说无疑是最有吸引力的。

春节自古至今都是一年中最重要的节仪，作为春节的暖场戏，除夕之夜是带着三分酒意来的，如果出点戏剧效果更佳。在这合家团圆、疯疯颠颠的喜庆时刻，出门在外或寓居外地的子女，无论大雪满天，无论千里迢迢，都往家的方向奔来，奔到父母身边，奔到祖宗牌位下面，烧香，叩头，放开了大吃大喝，鸡鸭鱼肉、瓜菜蔬果、饺子馄饨，人生得意须尽欢，莫使金樽空对月。举家围坐，炉火熊熊，笑语喧阗，通宵不寐，等待新年的到来，这个情景在古代称为"守岁"。

晋代周处在《风土记》里说：除夕"各相馈赠，称曰馈岁；酒食相邀，称曰别岁；长幼聚饮，祝颂完备，称曰分岁；大家终夜不眠，以待天明，谓之守岁"。在宋代孟元老的《东京梦华录》里也有记载："士庶之家，围炉而坐，达旦不寐，谓之守岁。"一直闹到凌晨，小孩子架不住都去呼呼大睡，大人会将红包塞在他们的枕头底下，天亮后小孩子睁开眼睛第一件事就是摸红包。新年的欢乐时光就是从红包开始的，然后才是吃汤圆、吃年糕、放花炮、走亲戚。

在我小时候，春节经过"革命化""战斗化"的洗礼，程序上简化了许多，有一年居然还有人"提倡"不过春节，人民群众照常上班，街面上那真叫一个"冷冷清清，凄凄惨惨戚戚"。不过日子虽然清苦，压岁钱多少还是要给一点的。那会没有正儿八经的红包，大人只能找来半张红纸，切割一下，几张毛票一包，算是压岁钱了。小孩子拿到了也非常高兴，买糖买炮仗买红橡皮筋，自己决定。

那时谁家的日子都不好过，但气候转暖时也得走动走动，亲戚朋友来了，寒暄过后，照例往小孩口袋里塞个红包，也是一张红纸儿张毛票。客人前脚走，妈妈后脚来"清产核资"，收进多少心里有个数，同时关照一声：不许瞎用！

怎么会瞎用呢？这儿张毛票来之不易啊，它极大地激发了我的想象力——买一包奶油话梅，一定要到冠生园去买；要不买一套航海模型，带小马达的；还是买支巧克力吧，从来没吃过那玩意儿，啥滋味都不知道，光听女同学说来着，每次路过太平桥的大同食品店，都禁不住"馋吐水"答答滴。想了几天，最后决定还是存起来，到春游时爱怎么花就怎么花。男人嘛，意志要坚强些。

于是找出夏天用剩的半筒痱子粉，将快要结块的那点痱子粉出清，再找来儿张白纸，将纸罐糊死，顶上开一条缝，保证能塞得进五分硬币，但如果想倒出来则比登蜀道还难。然后调了水彩颜料，端端正正写上"储蓄罐"三个字。等糨糊和字迹干后，趁家中无人，将压岁钱极隆重地投入罐内，那神情比今天参加楼盘打桩仪式的领导同志还严肃。

开学前一天，妈妈找我谈心："上次小娘舅、小娘娘、二叔公，还有华宝坊的宁波阿婆给你的……那个那个，压岁钱呢？"

看来凶多吉少，极不情愿地朝柜子上的储蓄罐努努嘴。

"交出来。"妈妈和颜悦色地说。

"那是我的压岁钱啊！"我无力地争辩着，"我要派用场的。"

"什么你的我的，你是喝西北风长大的吗？"妈妈加重了语气，从身后亮出了米袋子，"去，买十斤洋籼米，剩下多少就算你的了。"

妈妈的眼神坚定无比，就像《平原游击队》里的李向阳，一点商量余地也没有。购粮证和粮票就放在桌子上，瞄一眼五斗橱上那只忽快忽慢的三五牌台钟，时间逼近上午十点半，再不买来，一家人的午饭就没着落了。

最后，只得一拳头将马粪纸做的小金库砸个稀巴烂。天可怜见的，除去买米的钱，剩下的几个钢镚连喜儿的红头绳也买不成了。什么叫悲壮，这就是啦。

今天的孩子，能想象我们这一代当年对压岁钱的热切期盼吗，又能体会我们与压岁钱生离死别的苦痛吗？

现在的孩子，过一个大年收获的压岁钱真可以把我们的脊梁骨压断啊！

但是在今天网络时代，压岁钱也遇到了一个危机，那就是仪式上的危机，这是支付方式突然发生变化后造成的尴尬。在不少家庭，压岁钱已经通过支付宝来给了，手机一响，收到一千，回个表情；再一响，收到两千，再回个表情。连"谢谢"两个字都不是自己亲手写的！

顶多去网上晒一晒，引来点赞一片。再然后，也不知怎么花出去的，反正都是手机上来去，像武林高手飞墙走壁、踏雪无痕，恍惚间，春节就这样过去了！

于是有人坚持老理旧法，非得到银行里兑点新钞票，哗哗作响的那种，带着油墨香，郑重其事地装进红包里，一只只码整齐，合家团圆夜，万家灯火时，嗑嗑瓜子吃吃水果看到春晚最后一个节目，把孩子叫到跟前，拍拍脑袋摸摸脸，一人一个。做长辈有什么乐趣？就要这个仪式感嘛！

我也是这样的。

这里再跟大家交流一下，你在商店里买到的红包是什么样式的？图案、文字、字体？不用说，都是大路货啦！但是我要告诉各位，在港澳台地区，红包做得相当有文化，贺词写得好，图案设计也好，拿在手里就是一种享受。我们上海能买到的红包太俗套啦，太落伍啦，土得掉渣啦！上海在许多方面都是领先于全国的，唯有在红包的设计与制作上，输给人家多多。

前不久我受上海鸿承阁旗下"嗨！Shanghai"文创公司委托，用白描形式画了几种传统吉祥图式，用于红包的衬底，有红梅、水仙、牡丹、万年青等，希望大家喜欢。我还贡献了一句话："捏得牢的才是真正的红包。"

捏得牢，这是双关语。首先指的是能够在物理层面感觉到红包的存在，沉甸甸的，厚笃笃的，带着长辈的体温与手泽，这样的红包可以让孩子们更真切地感受浓浓亲情。其次，捏得牢，是对电子支付方式的温柔抵抗。我并不是九斤老太，我断不会反对电子支付，我现在出门已不带钱包，在超市买一只面包都用微信、支付宝，方便，利索，省事。但在红包这档事上，我觉得必须强调传统民俗中的仪式感，让长辈在授予真金白银的那一刻，捎上殷殷的希望，让孩子在接受"实体压岁钱"时，回馈真诚的感恩。

双方通过有温度的红包，将人间的珍贵感情庄严传递并牢牢把握，欣喜地享受互动的表情，应该是传统节日预设的动人程序。

再说，也许只有实实在在地捏在手里，孩子们才不至于轻如鸿毛地、糊里湖涂地在手机屏上那么一滑，让一串没有体温的数字不知所终地飞向一个虚无的、遥远的彼岸世界。

一年就这么一次，让红包回归我们的欢乐时光！

看他一条道上走到黑

在儿子读小学的时候，我也曾想通过夸奖来树立他的自信心，但这小子不争气，要找到值得赞美的素材有点难度。进了中学，情况悄悄地发生了变化，当然不是说这愣小子一下子小宇宙大爆发，咚地一下考了个满分，而是有一天他一本正经地向我宣示：我要写小说了。"是吗？"我这么说的时候表情难免带了点嘲笑，写小说的甘苦我体会最深，你有了三分染料就想开染坊啦，准备好了吗？

"写什么？能不能剧透一点？"儿子卖关子，将笔记本藏得比《风声》里的情报还难找。有一天我趁他上学去，对他的房间来个兜底大扫荡，终于起获了他的手稿。他在写一部青春小说，刚开了个魔幻加悲情的头，接下来是长达一个月的空白期。纵览世界文坛，有这样写小说的吗？但是我假装没看见，让他折腾去吧。一直等到他放暑假了，看他打游戏正酣，才郑重其事地表示要欣赏一下他的大作。儿子头也不抬地回答说："没写完之前不能说的，一说就没信心了。"

好吧，我继续假装对他的宏伟计划深信不疑，假装相信他在晚上继续操练。两年以后，他准备参加高考了，我瞅准机会开导他一番，将小说创作的技巧稍稍跟他聊了一下。最后开玩笑地说："不写小说不犯法，写小说倒可能犯法。你就写点别的吧，我们家里出了两个作家（另一个是我二哥），已经够意思了，这事要大家一起玩才和谐呢。"

这小子说："我也想到了这一点，所以悬崖勒马，让韩寒他们这伙人去忙活吧。"这小子参加过首届《萌芽》新概念作文比赛，说起来跟韩寒是在同一根起跑线上混的，眼瞅着韩同学一路高歌猛进，风光无限，他不得不为自己另找一条出路。

也好，我跟他说："从事任何职业都不丢脸，扫大街也能出状元，关键是把自己的活做好，做到极致，你就是这个领域里的高手。"但现在的孩子看问题比较深刻，他说："我真要是扫大街去，你就不会这么说了，嘿嘿！"

有一天，有玩收藏的朋友来访，说起现在古陶瓷修复人才青黄不接，这小子就在一旁插嘴："要我说啊，这门手艺说难也不难。"

看这小子说得轻巧，我瞪他一眼。他不服气，指着书架上的一个瓷瓶说："这瓶子是你买来的吧，看看，我整得怎么样？"

我一听急了，这瓶子是景德镇当代陶艺家的作品，青花釉里红，花了我不少银子，怎么啦？赶快捧起来一看。天啊！已经修补过了，几条粘接的痕迹很明显。儿子马上坦白，那是一年前的事了，一天放学回家，家中没人，他就猴子称大王了，一不小心，书包将这个瓷瓶带倒，泼出去的水，摔下来的瓶。怕我知道后赏他一顿臭骂，马上奔出去买了一支502快干胶，仔细修补，再将有裂缝的一边朝墙。好你个臭小子，骗了我整整一年！

若放在以前，我肯定要骂他，但这天有客人在，加上得知他事发后马上修补，现在还有自首情节，就压下火气幽了他一默："你居然把我也骗过去了，算你有种！"

想不到这小子误判形势，又表功似的坦白了一条罪状："还有墙上挂着的那个黑陶浮雕，你不知道吧，也经我修补过。"

一样的起因，放学回家，家中没人，猴子称大王，靠墙竖蜻蜓，一不留神，双脚踢到了我从拍卖会上买来的黑陶浮雕挂片，咔嚓一声，碎了。这组作品共有八片，他踢坏了其中两片，也赶紧用胶水粘好，怪不得有一天我发现地板上有黑陶碎屑，还以为当初买来时就是残次品，想不到又是他的"杰作"！

但既然瓷瓶坏了没骂他，黑陶挂件坏了似乎也没有理由责怪他了。一下子损失了两件收藏品，要说惨重也够惨重了。送走了客人，小子自己也觉得事情有点过分，就跑到我面前安慰我："等我工作了，给你买一只更大的花瓶。"

我知道这是空头支票，但想想现在的年轻人，知道认错、知道安慰父母也算不错了，我就当补药吃进。直到今天，这小子在外资银行当了一个不大不小的头，年薪比我上班那会还高出一截，这只计划内的瓶子还没有买来。不过有一天他向我透露，他应一个网站之邀在写球评，粉丝无数，好评如潮。是吗？我是在媒体混过二十多年，知道所谓的"无数""如潮"是咋回事，呵呵一笑。想不到他又沧桑感极强地跟进一句："我或许会提前退休，以写文章为生。"

这话吓得我不轻，我爬了三十多年的格子也不敢说"为生"，也不敢"提前退休"，你才写了几年球评啊，已经打算在一条道上走到黑了！

后来见到一位朋友，他居然就是我儿子的粉丝，极严肃地指着我的鼻尖："你儿子的球评写得不错。"

不过我从来不看球评，包括自己儿子写的，至今还是。

小寒亭不怕"老面皮"

因为在冬天来到这个五彩缤纷的世界，我就给小孙女取名叫"寒亭"，小名"南南"，等她牙牙学语时，居然自封"南南公主"。再后来，因为看了一本以冰箱温泉镇为背景的美国动漫书，就自比书中的英雄角色："闪电麦坤"。而将我与书中的丑角"大板牙"对应起来，从此，我就成了她口中的"大板牙爷爷"，其实我的两颗门牙并不"板"。

好吧，俯首甘为孺子牛，何妨大板牙！只不过，在日常生活中，我就此成了一个倒霉角色，被她时时嘲笑并承担失败和错误，一直处于下风头，咸鱼很难翻身。当然，我也乐意扮演这样的角色，有意让她在游戏中代入正面角色，感知正义、勇敢与友爱。比方说，我根据学前教育的画册教她背唐诗，先让她跟我念几遍，再讲述与诗中情景相关的故事，这样她当天就能口齿欠清地背出来。第二天、第三天，我引导她温习，她难免有些生疏，我就进入大板牙的角色，装作犯迷糊，而她也自觉进入闪电麦坤的角色，进而纠正我的错误，慢慢就找到了记忆路径，终于完整地背出来。

今年桃花盛开的早春，我与太太带着小寒亭参加朋友组织的春游，在农家乐的大院里观赏樱花时，正好有一阵风吹来，小寒亭面对落英缤纷的情景脱口而出"落花知多少"，着实让大家吃了不小的一惊。后来，在我有意识的提示下，她看到下雨就会说"清明时节雨纷纷"，听到树枝上有鸟叫，就会联想到"两个黄鹂鸣翠柳"。我平时教她背唐诗，都选择有场景、有人物、有时序的那类，看来是有效的。

去年，也是橙黄橘绿的季节，我在中华艺术宫参观《蒙卡奇和他的时代：世纪之交的匈牙利艺术》，按职业习惯拿手机拍了一些照片存着。没想到几天后小寒亭玩弄我手机时，打开了这个文件夹，一张张色彩鲜亮的油画引导她进入了一个新世界，我没有制止她，而是在一旁观察。村舍、山峦、河流……她看得都十分认真，两根小眉毛不时抖动。但当她看到一张女性的裸体画，并表现出格外专注的神情时，我还是有点紧张的。要不要让她接触"少儿不宜"？我飞快地想了一下，决定先看看她的反应再说。没想到此时她抬起头来，脸上浮现出纯真和坦率的笑容，还有一点点好奇。

我一脸严肃地表态："小孩子不能看这个的，看了老面皮。"

她迅速回答："我就是要看老面皮。"

我晕！

好了，她对我手机的兴趣越来越浓了，每当抢过手机就迫不及待要翻看图片，打开艺术展事的文件夹，熟门熟路地从数百张图片中找出那个裸女，定神欣赏一两分种，抬起头来冲我一笑，好不得意！

好几次我为要不要删除这张照片而犹豫，最终还是不动。我当然知道这一课是绕不过去的，虽然对一个刚过两岁的孩子来说早了点，但此时的她，面对一个女人的身体，表现得如此赤诚，让我的种种顾虑显得多余。小半年后，她偶尔还会翻检这张裸女油画，但表情越来越淡定了，最后我还从她的笑容中看到了一丝女孩子特有的羞涩。

上周，龙门雅集的李亚俐女士寄给我三本丁雄泉的画册。那是一个色彩斑斓的世界，鲜花、佳果、游鱼、禽鸟，还有许多美女，她们在"采花大盗"笔下浓妆艳抹，列队而出，风情万种，粉红色胴体拖曳及地长袍，欲抱琵琶，势不可挡。而现在，我已经无法阻止小寒亭翻看画册了，没想到她在美女面前非常淡定，目光一掠而过，反而在孔雀、游鱼这些画面上凝眸更久。我好像可以释然了。

不止是西洋的和当代的，小寒亭对中国传统绘画也兴趣盎然，历年来我积存了上百本拍卖图录，都成了她在动漫画册之外的调剂。嚯，她对书法也有兴趣，有一次她翻到一页吴昌硕的石鼓文，要她奶奶读给她听，奶奶不认识，她就指着图录一字字读出来："树影不随明月去，荷香时与好风来。"

别激动！并非她认识石鼓文，如果这样的话，那不叫天才，而是妖精。我家客厅里挂着一幅我三哥写的唐人诗联，她早已背得滚瓜烂熟，情急之下，她就拿这条对联来解读吴昌硕的石鼓文。

到年底，我家小寒亭要满三足岁了。昨天下午我坐在躺椅上看报，小寒亭爬上我的肚子玩耍，不经意发现了一个秘密，于是就有了下面的对话：

"爷爷，你有白头发！"

"是呀，爷爷年纪大了，以后你要照顾我噢！"

"我现在就照顾你吧！"

——啊呀，天下还有比这个更幸福的事吗？

静看一朵花的绽放

给孩子学点什么？这是今天做家长的急切与忧愁。不过我倒认为，开眼看世界最最重要。世界在哪里，在美国、在日本吗？不，从眼前开始，从脚下开始。

孙女南南两岁半的时候我教她背唐诗。我跟她有互动，角色转换，情景再现，她很有兴趣。春天我们带着她去郊区一家农庄度假，在室外遇到一阵风刮来，樱花撒了一地，她脱口而出"花落知多少"。春雨绵绵，池塘微澜，她游兴不减，就说"斜风细雨不须归"。

她的机灵提醒了我，我觉得要创造条件，帮助她与自然界建立亲密关系。有一次我们去太太的大姐家做客，小区绿化带里怒放着一丛丛草本鲜花，小珠子状的花籽散落一地，我就带着南南去捡花籽。第二年清明前，我与南南一起将花籽分别埋到四五个花盆里，为她示范如何浇水，等到出苗时，她高兴得又是唱又是跳。两个月后，鲜花渐次开放，我再告诉她，这种学名叫"紫茉莉"的花总爱在傍晚时分绽放，所以就叫"晚饭花"。

有一天幼儿园的老师给每个同学分发了两颗种子，她小心翼翼地带回家，我们一起将它们埋进了花盆里。我也不知道这两颗表面有着美丽花纹的种子是什么，等长到一尺多高并开花结果后才知道原来是很平常的刀豆！我与南南更加仔细地为它浇水除虫，可惜没有施肥，又是盆栽，刀豆长得又干又瘪。最后我们还是郑重其事地摘下四根，与一锅刀豆炒在一起，因为事先做了记号，南南如愿以偿地吃到了自己种的刀豆。这一天，她的胃口特别好。后来她告诉我，整个班级只有她的种子长成了刀豆并分享了果实。

阳台上还有一盆金橘，沉寂了两年，今年初夏突然开满了白色的小花，然后就坐果了，眼看它们一天天长大，南南十分期盼吃到酸酸甜甜的金橘。有一天，眼尖的她发现了叶片上有虫噬的印痕，我凑近一看，果然有几条无赖的小虫趴在叶片上啃得不亦乐乎，我赶紧抓起要"处决"它们。南南拦住了我："小虫也是生命啊，不要让它们死，太可怜了。"

"生命"二字重于泰山，我如何让小孙女信服一条虫子的生命就一定不如一株植物呢？只得从生命的起源与地球的生存环境开始讲起，还必须扮演正反面角色，南南听得一知半解，仿佛看了一场戏，总算明白了一点：为了让绝大多数有益的生命得到延续，必须抑制个别有害的生命。当然，我希望等她长大后，会从更多的角度来审视这个话题。

今年我们家里种了鸡冠花、凤仙花、晚饭花、牵牛花、六月雪等，鸡冠花没有发芽，我向南南检讨："因为我在花籽还没有完全成熟的情况下将它们从花冠上薅下来。"

她问："那么，什么时候我们家的凤仙花花籽才会成熟呢？"我回答："凤仙花的花籽成熟后都躲在小球球里，然后自己爆开，弹向四方，一颗颗躲在泥土里，等待下一年再发芽。"南南说："那么我们应该在它爆开的时候才去采花籽是吧？"

我微笑着面对五岁半的小孙女，击掌相约这一天。

李白兄，一路保重！

　　学龄前儿童背唐诗宋词，这虽不能说是中国人的专利，但肯定是大多数家长乐意选择的启蒙教育。从"鹅、鹅、鹅"起步，中国诗词所营造的美丽图景将一路陪伴孩子的成长，这实在是传统文化给予的最大恩泽！与旧时私塾面对木刻线装本的死记硬背有所不同，今天的孩子通过图文并茂的绘本蹦蹦跳跳地进入唐诗宋词的美丽世界，这些绘本印刷精美、生动有趣，有些还出自名家之手！

　　不过我也发现，也有些绘本在选编上比较随意，从入选篇目中很难找到线索和逻辑，看了半天也猜不透是根据哪个思路来选编的，也难怪孩子在背了十来首后未免兴趣递减。

　　后来我看到戴敦邦先生出过一套古典诗词绘本，就是以植物、动物、时序来分类的，这样就便于家长引导孩子从某个题目切入，山阴道上，并辔而行，渐入佳境，目不暇接。我三哥沈嘉荣在儿童画创作上成绩斐然，出过数十种绘本，有几本是以古代儿童诗为题材选编的，他画的婴戏图一下子将孩子带入载歌载舞的欢欣场景。

　　接下来，互联网提供了极大便利，任你要什么类型的诗词，在百度上输入关键词后，分分钟就能跳出很多个对象。而且同一首诗会有多种视频可供欣赏，成人版、少儿版齐备，动漫和真人秀一个不少，还有秒读少儿、秒读百科之类的解读，一机在手，寓教于乐。

　　在南南就读的蓬莱路幼儿园，葛老师和董老师也通过儿歌来引导孩子们接触唐诗宋词，这为通向中国古典诗词搭建起桥梁。我是通过几条线索来挑选诗词的，一是时序，包括二十四个节气，比如到了立春、清明、中秋、重阳、冬至，就挑一首给孩子讲解气候变化与动植物、与人的行为等关系，然后教她背诵。二是动物，从农耕社会常见的家畜到传说中的吉祥瑞兽等，只要她突然想起，或在别的书上看到，诱发求知欲，我就从古诗中找出来加深她的印象。三是花卉，一年四季花开花落，或妍或媸，从形状、颜色到气味都可一讲，家里又有盆栽或鲜切花，是近距离观察对象，我就根据花期和花语等信息来引导她。四是食物，瓜果菜蔬、糕饼米面等与民俗有关的对象都有诗咏，都可琅琅上口。还有儿童游戏、风土人情等，都是值得赏析的主题。

在引导孙女背唐诗时，我不做老师只做同学。我们祖孙俩一起学一起背，有时我会假装背不出，她就会提醒我，这对她也有促进作用。一开始一首七绝要背两天，现在一首七律一天也许就能拿下了。读者朋友都知道小孩子白纸一张，记忆力强，能背个滚瓜烂熟也不算什么，关键是有些词句要弄明白，所以每首诗词我都得给她讲故事，还有作者身世与时代背景等等。昨天我问孙女：春节到了，一般家庭会吃什么？她回答吃春卷、吃年糕、吃汤圆、吃八宝饭，还要喝屠苏酒。其实现代人不喝屠苏酒了，这是她背了王安石的《元日》后知道的，春节有"春风送暖入屠苏"的规定情景——不过已经离我们很远了。

古人强调学而时习之，背唐诗宋词也是如此，隔三差五我就会"出花头"，让南南来一场"淘宝游戏"，今天背十首带"雨"字的诗，明天背十首带"花"字的诗，"送别""秋思""饮酒""友情""登高""丰收""战争"等关键词也类似"引子"，一次凑足十首，让孩子搜索一下大脑库存，能起到增强记忆的作用。南南有时候还会自我增压，"按图索骥"地一口气背出十多首！

为了加深印象，我们有时还会进入角色，情景再现，一边背诵一边表演。有一次我给南南背苏东坡的《念奴娇·赤壁怀古》，除了苏东坡这个叙事者的角色之外，她还扮演了周瑜、小乔、诸葛亮三位人物，而且动作转换极快，居然都学得惟妙惟肖，特别是背到"小乔初嫁了"一句，那犹抱琵琶半遮面的样子真叫人忍俊不禁。还有一次她从幼儿园回家后告诉我，某男同学会背很长很长的《将进酒》，她要挑战他。那好，我马上教她，三天后她就背得滚瓜烂熟，而且也知道了"金樽""高堂""圣贤"的意思，并稍稍懂得了"唯有饮者留其名"对诗仙李白的真正价值。

出于我个人的爱好和启蒙的便利，我们对李白的诗背诵最多。在背诵《赠汪伦》一诗时，我们分别扮演李白和汪伦，然后给孙女讲解"踏歌"是怎么回事，从网上找出马远的《踏歌图》给她看，再给她演示一番。最后，李白与汪伦在岸边依依惜别，我立在船头拱手再三："汪伦兄，谢谢您的盛情款待，让我在桃花潭好吃好喝，饱览美景，胖了三斤。"孙女擦擦眼皮，再挥一挥手："李白兄，一路保重，回到长安后记得给我发个微信报声平安！"

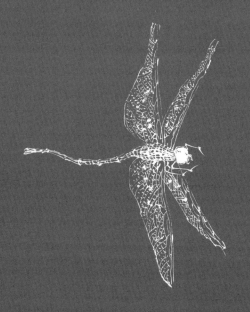

弄堂蒙太奇

从版图变化看上海人的身份焦虑

但凡两区合并或撤二建一的消息一出，舆情必然喧哗。民众未必有意与政府对着干，嚷嚷而已，图一时的口舌之快。只是，我从舆情中读到了一种焦虑，那是身份的焦虑。

上海人对自己的身份看得比较重。"上海人"三个字的含金量比较高，这也许是历史的馈赠。

举几个例子：比如上海方言正在消失，有关方面王顾左右而言他，民众则非常着急。一瓶黄牌辣酱油在超市消失了好几天，民众也会着急，满世界找，加之网上起哄，动静着实不小。老街的石库门房子又倒了一大片，大家知道背后推手是谁，从中渔利者是谁，也要一个劲地跺脚。尽管旧城改造也确实改善了原住民的居住条件，也尽管他早已经不在这里住了。

身份给上海人带来什么？就是一种优越感吧。

改革开放四十年，上海消化了历史上最大一波移民潮，数以百万计外来人口的导入，在生产、消费、投资等各个领域水银泻地，不可阻挡地挤占了上海原住民的空间——特别是文化空间和心理空间。实事求是地说，新上海人为上海的繁荣繁华做出了卓越的贡献，在陆家嘴摩天大楼夹缝中步履匆匆、操一口北方方言外加"英格利西"的新上海人，绝对是本城"小鲜肉"的榜样。

在黄浦江沿岸，在古北地区，在西郊别墅区，眉头都不皱一皱就为天价楼盘一次性付款的人，绝大多数是外省来的富豪，放在上世纪二三十年代，他们就是上海市民艳羡的对象，教导孩子出人头地的生动教材。但是今天，在一番风雨之后，老上海的感觉是有点酸涩的。数代上海人在过去半个多世纪里一点点积存起来的那种优越感日益稀薄，庶几转化为一种失落感，当然，"我们家先前也阔过"，这种阿Q精神还是顽强地根植于大家心中。

也因此，静安与闸北的合并，舆情认为闸北的房价必定大涨，顺带便，闸北居民的身份也由此获得"漂白"，下只角一跃而成为上只角。房价上涨，很可能是中介公司和闸北居民的预期，惊涛拍岸，乱石穿空，市场的事情最终还要交还市场。回头看看浦东对南汇的吞并，南汇的房价如何？至于上只角与下只角，那只是一种冷嘲热讽，老上海的脑子不会那么简单，区域的边界在哪里，他们很清楚。

我说这个话，闸北的朋友可能会不高兴：难道住在下只角，就祖祖辈辈看不到出头日脚了？我们闸北以前可是上海经济繁华、文化发达的地区噢！

好吧，接下来我们讨论下一个问题：市民的生态。

进入21世纪的上海人在精神方面的诉求越来越强烈，对"我从哪里来"这样的哲学命题也相当关切。版图可以重建历史，但区域文化的时空边界在哪里，上海人心里很清楚。再往深里观察，大家明显有一种感觉，那就是在城市快速发展的那种"热水瓶换胆""腾笼换鸟"等一系列太极套路中，一百多年来营造起来的石库门生态遭受了大面积的风化消蚀，几乎不复存在。

上海是由大大小小弄堂编织而成的世界，弄堂好比城市的经线和纬线，城市边界划到哪里，弄堂就延展至哪里。弄堂又好比城市肌体内的血脉与经络，弄堂通，城市通，弄堂人丁兴旺，城市就活跃，就健康，就欣欣向荣、活色生香。

弄堂生活是市民社会的映射，真实而生动，荡漾着热烘烘的世俗趣味。各地方言在弄堂里通用，生活习惯在弄堂里形成，公共规则在弄堂里产生，它们是约定俗成的，就像小孩子的游戏，可以通用好几代人。弄堂生活最让人兴奋的是它的唾咳与闻，提壶相呼，少有隐私，不必设防，前门进后门出，坐下来就喝茶，大家都是一根藤上结的瓜。共呼吸，同命运，说的就是弄堂生活。

弄堂让人感动的是相濡以沫，彼此关切，在艰难时世，邻里之间的一声问候，就能化作再坚持一下的动力。当然，弄堂里总会有那么几个狠脚色，他们锱铢必较、损人利己、虚张声势，是人人畏而远之的麻烦制造者，不过规则的底线也不敢随意击破，他们知道与规则作对就是与众人作对，大家知根知底，你要是乱来，以后还做不做人？所以，即使在人妖颠倒的动乱年月，弄堂规则基本没有受到大的破坏。一旦风平浪静，规则又浮出水面。现在，不用我说了吧，弄堂正在退出历史。它成了废墟，成了遗址，成了陌生而盛气凌人的高楼。

这些年来，随着城市改造和房地产开发的加快，走出弄堂的人越来越多，越来越急迫。我们主动或被动地来到异样的空间，生活还在继续，弄堂规则遭遇了似是而非的"国际规则"，有些零乱，有些模糊，有些迷茫。

他们是否还能继续着弄堂里的话题呢？看来很难。生活掀开了新的一页，全新的剧目开始上演，情节、道具和人物都变了。这是一场新的精神迁徙，一次集聚结构的重新组合，一种市民生态的大裂变。新富阶层住进了高档小区，他们的优越感毫不掩饰地流露在社会场合的言行中。而大多数人不再由籍贯、职业划分，他们身不由己地聚集在一起，相互提防又希望抱团取暖，他们很清醒地意识到自己从哪里来，到哪里去，或者可以、只能到哪里去。于是一种新的人文环境、文化场域就形成了。你居住的地方，直接证明了你在社会上的能量与成就，基本如此吧。

今天，大家对弄堂生活的怀想，并非执意要回到那个空间、那个岁月，而是希望以弄堂生活的经验为底本，经过一番沉淀发酵，提炼出温馨的、有利于规范大家语言行为的那份记忆。你看看当下，表面风光，内心沧桑，世风日下，人心不古，弄堂里的市民生态就这样一去不复返了？大家心有不甘。

假如我们基本认同这样的看法，那么讨论下只角与上只角的问题就可以更加冷静和从容。我这里只能谨慎地提示各位：上海典型石库门弄堂或花园洋房里酝酿而成的文化，是绝大多数市民集体智慧的结晶，而且以一种主流话语体现了上海的城市精神和文化特质，也更能智慧地与外来文化交流融合并成功转化为上海的本土文化。滚地龙、草棚棚里的居民只是少数，也是我们的兄弟姐妹，建国之前作为弱势群体的他们，也形成了自己的一套文化体系，以纯朴、忠诚和奉献精神，时时感动着全体市民，建国后更是以崭新的群体形象和大公无私的思维方式为上海城市精神做出生动诠释。

静安与闸北的整合，在行政规划上是一个大动作，市委市府对中心城区谋求更大发展有着战略性考虑。对市民而言、对文化界人士而言，更关注的也许是文化层面的大交融、大发展。值得期待的是，苏州河两岸有着细微差别的两种区域文化，将在日后通过智慧而值得玩味的动作，达到和谐兼容。

静安与闸北的合并不是"首秀"，之前黄浦区的合并，种种焦虑与不安似乎还留在人们的回想中。以黄浦区为例，原本与南市区、杨浦区一样，在一江之隔的浦东各自拥有一片狭长地带，浦东开发开放后，一股脑儿划作浦东。这样一来管理与建设是一呼即应了，但黄浦区面积只剩下区区四平方公里，除去人民广场和外滩沿江带，作为袖珍中央商务区的黄浦区怎样也施展不开手脚，于是市委市府高瞻远瞩，将它与相对边缘化的原南市区合并。十年后，黄浦区又与同样面临发展空间不足的原卢湾区合并。这样一来，现在的黄浦区获得了发展的新空间，同时在文化层面，也就面临着三种文化元素的融合。

　　在历史叙事中，今天黄浦区由原英租界、法租界和华界组成，三种文化的差异性是比较大的，对城市文明与市民生态都产生了深远影响。

　　在外人眼里，这是上海的城市中心，钻石地段，但是真正的上海人是有资格会心一笑的。这里的文化是庞杂的、多元的，我们所说的海纳百川，最先体现在这个区域。一百多年前，原南市区是华人集中居住、谋生的区域，城墙内外，黄浦滩头，阡陌纵横，河道网布，经济繁荣，人文精萃。尤其是老城厢，经过七百年的经营，在城隍庙、沉香阁、白云观、文庙、关帝庙、先棉祠、小校场、大东门、十六铺等摩肩接踵之处，翻卷着浓烈的人间烟火。

　　这里的每条街巷都对应一种业态，代表了自然经济内循环的序列，这里是达官贵人的归隐之地，私家花园曾经多达数十个。老城厢还是清末民初上海商会会馆和同乡会所最集中的区域。

　　但同时，我们也不要忘记，南市区不是封闭的城廓，早在1607年，徐光启就在这里设立了上海的第一座教堂，鸦片战争后建造的董家渡天主堂是江南教区上海主教的主教府，地位在徐家汇耶稣会会院之上。这座教堂带来的影响是深刻的，南市的华人由此听到了上帝的声音，并开始学习西方文化，包括拉丁语和法语。社会地位比较高的华人让子女洗礼信教、读圣经、进震旦大学读书、留学巴黎，回国后在法商当买办，或到公董局任职、在东方汇理银行打理自己的财产，成为一种人生选择。董家渡与卢家湾、徐家汇一起是上海三块受法国文化影响最大的社区。传统文化与西方文化在老城厢共存，代表了上海历史上十分复杂的一面，构成了上海编年史中颇为神奇的章节。

　　原黄浦区是英租界，冒险家的乐园，商业文明发达，追求效率，遵守契约，讲求信用，以资本扩张为荣耀，与世界接轨最为敏感和迅速。这里曾有第一批建造落成的石库门弄堂，煤气房、自来水、救火会、发电厂、电报电话、电影电台、西式医院、西式学校、会审公廨、新闻出版、银行洋行、证券期货等等，上海近代化的许多"第一"在这里落地。这里还有外侨俱乐部、跑马场、电影院、番菜馆、"四大公司"、大世界、舞厅、洋泾浜英语、会乐里等，在沿黄浦江一线则有"迭代"了三四个批次而高耸至今的西方文艺复兴时期以降各种风格的近现代建筑，它们构成了近代上海经济繁华、华洋杂处、辐辏南北的庞大坐标，以及今天我们认知上海城市风貌的形象生动的通衢捷径。在这里，一半是海浪滔滔，一半是火焰熊熊。

原卢湾区是法租界，法国人注重文化先导，追求浪漫情调，虽然也参照了西方的种种制度，但与英租界资本为王的强横做法大有不同，这里弹性更大，缝隙更宽，强调人居环境的优雅、文化艺术及宗教的渗透影响。这里有顾家花园、有轨电车、法文书馆、中法学堂、国际社区、白俄以及罗宋大餐、江南制造局、"中国最大最好的医院"广慈医院、帮会、上海美专、国立音专……还有《新青年》编辑部、中国社会主义青年团团中央机关和中共"一大会址"。区域性的文化差异，导致城市规划、社会发展、经济建设以及居民的集体性格与行为方式等方面，都有了明显的不同，这也是历史学家值得深入研究的题目。

作为最早接纳外来移民的城区，黄浦区一方面虔诚地传承着有数千年渊源的中国传统文化，另一方面又在被动的情势中向西方开放，但很快能以积极乐观的姿态接纳并消化强势的西方文化，在兼容与通达、消解与创新的有趣过程中，产生了被人津津乐道的海派文化，与北方的京派文化遥相呼应，对近现代中国的市民社会与文化征候作出生动注解。可以这么说，黄浦区的文化状态，像滴水反射阳光那样，见证了上海文化在碰撞、冲突中的曲折发展以及流光溢彩的繁华。

我们更应记住的是，黄浦区荣幸地见证了许多改变中国进程的历史事件，辛亥革命中革命党组织并号令全市起义军行动的钟声在中华路小南门救火会瞭望塔上敲响；毛泽东在半淞园为新民学会成员负笈欧洲壮行；作为共产国际驻华代表的马林受列宁委派，冲破密探的严密监视潜入南京路；中国共产党在这里横空出世；震惊中外的"五卅运动"因为血染南京路而达到唤起民众的高潮；第三次上海工人武装起义的指挥部就设在三山会馆；邓小平从欧洲蹈海归国在十六铺码头登岸……在浩如烟海的档案文献中，在民间话语和专家著述中，今天的黄浦区就是英雄豪杰大显身手的舞台。

当然，黄浦区在文化资源的整合利用上还有许多空间，有关方面还应该对文化资源进行认真的审视与精准的评估。举个例子吧，我从多条途径获悉，民众对田子坊日益"城隍庙化"的趋势很是担忧，事实上它已经远离规划之初关于创意产业的种种构想。再举个例子，我曾向黄浦区有关方面提议：在半淞园和露香园原址上建亭立碑，让后人知道这两处有着百年以上历史的私家园林在上海城市史的特殊地位，但至今这个建议仅仅得到学术界的点赞，而有关方面还没有认识其重要性和必要性。再举个例子，市政府非常关心的思南公馆，为何修复后一直没有预期中的人气聚集，最后不得不依靠上海作家协会的文学会馆召集四方读者来"捧场"？最后，我不得不再举个例子，1937年"八一三"事变后，上海闸北产生了数十万难民，来自法国洛林地区的饶家驹神父在南市区设立难民区，挽救了无数中国人的生命。他首创的保护平民安全区模式，直接促成了战后《日内瓦约》的修订。在纪念抗战胜利七十周年之际，学界提出在城隍庙可考的难民区遗址上树一块纪念碑，但至今还没有得到有关方面的切实响应……

文化不仅仅是莺歌燕舞，文化也不仅仅是高楼大厦玻璃幕墙霓虹灯闪耀，文化是对人的行为的规范和引导，是对城市精神的长期打造，文化的影响力是巨大的，文化对经济的推动力也是强大而持久的，同时我们必须认识到，文化的影响力不是仅仅靠钱砸出来的。

今天，新的静安区又诞生了，老百姓在城市大变局的时间节点上尚存一些担忧是应该理解的，他们最为关切的就是历史风貌的消逝，弄堂生态的瓦解，区域文化特性的湮没或被所谓"国际化"的表象所覆盖。那么作为政府有关方面，应该将文化资源进行有效交流与整合，打造属于新时代的新文化，为海派文化注入新的、可以让全体市民分享的丰富内涵。

上海素来有着海纳百川、兼容并包的传统，静安区与闸北区的边界，在新版城区地图上已不复存在。时间会治疗一切，时间也会告诉我们一切。

上海弄堂蒙太奇

　　上海的弄堂，在外省人眼里似乎一样的别有洞天，一样的整齐，一样的拥挤，一样的精巧，一样的破落。从窗口伸出来的竹竿，挑起的衣衫是一样的花俏，乌漆大门旁边刚刚洗刷完毕等待阴干的朱漆马桶，是一样的湿臭，正在轰然冒烟的煤炉，也一样呛得人家泪流哗哗。

　　我们不能要求一个匆匆过客的张望能洞中肯綮，只能提醒他：人间烟火，各有千秋！

　　俗话说，世上没有两片相同的树叶，同理，世上也没有两条相同的弄堂。

　　从大处说，上海的弄堂是有等级之分的。草根性最强、数量最多、历史最悠久的是老式石库门里弄。蚁聚蜂屯，来路不清，各色人等擦肩而过、彼此打量，各种方言相互交流、抑扬顿挫。很长一段时间里，弄堂里的生态也是鲜活而杂芜的，老虎灶、馄饨店、印刷所、白铁间、竹木坊、裁缝铺、剃头店、街道工厂、民办学堂、私人诊所、里弄食堂……都隐藏在弄堂的角角落落，人头攒动，动静不小。呵呵，弄堂口还有一只皮鞋摊，看弄堂的老头住在过街楼下面一间不足两平方的木板房里，他对每户人家"色勒丝清"。许多人还不知道呢，这老头当年曾是钟表店小开，跑马输光钞票才落魄到这般地步。

　　再从小处着眼，也就是具体到同一条弄堂里的石库门房子，也有精粗优劣之分。比如在外人看得到的前排几幢房子，门框会做得精致些，楼上楼下厢房朝外一边的窗户也会装上百叶窗，有点花园洋房的腔调。我们家所在的弄堂在造的时候因地制宜，好像有几个老板合股，那么只能是烂泥萝卜吃一段揩一段。有前后客堂，有单边或两边厢房的，而旁边一条弄堂里只有前后客堂，没有厢房。当然，都是用马桶和煤炉的。

每天清晨，主妇们将煤炉拎到弄堂里升火，火星乱舞，烟雾升腾。还有，"粪车是我们的报晓鸡，多少市声由此起"，金嗓子周璇在上世纪40年代的电影里就是这么唱的，她为上海的弄堂生活抒情，是上海市民的代言人。上海人民一直怀念她！

这种格局的弄堂，一般都叫作"里"，比如益诚里、树德里、久耕里、永安里，居住者大多是工人、店员、教师、小业主……还有舞女、向导社、"包打听"、"白蚂蚁"、算命先生等等，大老板、大知识分子、大艺术家不会在这里与草根阶层混在一起。弄堂里还留下了几口井，那是租界未通自来水之前的"遗物"。井圈加盖上锁，每周四大扫除那天才由居委会干部郑重其事地开启，供居民取水冲洗弄堂。沿街面的房子稍许精致点，门面略显高敞，过去都用来开店，时过境迁，门柱上依稀还有些模糊的字迹让我们知道它的前身是酱坊或棺材店。

比"里"稍许高档一点的弄堂叫作"坊"，在我们这条崇德路上就有锦绣坊、华宝坊等。条件更好的在淮海路附近，比如淮海坊、梅兰坊、尚贤坊、万宜坊等，有煤卫、有小花园，公共区域比较宽敞，小汽车开进开出。

新式里弄或公寓式里弄一般会冠以"村"或"邨"，比如愚谷村、歧山邨和陕南邨，在各方面就更胜一筹了。还有某某别业或某某别墅等，一般比较偏远，所谓"在野为庐，在邑为里"（语出《汉书》）。上海的村与邨，对应了古代的庐，这有点矫情，但也算文脉延续吧。比如复兴西路上的玫瑰别墅，孙科在此将"小三"蓝妮立为二房，在此消磨了一段缠绵悱恻的时光。上海图书馆对面的逸村，只有八幢房子，却有大隐于市之功，蒋经国在上海"打老虎"时就住在这里。

不过，所谓的偏远，也是相对老城厢而言吧，今天都是市中心黄金地段了。

比"里"更简陋的弄堂，一般叫作"弄"，狭窄的弄堂曲曲弯弯无穷无尽，低矮的屋檐真叫人走过不得不低头，甚至有竹篱笆矮墙将一个凌乱的小院子圈起来，门旁窜出花枝乱颤的蔷薇。在那里，几十户人家合用一个给水站，电线在空中横七竖八，"骂山门""戳壁脚"之类也许是每天要上演的曲目。这里基本上都是体力劳动者的大本营，无产阶级的根据地，他们性格直率，文化修养差点，但也自有规矩和秘语，对外人也很警觉，一贯的热情直爽后面可能埋伏着一贯的不信任、不合作、不服帖。

不同的弄堂，不同的风景，不同的居民阶层也造成了不同的判断方式、文化层次、语言系统与生活习惯，娶进门的媳妇也不一样。就像鲁迅所言："贾府上的焦大，也不会爱林妹妹的。"这种环境深刻地影响着居住者和他们的下一代。这样就形成了阶层、阶级之间的差异与隔阂。

今天，上海市中心留存的石库门房子已经不多了，所剩大约是三十年前的十分之一不到。但人们时时忆起并怀念的弄堂生活，又大都集中在最最底层的那些鲜活场景。这是上海人的厚道，也是上海人对自己出身的坦荡。

那么，今天我也借电影蒙太奇的手法，带领各位看官重返石库门的现场，感受一下那个年代上海人的生活场景吧。

进入弄堂之前，我们习惯打量一下弄堂的名称。名称就在弄堂口的过街楼上，上海的弄堂口一般都有一个门楼，门楼架空，下面供人进出，门洞上面的那间房子就叫过街楼，它只有两层楼那么高，却是亮点所在。门楼与过街楼常常上下联体，用红砖砌出具有巴洛克风格的楼顶、门柱和花饰，窗子也比较宽大，窗棂花俏，玻璃也许是彩色的。过街楼窗下有一块像匾额的位置，就刻了弄堂名，浮浅雕或阴刻，一般请名家所书，颜体、欧体或魏体写得都很谦虚、朴实、温雅，不像现在的书家法，一落笔就暴露出张狂与浮躁。有一个叫唐驼的人经常为弄堂题名，上海的地方志应该为他记一笔。唐驼是一个驼背。

顶部正中央位置是一个被花枝缠绕的椭圆形，中间微微突起处有几个立体的美术字：1922。

弄堂口的那个过街楼在我看来是顶顶有趣的房子，它赛过一个把守关隘的桥头堡，扑在窗口，有千里江山尽收眼底的壮阔感。我有一个同学住在过街楼，我去玩过，当大人们一个个从我脚底下经过时，我真想狠狠地跺几下脚，赏他几缕灰尘。

上海的弄堂有两扇大铁门，早开晚关，看守弄堂大门的老头兼巡更一职，边走边喊：火烛当心，房门关紧……"大跃进"年代，弄堂的大门都拆了。不知从何时起，在有些低端地段的弄堂，过街楼下面用木板搭起了一间小屋，供清扫弄堂的老头、拾破烂的老太居住，他们没有子女，孤苦伶仃，后来也有公用电话亭和烟杂店。现在老头老太不见了，多了一些水果摊、服装摊，人进人出的时候得小心点，别碰倒了摊头引起争吵。

过街楼下有这类生意，整条弄堂就热闹多了。讨价还价，吆喝，吵架，打情骂俏，构成了弄堂生活的情调。

好吧，跟我走进弄堂。天气不错，你会看到好几户人家将洗衣机搬到门口，接上电源和水管，轰鸣声中，洗衣机像发羊颠疯似的抖动不止。洗衣服的黄家阿姨和刘家爷叔并不觉得这个方法笨拙而麻烦，因为比之过去已经好多了。黄家阿姨当年嫁到六合里的辰光，衣服、床单都是泡在一只洗脚盆里，若是小件头的衣服，便在搓衣板上擦擦擦，洗床单，就要在水斗上面搁一块木板，铺平，涂上固本肥皂，再拿一只尼龙丝板刷，刷刷刷，累得腰也直不起来。更气人的是，到时候婆婆拿起晒干的衣服对着阳光一照：喏，这里还没洗干净啊！

再往里走，12号里的刘家请来两个木匠，要做一套家具。"阿四头要结婚了，家具买不着，只好自己做，你讲捷克式好吗？""好的，现在最最流行捷克式。""颜色呢？""咸菜色蛮好的。""好是好，就不晓得油漆师傅调得出这种颜色吗？对了，买泡力水你有路道吗？"

有风吹来，吹散刨花一地。"小妹，快点拿扫帚去扫拢来啊，生煤炉最引火了。"

再走几步，磨剪刀师傅坐在长凳一头，右脚一踩皮带下面吊着的木板，砂轮飞转起来，火星四溅，赏心悦目。总有几个小屁孩一哄而上，又怕自己被溅到。"你看看，你看看，钢火都给你磨掉了！"戚家好婆从后门出来叫嚷。磨刀师傅回了一句："不碍事的，你这把王大隆的货色，钢火老好的。"

到我家了，两扇大门油漆斑斑驳驳，房管所已经好多年没来大修了。门板上钉着好几只信箱，最大一只是我家的，老爸订了《半月谈》《新民晚报》，我订了《上海文学》《收获》。打开信箱，除了报纸，还有一个牛皮纸封，又是《萌芽》的退稿！这个时候韩寒还在读小学一年级吧。

天井里叽叽呱呱像打翻了田鸡篓，小学生七八个，搁起一块洗衣板在开小组，默生词，做算术题，背英文单词：Long live、great、people、world……前客堂宁婆阿娘的小孙囡敏敏做小组长像模像样，"谢建伟侬做啥！又在偷看是吗？"

天井四角方方，是石库门房子的公共空间，进入居室前的过渡，这里透气，敞亮。过去石库门房子只住一户人家时，可以在此置一口浅缸，养金鱼、种荷花。后来住房紧张，房管所也会在此搭只顶棚，算正儿八经的住房，按月收房租。住户平时一般不将大门关死，为了通风只装一扇腰门，路人不能一览无遗，多少保留了一点隐私。但是，这幢楼里所有的居民就要从后面的灶披间进出了。

天井后面就是客堂，这里是一幢房子里最正气的一间。朝南，落地大门四扇，打开后相当威风。有的地方还是马赛克铺地，色砖镶拼，六角、八角、回纹边框。后来在落地窗的位置砌起了墙头，装上窗户，据说为了安全。

天井一侧是厢房。并不是每幢石库门房子都有厢房的。比如说兴业路上中共"一大会址"，四幢石库门房子联排，看上去不错，但没有厢房，只有前后客堂。

厢房在天井南边，称东厢房，厢房在西边就是西厢房了，《西厢记》谁都知道，原来石库门也承袭了古制啊！

厢房一长溜，与客堂以直角相对，前半截是前厢房，对着天井有宽大的窗子，光线不错。过去二房东会对承租人说：这里是整幢房子风水最好的，租金当然要高一点。后厢房的窗子朝北，光线就暗了，如果是水泥地板，一到冬天就冷得够呛。如果在前后厢房中间再隔出一间——这也是常有的格局——因为没有地方可开窗子，那简直是暗无天日了。

从客堂旁边一条仅容一人通过的甬道深入，慢慢走啊，就看到了直上二楼的楼梯。且慢，楼梯旁边就是后厢房的门。很暗是吗？眼睛还不能立即适应，摸到开关，电灯亮了，墙上有一排小火表。哦，墙角上方还悬挂着一个佛龛，杨家的祖宗牌位就供在这里。

往后看一眼，这里有天光从晒台柔柔地洒下。水槽安装在此，地皮终日水淋淋的，自来水龙头装了好几只，一家一只，有时候还会套一个马口铁罐头，侧面开口处插一条铁条，上锁！大家在这里洗菜淘米，淘气的小屁孩在这里撒尿。然后进入灶披间。

灶披间直通后门，八九个平方米的样子，四面墙壁墨漆乌黑，陈年油渍相当深重，有几处似在流淌之中，就像书法中一再强调的"屋漏痕"。天花板上拉着横七竖八的电线，上面织满蛛网，靠墙摆着四五只煤球炉，炉子上方还挂着摇摇欲坠的柜子，里面除了油盐酱醋，还有深居简出的蟑螂。在巴掌宽的空隙里还要塞进一张小桌子，切菜剁肉包馄饨。

按照心理学家的说法，人与人之间的距离一近，就会产生不安，发展到后来就会构成威胁，擦枪走火不可避免。油锅升腾之时，为争夺地盘而引发的战争不宣而起。你今天占我一寸，我明天夺回半尺，你掼我的钢精锅，我踢你的煤球炉，最后大打出手，儿子女婿一起上阵。

关键时刻娘舅挺身而出。娘舅者，居委会阿姨也。她们对辖区内的人员知根知底，善于做群众工作，一语点中对方死穴。来了，她们咋咋呼呼地来了，拿了竹尺和粉笔来丈量地皮，划分边界，计算精确到厘米。还有什么意见吗？没有，那就这样办吧。于是，风停雨歇，云开日出。

如果娘舅主持公道的话，一般能换来三五年的和平，双方也会舔干伤口相互拥抱。

上海人的灶披间还是一个信息源，多少小道消息从这里散播。12号亭子间里的阿跷打了他后爸一记耳光，他的后爸送进医院就一脚去了。14号前客堂的阿玲在厂门口捡到一个弃婴，嘴巴有豁口，送到医院人家不收，只好抱转来自己抚养。23号前厢房的好婆在弄堂口捡到一只军用背包，里面有一沓钞票，拿到银行一验，是假的……还有国际新闻：尼克松总统访问上海，在国际饭店吃了一盆绿豆芽嵌肉丝。海尔塞拉西皇帝来到上海，那条大狼狗价值十万元……

当然，温馨的一幕时时也在灶披间上演，李家阿嫂包荠菜肉馄饨，送大家一碗。张家姆妈摊了韭菜饼，大家尝尝。张老伯伯孤老头一个，躺在床上两天没吃东西了，大家也会熬了粥喂他吃。刘家的饭焦了！快点相帮端端开。上海人，都是一根藤上结的瓜，藤烂掉，瓜也瘪掉。也当然，不妨碍大家暗里将对方的家底打量，过年吃点什么，或者女儿回娘家烧哪几只菜？

退出灶披间，重新回到楼梯下，就是前客堂的后半截，也叫后客堂，只有三四个平方。这里几乎伸手不见五指，被阳光遗忘的角落。住在这里，租金应该最便宜吧。这个……我不清楚，不过我妈告诉我，住在这里的肖老太可是二房东噢。二房东？住这里？想不通是吗？二房东把最敞亮、最正气、阳光充足的朝南房子租给客户，实现利润最大化，她宁可天天蜷缩在阴暗潮湿的后客堂，在昏暗的灯光下数钱。

资本的力量啊，让人脑洞大开！

走到底楼与二楼之间，请注意楼梯旁有一扇小小移门，拉开，这是一间夹层。天哪，夹层只有一米多高，身子也站不直，能住人？能住的，这里住着一户三口，户主姓陈，两夫妻加一个小女孩，早出晚归，见了邻居客客气气的。关了门，别有洞天。贺友直画石库门风情，就有一幅画专门描写夹层的，一个男人挑了一担煤球颤颤巍巍地走上楼梯，女人在家里炒菜，作孽啊！

老宁波对上海石库门生活顶顶熟悉，只有他画得出来。

二楼到了。二楼前客堂与楼下的前客堂对应，一样大小，更加敞亮，八面来风。一侧也有前厢房、后厢房，有的还是通厢房，从南到北一溜，赛过打保龄球，那就比较海威了。这样的人家，三代同堂，也许有整堂的红木家具，揩拭得光可鉴人，乖乖，还有落地座钟、电风扇，看来当家男人在旧上海有点实力的。后厢房的住户，若是子女多，日子就过得紧绷了。

仔细考察，当年的营造商惯于做表面文章，在前厢房、前客堂的处理上比较舍得用料，这是上海人的面子，造到后厢房、后客堂、亭子间，墙头就砌得七高八低，地板铺得七撬八裂，窗子本来朝北，也不讲究了，能通风透气就行啦。

不过在上点档次的弄堂里，会出现两厢两天井的石库门房子，那么亭子间也成了双亭子间，这样的房子在建造时不敢造次，一般都砌两砖厚的墙。

亭子间，在上海的话语中是有点暧昧的，亭子间就在灶披间的上方，狭小、低矮、朝北开窗。居住在亭子间里的女人被邻居呼作"亭子间嫂嫂"，上世纪30年代的穷作家租住于此，被称作"亭子间作家"，萧军萧红漂在上海的日子，想必也在亭子间里相濡以沫。亭子间是一个小小的私密空间，在物理意义上有点离岛的属性，也最容易爆出爱情的火花。

亭子间上头，就是空间面积相当的晒台。阳光灿烂，风雨兼程，是整幢房子居民晾晒衣物的场所。小时候我在上面用破脸盆、破砂锅种鸡冠花、凤仙花，还放过风筝。风清云淡的时候干脆从晒台翻到屋顶上，看风筝越飞越高，我的青春小鸟也越飞越高了。后来在晒台上学拉小提琴，杀鸡杀狗的声音吵得刚刚做出夜班的小刘爷叔睡不好，他上楼来作揖相求："小六子，侬能不能稍许拉得轻一点啊？"

后来，肖家的儿子、女儿从黑龙江、安徽回城了，眼睛一眨到了谈婚论嫁的年龄，在江南造船厂当工程师的肖家伯伯跟房管所所长熟稔，请一班徒弟来帮忙，工字钢、三角铁、松木阁栅等等像老鼠搬家似的拖进来，在天花板上加了一只三层阁，又开了一只老虎天窗，一间像像样样的婚房就这样

"生"出来了。邻居意见纷纷，但人家房管所里有人，居委会也对知青有所照顾，你能拿他怎么样？肖家姆妈带着新媳妇出面拜访左邻右舍，爷叔阿姨一叫，喜糖一散，大家复归一团和气。

其实呢，我爬过屋顶，站在屋顶望北京，心里就明白多了，弄堂里的老虎天窗本来就不少，到了知青纷纷回城后，更像雨后春笋一只只冒出来，挡也挡不住。人家要结婚生子，单位里房子紧张，头发花白的老职工还在排队，轮到你不知猴年马月呢。

搭阁楼是上海人的一大发明，上海滩阁楼之多，简直可以入世界吉尼斯纪录。上海弄堂的老虎天窗也是各有千秋，蔚成大观。当年赵丹在电影《聂耳》里爬出老虎天窗拉小提琴的一幕，真把一班中学生迷死了。我小时候也幻想我们家终于搭成了一只老虎天窗，这是我的小小世界。

然而现实是骨感的，直到逃出这条憋屈的弄堂，我一直在没有天窗的阁楼里打转，那里直不起身子，但可以放一张小桌子，我在阁楼上读书，高考复习时每天奋斗到半夜三更，然后将身子放倒在被褥上，继续做我的美梦了。

有一天，14号里的小黑皮，吃仔中饭去捉野猫，自行上屋顶，轻手轻脚爬到21号屋顶上，野猫没有捉着，却意外听到一只老虎天窗里厢传出一阵阵叫声。小黑皮已经读初一了，从这个声音里听出了令他心惊肉跳的花头经，他慢慢挪移过去，贴着窗口朝里厢看。呵呵，一对男女正在滚床单……

弄堂生活是热哄哄的、灰扑扑的、潮叽叽的、湿答答的、闲语碎语的，也是丰富多彩的。弄堂里的人一个个老了，日子过得飞快。等到肖家伯伯最小一个女儿嫁出去时，六合里已经面目全非。主要是违章搭建越来越猖獗，再加上房管部门职能改变，靠居委里的阿姨妈妈根本管不过来。你在天井里搭一间厨房，我在晒台上搭一只鸽棚，你在层顶加建一只阁楼，我在后门抢占一块地皮卖葱油饼。走进弄堂，简直像进入迷宫。

而沿街门面房子早就破墙开店了，小文具、小零食、外贸服装、礼品回收、香烟老酒、五金电器、烫头发、拔牙齿、按摩足浴、福利彩票……五花八门样样有，风景这边独好。

肖家伯伯掌上明珠出阁那天，花团锦簇的加长版林肯只能停在弄堂口，新郎官带着一行男傧相雄赳赳气昂昂地来了，但你不能叫新娘子自己走出去啊！情急之下，新娘子的舅舅抱起身披婚纱的新娘，从化粪池、垃圾桶、皮鞋摊、油氽排骨年糕的油锅、洗衣裳的大脚盆旁边一路杀出重围，左邻右舍的群众纷纷迎上来拍手叫好，说几句吉利话，讨一份喜糖。哇！新娘子的一只高跟皮鞋落脱了，落在了一堆烂菜叶上。

爆竹声声，鲜花朵朵，新的生活就这样开始了。祝弄堂里的每个人身体健康，生活美满！

贺友直、张乐平都画过石库门房子，后来金宇澄在《繁花》里也画过，都想画清爽，都有局限，难免有不到位的地方。真正要了解石库门房子的复杂结构，只有自己走进去，边摸边看。

本大叔在此提醒一声：当心从楼梯上滚下来！

老街，城邑的二维码

人民路、中华路，这两条马路兜拢来成了一个圆圈，它是上海城墙的遗痕。在习惯上，人们把城墙以内称作"城里"，把城墙外称作"城外"，后来又把城内以及城外一定范围、人口稠密、具有相当经济活动能力的区域合称为"城厢"，它是上海县治所在地，是城市之根、发展之源、文化之脉，也是上海市民的原乡。

一条马路，一种业态

梳理上海从一个县城成长为国际大都市的历史剧情，不是本文的任务，今天单说老城厢的街坊密码。从技术层面上说，近代上海的蓬勃发展，得益于航运业。而在一百多年前蒸汽动力尚未兴起之前，所谓的航运业主要就指沙船业。上海的沙船业兴起于元代，承担着朝廷托付的漕粮北运的使命，进入明代以后，海运业进一步带动上海的发展，上海"襟江带海"的地利优势得到淋漓尽致的发挥，"乘潮汐上下浦，射贵贱购贸易，疾驶数十里如反复掌，又多能客贩湖、襄、燕、赵、齐、鲁之区"，由是，沿着黄浦江一带逐渐成为批发商业、仓储、大宗零售的集散地，城市规模日益扩大，政治、经济、文化等事业欣欣向荣。

清初实行海禁，沿海贸易受阻，1684年海禁解除，第二年当局便在大东门外老白渡设置江海关，沙船贸易再度活跃，上海港的航运贸易有了进一步的发展。据县志所载：上海港开通了与北洋、南洋、长江、内河与远洋五条航线，吞吐量达一百多万吨。乾嘉年间，上海拥有沙船三千五百艘，水手十万余人，总运载量达二十五至三十万吨。道光、咸丰年间为上海沙船业的鼎盛时期，有记载的沙船商号达到三十余家。沙船业的兴起，有力地推动了上海地区的贸易发展和繁荣。城外东隅十六铺一带，帆樯林立，每日满载东北、闽广各地的土货而来，易上海百货而去。"店铺栉比，万商云集，百货山积，人马喧嚣，万头攒动，摩肩擦背"，一派商贸繁荣、人丁兴旺的景象。

但是在开埠后不久，特别是在同治年间清政府为联合外国在华驻军与太平军对抗，废除"豆禁"一策，使外国货轮长驱直入上海沙船势力范围，以技术优势抢占沙船业的生意，致使上海沙船尽行歇业，大量船户沦为贫民，沙船业从此走向衰落。

当然，沙船业创造的奇迹促进了商贸繁荣，为上海老城厢的发展打下了基础，并形成了不同行业的分布，城内以小商品为主，城外以特色商品及手工业为主。今天我们仍可从老城厢的许多路名中发现一个秘密：一条马路就代表了一种业态。这是上海邑城文明的遗存，又是自给自足内循环的生动写照。

比如明清时期，小东门是上海最繁华的商业区，这里集中了银楼、棉花、绸缎、绣品、皮货、参茸、药材、木器、京广杂货、洋货、海味、南货、腌腊等商品，著名的商号有童涵春、万有全、老德泰等。"一城烟火半东南，粉壁红楼树色参。美酒羹肴常夜五，华灯歌舞最春三。"赛过天天演绎着上海版的《清明上河图》。

再具体到每条道路，就像血管那样显现出老城厢的活跃生命力。比如鸡毛弄，过去是收购整理家禽羽毛并制作鸡毛掸子的地方。面筋弄，自然是制作豆制品的，豆腐、百叶、素鸡、油面筋、油豆腐和烤麸都是上海人的最爱。在面筋弄西侧还有一条火腿弄，在这条不足五百米的小街上曾经开设过不少南腿店。青果巷是专门贩卖水果的，民国时这里已经有芒果、木瓜、榴莲和菠萝等热带水果面市了。芦席街上有许多编织经销芦席、草席的商店，引线弄就是缝衣针作坊与商店的集中场所。大东门外南北向的内篾竹街和外篾竹路，集中了三十多家竹木器作坊，生产篾席与竹帘、竹椅、竹榻等，是篾匠的炫技所在，功能与芦席街相同。与篾竹路相交的一条小路名叫洗帚弄，是专门经销洗帚的地方，从刷锅的到刷马桶的，都给您备齐了。那么筷竹弄呢，其功能也一望而知了。这些街道的店铺大都为前店后作坊的形式，小本经营，和气生财。直到上世纪80年代，豫园商场核心位置还开着一家专营竹木日用器的商店，就是老城厢篾竹业的流风遗韵吧。

汤罐弄是专门生产经销汤罐的，这种铸铁的大腹汤罐俗称"铁牛"，不仅一般家庭的行灶上要用，在饭店酒家更是不可缺少的硬件。

花衣街形成很早，本地商人在此开设棉花堆栈和棉花商行，每年秋末棉花采摘季节，由江南一带车船载来的棉花出售给这里的商行，而后由广东、福建客商来此收购棉花，一路南运。这条小路上后来还开设了上海最早的钱庄，因为靠近十六铺，也是鸦片战争之前洋人窥察风土民情与商业机密的窗口。

糖坊弄就在我家东北面，近在咫尺，在南方的砂糖进入上海之前，这里以熬制麦芽糖（学名叫饴糖）而得名。这条小路呈Y字形，分作北弄与南弄，可见当时炼制饴糖的营生还是很兴旺的。直到康熙年间海禁废弛，闽南泉州、漳州海商将大量蔗糖运进上海，饴糖生产才大幅萎缩最终被砂糖取代。现在这条小马路成为自发形成的废旧木料市场。方浜中路北面的王医马弄，那是因为过去有姓王的兽医而得名。在清末民初，马匹作为交通工具，用武之地还是相当大的。硝皮弄与糖坊弄相去不远，就是加工皮革的场所，想必当年这一带污水横流，臭气冲天，蚊蝇群舞。进入民国后，硝皮弄功能改变，有过一段闪亮的"美好时光"，成为洋广业集中的地方。所谓"洋广衣"，就是做西装与时装，当时有许多广帮、奉帮裁缝在此开店竞技。此处还造了一座轩辕殿，专门供奉被中国人认为无所不能、百业始祖的黄帝，但实际功能却是成衣业的同业公会。

城隍庙可说是明清两朝及民国时期的市民文化娱乐中心，这里的小街小巷纵横交叉，九曲十八弯，几如迷宫，但香雪街上的旧书、古玩店对文人墨客有着极大的吸引力，郁达夫、阿英等就去逛过并留下文字。百翎路上的花鸟鱼虫商店对孩子来说就是初级版的自然博物馆了。

还有一条悦来街，不要以为它是娱乐一条街，其实是集中了一些专供沙船保养与维修的用品——比如桐油、苎麻和铁钉的小街，相当于今天的汽配一条街。白衣街也是一条很短的小路，与医生、厨师、剃头师傅的白大褂无关。此地曾有一座白衣庵，供奉白衣观音，于是这条小路也被老百姓叫成白衣街了。

钩玉弄，并不是加工玉器的，最先是养狗杀狗的所在，"狗肉"两字不大好听，不知哪个绅士大笔一挥改成钩玉弄，立时就雅驯多了。还有一条猪作弄，一看就知道是二师兄的刑场。后来又改为萨珠弄——"杀猪弄"的谐音。这条小路在福佑路沉香阁的后门，光绪年间的《上海县志》里也有记载："萨珠弄，老北门内，原名杀猪弄，宰作徙出更今名。"不久，当局将杀猪场所迁至城东，老地方便更名为"萨珠弄"了。猪作弄迁到城东后，据说曾经成为生猪从外地来沪后的临时集散地，现在路名还保留着。

紧挨着黄浦江边的生义码头街，早在清顺治年间就成市了，是安徽商人坐镇的小天下，经营安徽来的杉木，销往杭嘉湖地区，上海开埠后在沪安徽商人还筹资造船，运销建杉而致巨富。豆市街，以豆业"宋菽堂"所在以及豆市集中而得名，是上海豆、麦、米、食油批发交易中心，其中著名的商号有致祥、义昌、益康、恒久等，如果受台风影响，从牛庄来的海船数天不到，上海县城里的豆米行情就会出现波动。说到豆米，还不能不去看看一条极短的小路——粮厅路，它只有十几米长，紧靠豫园边上。清朝同治年间，上海地方政府为了完善市场管理，在这里设立了一个计量管理机构，也就是上海第一个标准计量机构——粮食厅。

还有一条巡道街，因为清末的分巡苏、常、太兵备道属（大约相等于今天的军分区司令部）设在这条路上而得名，以前这条小路上还有一个属于道教的水仙宫，供奉那个故事很多的吕洞宾。

会所公馆近三百，泰半扎堆老城厢

外咸瓜街、里咸瓜街，是一对"双胞胎"，它们均为南北向，平行相伴，南端至复兴东路，北端至东门路。以城墙为界分作一里一外，这是一两百年前约定俗成的。以此类推，里仓桥与外仓桥、里郎家桥与外郎家桥，都是这么来的。

咸瓜，不少人望文生义，认为也许是腌制、经销酱瓜的地方。错！这里曾是上海海产腌货的集贸市场。话说清朝乾隆年间，福建泉州、漳州一带的海船商人是最早进入上海的商人之一，后来还在小东门建造了泉漳会馆，这个会馆就在今天的白渡路以北，外咸瓜街与里咸瓜街之间。

那时，每年五月为东海大黄鱼的汛期，渔民大量捕捞后，成为福建船商运抵上海的主要物产之一。按照行业习惯，大黄鱼捕捞后，渔民即在船舱内加冰块进行冷冻处理，一部分也会撒上海盐腌渍风干。福建人和宁波人都将冰鲜的海货叫作"冰鲜"，将腌渍风干后的大黄鱼叫作"咸瓜"。直至今天，宁波人还将黄鱼叫作"黄瓜"，所以"咸瓜"一词在这里就专指腌过的咸黄鱼——也称作黄鱼鲞！

清朝末年的申江竹枝词是这样描述咸瓜街的："市场咸货亦开行，海味纷陈备客尝，紫蟹黄鱼难耐久，因将鲜物和盐藏。"

靠着泉漳会馆和市场的影响力，这两条街就慢慢发展成为冰鲜海产品和腌鲜咸货的集贸市场了。直到上世纪70年代，外咸瓜街还是上海主要的海产品集贸市场。

补充一句，与两条咸瓜街交叉的还有一条很短的盐码头街。呵呵，这一带真是海风强劲，咸味十足啦！

再后来，里咸瓜街开出了一些小规模的金银饰品店，成为城隍庙金饰品市场的延伸。天津水果业公所、信业公所、药业公所、参业公所、腌腊业公所等都建在这两条街上。现在里咸瓜街已经消失，外咸瓜街还在，但街上一家腌咸鱼店都找不到了。

还有一条洋行街，并非洋行集中的地方，而是专做广货、南货生意的场所，是上海糖业贸易中心，集中了好几家糖栈。这里海参、燕窝、鱼翅、鲨皮、蚝干、蔗糖等应有尽有，老板多为闽粤人士，后来洋行街改名为阳朔路，现在也被新起的高楼覆盖了。

外咸瓜街、糖坊弄、鸡毛弄、豆市街、芦席街等路名与老城厢的业态有关，而青龙桥街、小普陀街、净土路、先棉祠弄、一粟街呢，还仿佛弥漫着农耕文明的气息。比如药局弄，因为里面曾建有药业公所而得名，公所内有药王庙，供奉唐代药圣孙思邈。这座庙在二十年前还有些痕迹，如今只剩下一个石门当嵌在墙上，药王孙思邈坐像经重塑后移至旧校场路童涵春药房底楼。再比如万豫码头街、盐码头街、公义码头街、赖义码头街、王家码头路，见证了上海在开埠后快速取代广州跃升为中国外贸中心的历史。

董家渡路南侧还有一条蔡阳弄，这跟《三国演义》中被关云长一刀斩于马下的老蔡阳没有一点关系，历史上此地曾经建有一座许蔡阳殿，是为着纪念道教人物许真君而建的。这座许蔡阳殿的前身，是建于清道光二十一年

（1841）的豫章会馆，也就是江西会馆。

许多人有所不知，十六铺曾为上海同乡会、同业会馆的发源地。从清代康熙年间到民国肇始，先后建造了147座会馆公所，占上海全市248座会馆公所的一半还多。一度，光在豫园内就有四十多个会馆公所，你可想象从柴米油盐到布帛金银，各个行业里的头面人物天天在这里不是开会议事就是吃茶看戏。

风云际会乔家路，爱因斯坦曾来过

在介绍了老城厢内某些路名与业态的关系后，读者朋友也许会问：今天上海的核心商务区在南京路，或者包括淮海路和徐家汇，那么在乾隆爷坐镇金銮宝殿那会，上海县城里哪条马路最繁华啊？

说到这个话题，我可以肯定地回答各位看官，老城厢里有一条乔家路，在乾隆爷沉醉于"万国来朝"那会，其地位相当于今天的南京路，算得上是富人区，那是相当的繁华。乔家路在东端略带弧度，这证明它本是一条小河乔家浜，河两岸建有不少豪宅。比如明朝万历年间宣府守备乔一琦的最乐堂，我摸进去看过几次，典型的江南城镇民居，有一次还看到有住户在天井里搭建一只雨棚，对准一根雕满了花卉图案的横梁使出吃奶的力气在敲钉子。最乐堂的门口还有一方旗杆石埋在屋檐下的路面中，正面图案是三支戟，意为"连升三级"。主人是武将，这个图案对他很合适。有一年里面的住户准备将这块石头卖给古董商人，幸亏被我的朋友、上海历史博物馆的研究员王毅发现并及时制止，最终保全下来了。

往东一点，则有清朝道光年间沙船业大亨郁松年（字泰丰）的宜稼堂，我也进去看过，原本十分敞亮的房子现在挤了十多户人家，好在走马廊保存得还算完整。郁泰丰是郁遵堂的儿子，与堂兄一起合营沙船业后创办了森盛沙船号，仍喜爱读书，为道光年间贡生，在家手不释卷，是标准的儒商，曾耗银十万两搜集历代名著典籍五十万卷，建造了"宜稼堂藏书楼"，编纂《宜稼堂丛书》计二二九卷。他的森盛沙船号在上海具有举足轻重的地位，最多时拥有两百多条沙船，是上海沙船业朱、王、沈、郁"四大天王"之一，为当时上海建成航运业中心奠定了坚实基础。

郁家有多牛呢？原南市区文化局干部顾延培曾经告诉我：郁松年被称为"郁半城"，当年他的孙子郁荣培迎娶红顶商人胡雪岩的女儿，其嫁妆用船运来上海，居然有清军的战船一路护卫。在十六铺码头上岸后，吹打的队伍绵延两三里。举办婚礼的那天，上海道台也只能坐在最最外面的客厅里蹭一杯喜酒。太平军横扫江南，上海周围陆上交通堵塞，城里出现粮荒，全靠郁家用沙船从大江南北运了一百多船粮食来，稳定了民心与局势。

再补充一点，抗日战争前夕，邹韬奋在郁家大院里养过病，还利用幽深偏静的环境为地下党刻印了大量宣传文件。著名的经济学家于光远，也是郁家的后人，他的本名叫郁锺正。

再往东几步就是王一亭的梓园。王一亭是同盟会会员，参加过辛亥革命和二次革命，他笃信佛教，在日资企业当买办，赚了不少钱，后来成了吴昌硕的经纪人兼管家。他能书善画，画佛像尤其出神入化，有人将他与吴昌硕并称为海上画坛的双璧。如果不是王一亭将吴昌硕的作品引入日本办展，吴昌硕的成名可能还要晚几年。1922年爱因斯坦去日本讲学途经上海，在汇山码头上岸后得知自己获得了诺贝尔物理学奖。爱因斯坦在上海只待了两天，其中一天游玩了城隍庙，并在梓园赏画宴饮。现在这幢西式小楼的一面墙上还嵌有一块石碑，记录了这件事。

乔家路上还有一处古建不能不提，它就是明朝万历年间所建的徐光启祖居。

据《徐氏家谱》记载，徐光启于明嘉靖四十一年（1562）四月二十四日出生在"太卿坊祖宅"。据文史专家顾延培先生考证，太卿坊祖宅就是这处九间楼。这处建筑外形呈"沙帽式"，中间较高，两旁较低，楠木梁柱，斗拱、替木、柱础等不少仍是当年旧物，宽厚的楼板也是明代遗存。在经历了战乱之后，只剩下最后一进，只有七间房。今天，九间楼已经立碑确认为市级文保建筑，但马路对面有一个菜场，整天市声喧哗，污水遍地。平时九间楼里的居民也不把这块石碑当回事，常常将拖把、布鞋等搭在上面晾晒。

前不久我还七转八转找到了建于明代崇祯年间的徐光启祠堂，真真想不到，徐氏祠堂深藏在一条小弄堂笃底，经过文管部门的修缮，挂了铭牌，现在被一家制衣作坊所使用。而在光启路拓路工程中，因拆除违章建筑而"浮出水面"的一根方形石柱，可能是徐光启去世后建立起来的阁老坊遗物。光启路在历史上曾经被叫作"太卿坊大街"。

欧风美雨晚来急，历史信息耐细读

　　以前老城厢里还有十几座私家园林，比如豫园、露香园、日涉园、也是园、吾园、省园、半淞园、半泾园等，现在除了豫园，其他都烟消云散了，只留下一条条路名。恒大集团在河南南路吾园街北侧重建了一个"也是园"，但一望便知是想当然的赝品，搅乱了历史文化信息。我曾经建议黄浦区政府在露香园和半淞园两条道路边建亭立碑，前者可标识露香园顾绣和水蜜桃的原址，后者以纪念毛泽东曾在此为新民学会会员负笈法国送行。

　　方浜路是将原来贯通县城东西两头的方浜填没后筑路而成，大大便利了城内的交通，方浜也由此借了城隍庙的光而成为重要商业街，它东端接通小东门，是十六铺人流物流进入老城厢腹地的必由之路。清末民初，银楼、绸缎店、国药堂、南北货号、画像馆等在此汇集。

　　方浜中路西段，以前是纸玲珑商铺集中之处。纸玲珑是一种纸扎艺术品，民间婚丧仪礼及岁时行事中经常须用纸扎的用品，如婚事中的喜庆窗花，丧仪中的纸扎的陪葬品，祭灶时用的灶果、灶桥、灶元宝，正月初五的财神元宝，正月十五的宫灯，八月半的香斗等。城镇出现专门生产这类纸扎品的"扎纸作"就叫作"纸玲珑"。1949年后纸玲珑作坊改营其他业务或并入其他商店，艺人纷纷转业。时过半个多世纪后，在五六年前的方浜中路一带又看到满血复活的纸扎工艺品，以丧葬用品为主，而且与时俱进，除了洋房、别墅、小轿车外，还有电视机、冰箱、洗衣机等几大件，手机、个人笔记本电脑之类也讲究名牌，甚至煞费苦心地扎出了三陪小姐，穿超短裙或露背装，在店门口毫不掩饰地恬笑着一张张苍白的脸，令路人汗毛倒竖。

　　这条路上过去还有一种业态，就是画像馆。客人拿来小照，店家用擦笔之法放大，在照相放大不普及的彼时，很有些生意。在我小时候，从方浜路到城隍庙，一路上有许多家，门口就挂着赵丹、白杨等明星，还有外国电影明星的画像，劳兰、哈代、赫本、泰勒、卓别林等。当然在一般情况下，家里老人去世了，小辈才会拿着小照请店家画一张像供在客堂间里。过去在上海人家的客堂间，这是很常见的景观。

如果时间允许，可再去旧校场路看看。所谓校场，就是冷兵器时代留下来的练兵场，从老照片上看面积并不大，与今天中学的操场差不多。这条路以前就是校场，清末荒芜后，大量居民入住，见缝插针地乱搭建，成了城隍庙街市的外围，在我小时候此处还有一个露天菜场。经过上世纪90年代的改建，如今这里一水的仿古建筑，街面上都是旅游纪念品商店。但在清代嘉庆、道光、咸丰年间，这里是老城厢的年画一条街，许多苏州桃花坞年画的业主和画师、工匠为避战乱，来到上海谋生。上海开埠后，受到欧风美雨的浸润，华洋共居，五方杂处，各种新物新事层出不穷，民情风貌也呈现出中西交混的特色，这一切都刺激着画工即时反映现实生活，从而形成了富有上海地方独特风格的小校场年画。

如果再将行走范围稍稍扩大几步，就会看到有一条沙场街，与吴昌硕同时代的海派画家钱慧安曾在这里度过晚年。在中华路小南门的某幢沿街房子里，胡适在那里降生，他又是在附近的梅溪学堂接受启蒙教育的，现在那一片石库门房子也拆得片瓦不存。

董家渡路上有一座气势不凡的天主堂，大名"圣方济各沙勿略堂"，它的资格堪与徐家汇天主堂比肩，白墙花窗，轮廓线妩媚秀丽。这座教堂由法国传教士建于清道光年间的1847年，外观属西班牙风格，不少细节却传递出文艺复兴时期的巴洛克元素，墙饰窗饰又以浅浮雕表现仙鹤和松竹梅等中国传统图案。我曾在这里欣赏过董家渡街道教友合唱团与法国某市教会合唱团的联袂演出。

往南走几步可看到一条东西走向的小路——会馆码头街，已是一片瓦砾，野草蹿至齐腰高，中间孤独地伫立着一幢中式宫殿式建筑，它就是市级文物保护单位商船会馆。天啊，这个会馆太重要了，它建于清康熙年间，是上海以港兴市历史的重要见证。再俏皮一点说，这里曾是沙船业巨头经常聚会议事的行业协会啊。几番风雨，花开花落，两旁的配殿早已化为瓦砾，只剩下摇摇欲坠的主体建筑，被外来务工人员占用。我钻到里面仔细看过，画梁雕栋依稀可见，门头上的菱形大方砖上雕刻的"商船会馆"四个字清晰如昨。让我大吃一惊的是，私拉的电线如蛛网密布，走廊里还有几只电炉！

令人欣慰的是，最近我从有关方面看到了董家渡金融城的效果图，商船会馆将在原地修复，而且不是孤零零的一幢建筑，还包括它应该有的小环境。

昔日的老城厢已成为上海黄浦区的一部分，并进入旧区改造的关键阶段，这对民生而言是必须的，也是令人欢欣鼓舞的，不过我也担心隐藏了丰富历史文化密码的小街小巷将在推土机下化为乌有，事实上有些小路已经消失了。所以我曾在黄浦区"两会"期间向政府建言：在开发建造新楼宇、新道路以及绿化公园时，要尽可能保留原有路名，为后人研究城市史留下一些物理线索。接着也有不少有识之士提出相同的呼吁，后来区政府终于明确表态：在建设董家渡金融城的时候，将尽可能保留有历史文化价值的老路名。

现在，趁着老城厢的老房子、老院子、老树、老店铺还存有一些，不妨在风和日丽的日子里去走走看看，想象一下昔日的繁荣繁华，想象一下清末民初的上海人是怎么生活、经营的，一座老城邑的人间烟火，如何花开花落，如何苍狗白云……

美女老外从乔家路走过

今年春节的调性有点灰，阳光吝啬，淫雨连绵，似乎能捏出一把水的寒气把人堵在家里，唯有一口热气腾腾的火锅才能慰藉一颗颗狂躁不安的心。上海土著还能扛一下，北方人实在受不了，涕泪满面，苦大仇深。不过同样从北方来的美女张霞一脸的"刀枪不入"，她出生在俄罗斯新西伯利亚，从小就在雪堆里打滚，在冰水里洗澡，当她出现在我们面前时，她的湖蓝色薄纱围巾飘散开一缕清新的春风。

这天是初七，桃江路一幢老洋房里，老房子俱乐部开始新年的第一场讲座，张霞一边投映她用胶卷拍的照片，一边跟我们讲述她在老城厢角角落落寻找历史足迹的故事。

张霞（Katya Knyazeva）在故乡读的是工程和经济专业，毕业后在韩国获得数字设计硕士学位。看来她是由兴趣引导而进入历史领域的。2006年她受韩国出版商的委托，第一次来上海寻找一位合适的插图画家，不知她是否找到了插图画家，反正她把自己留在了上海。她说："上海这座多变的城市令人着迷，令人感觉到全中国最平淡无奇又最野心勃勃的人都纷纷涌入这座城市，为了出人头地，跃跃欲试。"

这种感觉，在以前的沙逊、哈同、邬达克、村松梢风、横光利一等"外来客"身上都曾经有过。

为了获得一种历史感和现场感，张霞在武康大楼租下一间房，着手研究上世纪20年代白俄群体在法租界社区的生活历史。她非常投入，文章一篇篇在电脑里形成，最终结集成一本书并在东亚和欧盟出版，使她成为研究西方人在上海史实的专家。

写到这里不禁想起近年来本人接待过的多位老外，有记者也有作家，他们对上海的传说情有独钟，往往是一落笔就能赢得喝彩，魔都的传奇对西方人而言是一个长盛不衰的卖点。老外讲故事的套路与我们有很大的不同，但是张霞用中国人容易接受的方式讲述。

走进老城厢，或许是一个偶然。张霞说："我记得第一次进入老城区，是在从董家渡面料市场出发的路上……走在老城区，我可以感觉到古老的东西还活着。当我试着研究上海老城区时，我发现英语资料很少，所以我开始编写一个英文版的摄影集。一边拍照，一边做系统的历史研究，先后花了好几年，投入研究的时间超过拍照花去的时间。我给这本书起名为《上海老城：一个幽灵城市》，研究的内容成为第一卷：老码头。"

现在这本书也已出版，我们那天看到的许多照片都收入了书里。我对张霞刮目相视的原因是，她比中国一般的记者、学者、老房子研究者进入得更深，当一些有着百年以上历史的老房子准备拆除或已经动工时，她神不知鬼不觉地出现在工地的断砖碎瓦上，凭着她的老外身份，或许还凭着她的美貌和能说一点洋腔洋调的中国话，她取得了工人师傅的信任。她拍下了商船会馆、董家渡路、陆伯鸿故居、书隐楼、金家坊、沈家大宅、薛家弄、梓园、乔一琦故居、鸡毛弄、荷花池……她甚至知道有些老房子里的梁柱门窗包括牛腿、雀替的精美木雕最终卖给古董商人多少钱。

"现在，都没有了。"每放一帧照片，她都会这样嘀咕一声。最后自己也笑了，无可奈何地咧着嘴。这个时候我觉得她是最可爱的。

有点意外的是，从她嘴里我得知乔家路要动迁了。

四天后我才从黄浦区政府有关公告中得知：乔家路地块东至巡道街、中华路，南至俞家弄、黄家路，西至河南南路、南梅溪弄、凝和路，北至蓬莱路、西唐家弄、梅家街，共有居民权证数超5800证，范围内以成片二级以下旧里房屋为主，建造年代久远，结构老化严重，生活环境简陋。

乔家路就在我家北面两三百米处，晚饭后我经常从中华路拐进乔家路走一圈，从王一亭梓园、郁泰丰宜稼堂、乔一琦故居一直到徐光启祖居九间楼。有时候还会去光启路一条狭弄里看一眼徐家祠堂，一幢砖瓦小平房，已经成了一家制衣车间，隔着玻璃窗向里张望，梁架结构有明显的明代风格。我曾经在梦中看到一只电熨斗引发大火，徐家祠堂一眨眼烧成两片在风中颤抖的山墙。不是我故意触霉头，现实生活中，几乎每个月都会有消防车从我家窗下呼啸而过，但在十字路口卡住，半天不得动弹。在屋顶与树梢之间有一股浓烟蹿起，好像是董家渡路，也好像是府谷街或糖坊弄。乔家路上的房子都有些年头了，空间狭窄、商居混杂的空间特征，使这个一百年前的富人区沦为黄浦区居住条件最差、密度最高、各类隐患最突出的"穷街"。而且有相当一部分外来务工人员租住于此，他们还在用马桶和痰盂！经过前些年的交通整治，路面上终于不再有抢车位的大叔大妈守候在晚风中了。我有两个朋友还留守在乔家路的老房子里，他们盼望早点动迁，能够在晚年住上有煤卫设施的新房子。我也曾三次与有关领导一起考察过乔家路，提出过种种保护设想，我对乔家路历史风貌保护区的未来是有热切期待和美好想象的。

乔家路当然再也回不去它作为一条河流的原始状态，也不会再出现英国人麦法兰在《上海县城：街道、寺庙、监狱以及园林》一文中出现的令人羞愧的镜头，比如算命瞎子、叫花子、赌徒、杂耍卖艺人等，但是好几处名人故居和典型的石库门弄堂应该保留下来，书隐楼到了最终解决的时刻，梓园和宜稼堂也应该尽可能复原，九间楼应该与梧桐路上的世春堂相呼应，名人后代能不能在故居维持原生态的存在也值得研究，因为这里是上海文化的原点，每一幢房子里都隐藏着上海城市发展的线索与密码。解读上海，从这里开始。

张霞，作为一个俄罗斯美女学者，虽然后来离开上海去意大利，但一直从网上关注有关上海的消息。这次她在博洛尼亚和伦敦两年后回到上海，惊喜地发现除了微信支付之外，上海的城区格局没有太大变化，城改节奏已经放缓。张霞坦率表示不喜欢建业里与荣宅的保护模式，她喜欢在周末骑自行车沿着延庆路、安福路、永嘉路转儿圈，"在这些街区还能看到有人文历史的建筑和充满活力的市民生活"。

她说："上海市政府承诺保护其90%的历史建筑和里弄街区，我听了既感到兴奋但又怀疑。我希望在2019年这个承诺能够实现，更重要的是，我希望在2019年，在城市的变化过程中能听到历史街区居民的声音。"

春雨初歇书隐楼

　　书隐楼在上海文博界和新闻界的出名，似乎不在于它逝去的韶华和留下的斑斑印痕，而在于它岌岌可危的处境和山穷水尽的保护困境。这些年每当夜间狂风大作、电闪雷鸣、暴雨倾盆，我不免要担心它的安危。我家离书隐楼不远，晚上饭后散步，经常会沿着中华路往东北方向走去，过了地铁9号线小南门站点往左一拐，再往天灯弄一钻，那里弥漫着人间烟火，77号的书隐楼就蜇伏在灯光黯淡处，大门紧闭，不过看一眼从围墙上蹿出的那棵大树，或可稍稍心安一点。

　　书隐楼的情况，不少朋友略知一些，百度上有介绍，但不尽准确："书隐楼位于水仙宫北(今天灯弄)。清乾隆进士沈初建。占地4亩余,建筑面积2230平方米。宅共5进, 70余间。一至三进为宅邸花园, 有轿厅、正厅、话雨轩、十字墙、船厅、戏台及池沼、假山、花圃等; 四进为藏书楼; 五进起居室为'口'字形走马楼建筑。屋宇雕梁画栋, 四周有3.6丈高风火墙, 比上海县城的城墙还高出1.2丈。门枋有'古式是训'字碑和长卷式砖雕故事图。左右侧砖雕分别为'老子骑青牛出函谷关'和'周穆王朝觐西王母'。砖雕人物形态各异, 栩栩如生。楼前东西两侧厅与厢房之间各有砖雕屏风, 正面为三星祝寿、八仙游山, 底部为鸾凤和鸣, 背面是云中飞舞蝙蝠, 均为双镂空砖雕, 造型生动, 雕工精细……"

　　其实书隐楼并非沈初所有。此处最早是上海三大园林之一日涉园旧址的一部分。据文史专家朱少伟先生考证：明万历十七年（1589），上海县城南梅家弄（今梅家街）的陈所蕴进士及第，历任刑部员外郎、江岳参议、大名府使、河南学政等职，后来便在南梅家弄祖宅旁边购得二十余亩地，开始建造日涉园。清代初年，陈氏家道中落，日涉园由上海士绅陆明允购下，陆对园子进行了一番改造和重修，把陈氏旧宅与日涉园连成一片，并造了藏书楼"传经书屋"，请沈初题写了"书隐楼"的堂匾，邑人均称"传经书屋"为"书隐楼"。（《上海城建档案》2017年第4期朱少伟《上海书隐楼漫话》）

但是前些天我与三五个朋友踏访书隐楼，文献中描写的情景很多已经烟消云散了，比如那块"书隐楼"的堂匾就不知所终。船舫厅也只剩下一个空壳，两旁的美人靠散了架，零部件堆在正厅里，任凭日晒雨淋。建筑内部的梁枋、斗拱，以及两个垂莲柱还依稀可见，上面雕有各种花卉、花篮、如意。在十年动乱中，这里几十间房子被一家街道工厂强行占用，还搬进了震动很大的机器，空间随意切割，砖木结构遭到钢构水泥的强势撞击，地板也被人撬起，他们大概要寻找臆想中的黄金珠宝，最终当然失望，然后为了发泄私愤而采取变本加厉的破坏，木结构上的许多精美雕刻受到严重破坏，而且一看便知是存在着不加掩饰的恶意。

陪同我参观的文保部门朋友大为感慨：遥想当年，日涉园与豫园、也是园、半淞园、露香园等一起构成老城厢古典园林的雅致风景。书隐楼还因藏书丰富而与南浔嘉业堂、宁波天一阁并列"江南三大藏书楼"。后人不孝，书隐楼几次易主，最后辗转而归郭氏。

书隐楼的"留守女士"郭誉文女士友好地让我们进入，并领着我们在可以走动的地方看了一圈。

郭誉文女士说："我们郭家祖上原籍福建龙溪榴山，世代从事海上贸易，往来于闽、粤、台湾与南洋诸岛之间。家族成员迁居于各地的经商口岸，构成置货销货的网络。清乾隆年间，郭氏家族看好上海港的位置，派出家族成员郭梦斗，移居申城开设商行，创立了郭万丰船号，又开设了瑞泰丝茶号、丰泰木行、长丰银号、万益钱庄，从江南各省采办丝绸、茶叶、瓷器、棉布等土特产出口，从东南亚输入蔗糖、珍珠、珊瑚、檀香、红木、象牙、鱼翅、燕窝等供国内消费，生意做得风生水起。致富后又买地置产，造园修宅，成为赫赫有名的船商。对了，十六铺金利源码头也是我们郭家的。"

郭女士六十出头，面容有些憔悴，穿着不甚讲究，举手抬足也不见"名门之后"风度。不过她说话倒是极直爽，一直强调自己是"退休工人"，没读过多少书。

"你是社会大学毕业的优等生"，我说。她向我们介绍家族历史和这处建筑的特点时，简明扼要，比较专业。她笑了："我从文保部门干部嘴里学到了不少专业知识和专用名词。"

郭家后人大多数移民海外，在上海只留下她与她的兄长，但"落地生根"守护在此的，是她一个人。是的，日日夜夜，春夏秋冬，就是她一个人。她结过婚，有过上海市民社会一个正常家庭应该拥有的一切，只是命途多舛，谈不上祖荫与荣耀，只有烦恼和寂寥。或许家族留下的这笔财富过于沉重，过于脆弱，现在……我在没有征得她同意的情况下也不便多说了。我只能说，为了古建筑的安全，她很少跟外人交往，几乎严防死守，不轻易让外人进来。她甚至做到了不举明火，一日三餐全靠叫外卖。也不安装空调，因为安装空调至少要在墙上打出水孔，她不愿让已经极度衰弱的古建筑因为一台空调而多出一个很小的洞来。可以想见的是，一到冬天，偌大的房子里该有多少清冷！

也因为老房子特别潮湿，地砖又容易吸水，她得了关节炎，只能靠红外线取暖器来进行简单的理疗。

"有时候，会有小偷翻墙进来偷东西，睡梦中听到声音，知道不是猫和蛇，但披了衣服出去一看，没人。第二天才发现少了什么东西，石雕、砖雕、柱础小偷搬不动，不会偷，小件的东西很容易带出去。"郭誉文女士说。为此她在居住的正厅外安装了一道铁门，毕竟这里是书隐楼精华部分的所在，有砖雕、木雕等。

"小偷还不是最吓人的，最吓人的是狂风暴雨来了，院子里突然传来一声巨响，我撑着雨伞出去一看：又坍了一幢楼，楼梯也一起坍下来，雕花门窗散落一地……我只能仰天长叹一声：老祖宗啊，我对不起你们啦！"

二十多年前，墙外造起了新房子，规划和建设都不正规，造成书隐楼地基明显沉降，西厢房就在2002年的某个晚上倒坍了，郭誉文的父亲郭俊伦先生就此病情加重，并于这一年溘然去世。

郭誉文说起父亲动了感情。郭俊伦早年毕业于交通大学土木系，后从事建筑设计工作，对祖上传下的书隐楼极为珍惜，身前勉力保护。她父亲留下一幅手绘的豫园全景图，装裱后挂在她的房间里。她受父亲影响，也爱好画画，不过是西洋水粉画，有两幅花卉挂在墙上，与一本挂历并排，这是正厅里唯一鲜亮的色彩。

这处老房子在我们走动时发出咯吱咯吱的声音，似乎随时都会发生令人难堪的变化。阴暗，潮湿，破烂，衰败……我甚至不敢轻易触碰身边任何一件东西。从窗格图案和柱础等建筑部件上判断，主体部分应该是明代的，相当一部分呈现出清代乾隆时期的风格。

文保部门的朋友透露，早在上世纪80年代，南市区文保部门就考虑对书隐楼进行房屋置换，以便修缮保护。原南市区文化局一位领导曾向我透露，当时开出的价格是五百万元，眼看双方要签约了，最后却由于种种原因功亏一篑，非常可惜。后来随着房价一路疯涨，虽然每次接触也会大幅加码，但双方距离越来越大。据郭誉文女士说，书隐楼当年只有六家兄弟姐妹，三十年后的今天，郭家在海内外的产权人已有二十四个，每个人都有自己的诉求，在现实情况下，房屋置换几乎是一桩"不可能完成的任务"。目前，文保部门能做的也许就是密切监视，每月给郭誉文一千元补贴，遇到情况及时报修。

十多年前我来过这里，是参加黄浦区政协视察活动的，那时还可以上二楼，我看到两三张八仙桌上堆放着十几摞线装书，没有任何遮盖，拿起几本翻看，也不是什么善本孤本。而这次我向上走几级楼梯就被郭誉文制止了。她本人也已经有多年没上楼了，文保部门的人也不敢上去，怕一脚将楼板踏穿，连楼带人一起倒坍。

好几间摇摇欲坠的房子，从天花板到外墙都靠粗重的圆木支撑着。这里的一切，都似乎在等待"最后一根稻草"。

花园荒芜已久，野草过膝，砖瓦遍地，空气中弥漫着霉烂、潮湿及因冷寂而产生的嗡嗡声，还杂夹着极其新鲜的树叶嫩芽自由舒卷的气息。以前精心布置的假山、池沼、花坛都没有了，有鸟飞来，高栖于树梢，鸣叫间，粪便就拉在草丛中，种子得到阳光、雨水及有机肥的滋养，很快长成一棵树，几十年一晃，居然高耸入云。

郭誉文女士又跟我说起一件事，2010年世博会前，有关方面要摄制一部反映中国古代文人居家生活的电视短片，就借了书隐楼东厢房拍片，摄制组就地取材，将四扇雕花大门悬挂起来，组成一组屏风样的隔断，中间置一张方桌，上面再搁一块清代苏州造的金砖，一个古装演员装模作样地在金砖上写字，看上去诗意盎然。片子拍完，这里的一切就这样固定下来，积了厚厚一层灰尘。

"城市让生活更美好"，却没法让书隐楼更好。以世博会名义在书隐楼里拍摄的短片，未免让人唏嘘。

恣意生长、欣欣向荣的植物与每分钟都在衰朽的建筑形成强烈反差。日月如梭，花开花落，时间一分一秒地过去，书隐楼走向毁灭难道就是唯一的结局？

藏宝楼淘宝忆往

老城厢方浜中路上的藏宝楼是中外闻名的室内古玩市场，每逢周末，人头攒动，交易兴旺，2018年末，贴出了自2019年元旦"停止对外营业，关闭市场"的告示。

有人说藏宝楼本身就是一个违章建筑，早就该拆；也有人说藏宝楼现在就是个假货市场，没有存在价值。这里我先不作评论，只想说：这个藏宝楼见证了上海民间收藏的一段珍贵历史，无数的民间收藏爱好者在那里留下了足印，留下了快乐与遗憾，这是上海当代风俗史和文化史的一个鲜亮有趣的注脚。

古玩收藏曾经是第三大投资热门

俗话说：乱世藏粮，盛世藏宝。改革开放四十年，民间收藏活动持续升温，到今天，家里如果没藏几件名人字画、紫砂玉器、竹木牙雕、古陶旧砖、硬木家具等，就羞于谈文化了。有人统计，仅在上海一地，收藏爱好者的人数就超过了五十万，古玩市集也有十多个。每当拍卖会行情飙升，或者北京故宫、上海博物馆又办了一个顶级文物大展，古玩市场里与此相关的老物件行情就会往上跳一跳。

从收藏爱好者的动机看，有人是为了怀旧，通过一些旧物来寄托自己的感情，在把玩之中回味人生的况味；有人是为了休闲，有共同雅好的人相聚在一起，交流收藏体会，鉴赏新得的尤物，不失为一种精神调剂；也有人是为了投资，古玩一项在四十年里的升值绝对超过楼市与股市，我在二十五年前就写过一篇文章《古玩收藏已成为上海人第三个投资大热门》，境内外许多电台、报刊都转载了。

当然，最令人钦佩，也最不动声色而实际上常在心底翻江倒海的是那些看惯春风秋月的收藏家。他们可能家底不厚，收入不丰，但为了追访某件心仪已久的旧物，如追慕秋水伊人那般痴情。这些"富有的穷光蛋"，早把器物视为精神的载体了，并将自己的生命融于器物的历史和今天的呈现之中。

社会大背景和收藏爱好者的经济及感情双重投入，就使得上海的收藏活动呈现出一种彬彬大盛的盛世气象。

上海人淘古董的雅好由来已久

在上海一百多年的近代史中，曾涌现过许多赫赫有名的大收藏家，上海也是古董聚散的大码头，曾被誉为中国收藏的半壁江山，直到上世纪六七十年代，上海文物商店里的文物古玩还为国家创汇发挥了不可替代的作用。而城隍庙经营骨董和艺术品也是一个传统，清末民初的庙内，就有四美轩、爽乐楼等店铺出售从清代皇宫中流出来的水晶、朝珠、玉璧、玉带、玛瑙、翎管等骨董（古董的旧称）。到上世纪二三十年代，这里的旧书店、笺扇店、旧家具店、旧钟表店有不少，文人墨客在此淘淘善版古籍，看看名人字画，请人刻一方寿山闲章，再拐进门脸小小的古董店觅一两件汉砖砚、清代水盂、白玉手把件，不失为一种风雅的消遣。

上世纪70年代末，风雨过后的城隍庙的古董店几乎全部凋零，但是随着市场经济的启动，在我老家附近的会稽路上慢慢形成了一个临时的露天市场，平时风平浪静，一到周末的下午，成百上千的人就聚集成市，在短短一二百米的道路两边摆满了地摊，有家具、瓷杂、铜镜、古钱、邮票等等，真是五花八门。那时我没钱，这方面的知识储备也不足，只买过十几枚古钱币，创作了一件装置艺术品，现在想来真是暴珍天物了。

会稽路市场后来受到有关部门几次冲击，最终被取缔。我真正迷上收藏这项爱好，始于在福佑路市场淘宝。

福佑路古玩市场也是自发形成的，后来有一个工商局下面的管委会在执行日常管理。这是一个典型的马路集市，以福佑路为主，加上长生街、旧仓街和晏海弄各截一段，构成一个U字形。除了十几个固定的简易摊棚外，临时摊位有一两百个，挤占了道路两边的人行道，只留下道路中央窄窄的一条供人行走的缝隙，有时候行人双向交会得扳住对方的肩膀，彼此关照，倘若站立不稳就会一脚踩到古董。

福佑路市场品种繁多，除了陶瓷、青铜、玉器、木器、书籍这几类大项外，还有不少杂件，比如月份牌、老照片、紫砂壶、木匣、竹编、旧照相机、打字机、旧手表、旧织锦等，我甚至看到过一沓沓的老地契、老当票等。

古董贩子来自全国各地，他们周五晚上来到上海，在城隍庙周边小旅馆投宿，有些门槛精的收藏家就在周五晚上深入小旅馆与古董贩子套近乎，吃"头汤面"，价格也出得比较高。后来在东台路古玩市场和华宝楼里开店的老板就是通过这个方式挖到了第一桶金。

这个市场每逢周六、周日才开市，平时只靠几个固定小店维持场面。正是这个特点使得这个市场更灵活，更方便，更有可能让收藏爱好者捡到"漏"，价钱也相对便宜些。所以每逢"赶集"便人山人海，从凌晨设摊到傍晚收市，保守估计也有四五万人次进出，其中还有不少老外，我经常看到挂黑牌照的轿车停在路边。

天将破晓，晨曦微露，古玩、旧货摊就浩浩荡荡地摆开了，这在旧时称为"鬼市"。各路收藏爱好者从四面八方赶来"捡漏"，拿着手电筒和放大镜，打量着相中的古物旧器，然后讨价还价。交易时使用业内行话，一百元叫作"一元"，十元叫作"一角"，人民币在特定时空中似乎贬值为十分之一。

应运而生的藏宝楼

我也经常起早赶去淘古玩。三十年前古玩价格真是便宜，汉代的陶壶，釉色稍差一点的才一两百元，一千元可买到相当精致完整的一件大器了。晋代的青瓷罐，釉色好、纹饰清晰的也不过四五百元一件。宋代的影青刻划斗笠碗，稍有冲，二十元一个，完整无损的"娃娃碗"三千元就能成交了。清代的民窑瓷盘，比如青花过墙龙盘，尺寸够大，也不过几百元一个。

但是这个市场的环境实在糟糕，三条小街几百米长，中间夹着两个公共厕所，倒马桶的、大小便的出没于此，苍蝇乱飞，臭气熏天。

　　到了1997年前后，河南南路和中华路拓宽，福佑路一带整个街坊都拆了，皮之不存，毛将焉附？古玩市场也就没了。但此时正值豫园第一次大规模改造结束，方浜中路在旅游地图上被称为"上海老街"，老街西端立有一座牌坊，北边有一家沪南电表厂，估计生存困难，厂房空关，豫园商城集团就将老厂房改造成一幢六层楼的仿古建筑，定位古玩市场，取名"藏宝楼"，招商简直是手到擒来。有一朋友想在这里租一个铺位，我托到熟人打招呼，也只租到一个不足三平方的铺位。

　　后来据我考证，藏宝楼的原址是广福讲寺，这座讲寺始建于后晋天福年间，历史相当悠久，也算有些规模。明嘉靖年间倭寇进犯东南沿海，上海当局军费告缺，地方士绅议将此寺出售充款，此事被当时还在都察院左都御史任上的潘恩知道，就捐出一笔银两，保住了这座古寺。后来，士绅又议起此事，潘恩再次捐款，又使它逃过一劫。所以到了明万历十三年（1583），寺内特地修"定恭祠"祭祀潘恩。建国后广福寺成了沪南电表厂。

斗智斗勇正是淘宝的乐趣所在

　　其实，当福佑路市场人声鼎沸之时，方浜中路城隍庙西侧的华宝楼已经开张，东台路古玩市场也已形成，稍后出现的还有南京西路上海电视台对面的奇石市场（也有古玩店铺和周末集市）、云洲古玩城、中福古玩城等，最晚的大概是虹桥古玩城。

　　收藏爱好者对藏宝楼的认可度最高，理由很简单，在"新（新）加（假）坡（破）"泛滥的大背景下，这里还能够淘到真东西、好东西。

　　藏宝楼飞檐翘角，朱漆雕栏，正门前有一小广场，绛红底色大理石落地招牌突出"藏宝楼"三个铜质镏金大字。广场两边都是店铺，有时候石佛像或红木家具正好从外省运来，暂时堆放在此，情景颇让人激动。

　　藏宝楼底楼以宝石玉器、红木摆件、铜器牙雕为主，由浙江商贩在此设柜台经营。夹层有点像民国早期石库门房子里的走马廊，挤满了古玩铺。这些店铺虽然小，但常常令人有意想不到的收获。店主都是入道较早的民间收藏家，早十年收进的东西此时出手，获得可观。

二楼有几家经营旧红木家具的店铺，还有一帮宁波人开的雕花板店，用新樟木雕刻的窗板屏风还算精致，新做朱漆提桶也散发着热热闹闹的喜庆色彩，有些开红茶坊、开服装店的老板就会来淘些雕花板、提桶，为店铺增添民族情调。

东窗下是福建、浙江商贩的地盘，出售寿山、青田、昌化、巴林印章石材，讨价还价空间很大。但有人常常在石材表面涂了很厚一层油，将裂缝、砂眼等瑕疵刻意遮掩。更可恶的是，有些不良商贩会将鸡血石切割成薄片，贴在其他劣质石材上，冒充正宗鸡血石，索价颇巨。甚至有恶劣者以塑料加石粉注塑成型，做成几可乱真的鸡血石印材蒙人。

三楼经营的品种就更多了，有旧瓷器、老照片、旧杂件、旧扇面、旧书籍等，还有旧电扇、旧相机、旧手表等，凡是老上海有过的东西在此都可以看到踪影。有一次我看到一个铝质的橙子榨汁夹子，底下刻了两行英文，原来是美国海军某艘航母上使用过的，还有1943年的纪年款。还有一个专售旧锁具、旧灯具的摊头，我装修新居时，就在此淘到几个旧灯罩，还配了铜质的旧灯头，原汁原味的老上海石库门房子风情。

四楼就是人气最旺的地摊市场。每逢双休日，凌晨四五点钟光景，背着蛇皮袋或纸板箱从外省市赶来的商贩就在这里抢地盘摆摊。五六点钟，淘宝人纷至沓来，将整个楼面挤得如小菜场一般热闹，昔日福佑路的一幕在此重演。老老少少打开手电筒对着一件旧瓷器反复细看，买者如雾里看花，忐忑不安，卖者如姜太公钓鱼，稳如泰山。交手之间，百元大钞如水一般哗哗流淌。七点过后，窗外天色转白，摊头与摊头之间的夹道摩肩接踵，来往交会变得十分困难，叫卖早点、泡开水的大妈也推着小车冲进来吆喝。

这里可以看到青海、甘肃出土的马家窑陶罐，战国印纹硬陶罐，汉代的绿釉壶或酱釉瓿，晋代的青瓷莲瓣纹壶、鸡头壶、虎子，唐代越窑的粉盒、执壶等高年份的文物，明清时期的民窑瓷器就更多了。如果你跟老板谈得投缘，他或许能从柜台底下捧出一个锦盒，吹散一层灰尘，让你看一件唐代的三彩胡人俑或元代青花刀马人物图案大罐。当然你得想明白，馅饼不会偏偏砸在你的头上。

不以捡漏喜，不以"吃药"悲

如果你捷足先登，心明眼亮，就可能捡到漏，江湖气重一点的就叫"吃仙丹"。个中乐趣，是旁人难以体会的。当然一不留神买进赝品，就是"吃药"了，如经高人点拨或等天大亮后一看才明白过来，难免懊丧，若去与摊主论理，基本上鸡同鸭讲，吞进肚里的肉包子谁愿意吐出来？古玩这一行，斗的就是眼光和勇气，你跟人家争得面红耳赤，不仅多受一包气，还可能会招致旁人笑话，打落牙齿一口吞吧。

我在藏宝楼捡过几次漏，至今得意。有一次看到一具德化香炉，两边贴塑一对狮面铺首，细看釉色和器型，绝对"开门"，而且是猪油白，明代上品。因为时近收摊，摊主开价八百元，我还到五百元购得。后来在广东路文物商店一次展销看到这样一具香炉开价五千元，一露面就被人抱走，再后来在一次拍卖会上，同样的香炉以三万元成交，现在这样的香炉应该更贵了。还有一次看到一个清康熙青花鱼化龙瓷盘，以二百五十元购得，前不久在北京潘家园古玩市场看到，比我当初购进的品相还差一些，索价二千五百元。还有一次，以四百多元购得一个出土的宋代影青弦纹四系罐，连盖，完整无缺。溜肩，鼓腹，束底，造型非常优美，诚如古人形容美女时所言："少一分则瘦，多一分则肥。"现在市场屡有拙劣仿品显现，真品再也见不到了。

不过遗憾的事也是有的。只说两件，一件是东晋青瓷鸡头壶，1999年在藏宝楼四楼地摊上看见，要价不过四千元，我嫌贵，想转一个圈再来跟摊主讲价，没想我手一松，就被身后一个人拿走了，今天这样的壶起码两万元。还有一次看到一件清乾隆青花马蹄杯，内容为八仙过海，人物面目细腻传神，海水纹也相当生动，摊主没多要，开了八百元，跟我在一起的朋友嫌贵，劝我再压低一些，结果没谈拢，转一圈再去，没了。

当然，任何人涉足收藏领域，"吃药"都是不可避免的。我也吃过药，有一次在华宝楼看到一件磁州窑梅瓶，小口、短颈、丰肩、圈底，瓶上极随意地勾勒一枝莲花。磁州窑是宋代著名的民窑，风格洒脱，意趣盎然，是我多年来寻寻觅觅的对象。一上手就放不下了，以心理价位收入囊中。回到家里仔细一想不对，宋代的磁州窑，又是北方窑口，南方一带的市面上并不多见，凭什么让我以低价收进？再找出有关资料一对照，发现是新仿的。

古玩这一行的利润多半是靠做假卖假得来的，藏宝楼也一样。你即使眼光再好，专业知识丰富，一两个月与市场疏隔，在新冒出来的仿品前也可能看走眼，就像马未都这样的高人也不敢打保票。这就叫道高一尺，魔高一丈。

藏宝楼广场西侧有一圈像副楼的房子，名叫珍宝馆，这里聚集了数十个店铺，排列齐整，挂有匾额，以老窑瓷器、竹木牙雕为主。店主多为老江湖，货色比较正，价格比地摊货贵不少。我在业内高手叶福芳的帮助下，收获了不少好东西。

在一些熟悉的店铺里，店主会邀你坐下喝杯茶，拿出几样新近收进的东西让客人上手，谈得拢就当场成交，钱不够也没关系，货先拿回去，回头再补齐。如果谈不拢他也不会在意，照样客客气气。

想起老北京常说，过去北京琉璃厂的古玩店，老板个个都有一股儒雅之气，客人进店，一眼就可知道你懂不懂行。懂行的就请你入座，叫伙计上了香茗跟你聊上半天，你什么也不买他照样乐呵呵的，图的就是人情。慢慢的，你有事没事就会到他那里去，他有了好东西也会给你留着，帮你开阔眼界，积累收藏。藏宝楼、珍宝馆也继承了这样的风气。

收藏狂欢结束了吗？

收藏界人士认为：藏宝楼在十年前就显露疲态，世界经济形势下滑，首先会在奢侈品消费这一块体现出来，而艺术品和文物在某种意义上说就是不可再生、不可复制的最高等级的奢侈品。当然，从最近两三年境外大型拍卖会上文物古玩这一块来看，中国古代艺术品包括陶瓷、竹木牙雕、青铜器、古籍善本等行情还是不错的，似有起底回升的态势。但民间收藏这一块则面临着诸多难题，首先是政策不允许来源不明的、高年份的、明令禁止交易的文物浮出水面；另一方面，在民间市场上，文物古玩变现还是比较困难的，用古玩文物抵押贷款更是风险巨大。还有一个根本上的原因是，大规模的基建项目减少了，特别是随着文物保护意识的加强和相关政策、保护措施的到位，在文化堆积层厚重地区，古墓、古城墙、古河道等文化遗址得到了严密的守护，文物流失的情况大为改善，古玩市场上的文物来源几乎被截断。而在民间收藏界，随着收藏爱好者队伍的日益扩大，家有收藏的人一般也不愿意放出来，这样就形成了"只进不出"的局面，市场交易量也就少了很多。

从上海现有的古玩市场来看，交易量逐年下降，绝大多数商贩都是靠销假售新仿工艺品或假古董来维持运营，而且假货的利润远远超过真品，这样一来，对收藏行为本身的伤害也是极大的，令一般初涉此道者在频频"吃药"后不得不遗憾退出。如今古玩市场上唱主角的基本上就是青白玉、翡翠、南红、珊瑚、紫檀、菩提子手串等饰品。

从文化层面上说，文物古玩包含着大量的信息、知识、文化和美感，向今天的人们提出了有力的挑战，任何人都不可能一次性地拥有它的全部内容。你开始只是拥有一件东西，而对它的认识，要在一个漫长的时间中完成，在不断深化的研究中，这件文物的客体才会渐渐消失，它将成为你意识的一部分，将被赋予生命。你越深刻地认识它，你与它的联结就越亲密。所以说，一件文物古玩对收藏者构成的巨大诱惑不仅仅在于它的经济价值，而是这个客体的永远存在和转换。你要想与它产生联系，就要付出巨大的智能与情感。

如果说二十年前还有不少收藏爱好者将收藏当作一种投资手段，而对文物客体的研究不够充分，那么在今天的文化环境下，已经有越来越多的人认识到这一点，真正的收藏不应是财富的积累，而应是精神的积累、知识的丰富、欣赏的愉悦、知音的响应、对古老文化的崇敬，由此，民间收藏正向着深度和广度进发，这需要时间的淘洗，更需要沉静的等待。

收藏界人士认为，像当年购买股票认购证那样的全民狂欢已经结束了，民间收藏界进入了交易低谷，但低谷并非颓势，更非熄火，而是酝酿着新一轮提升。看看正在上海博物馆举办的董其昌大展就知道了，热爱并研究传统艺术的人是何等的踊跃，其热情是何等的高涨！

最近，国家文物局有关领导明确表示"国家一直支持民间合法收藏文物"，将进一步"规范文物经营活动，引导民间收藏行为"，种种迹象表明，关于文物古玩收藏与交易的新政也在酝酿之中。可以期待的是，新政必将大大推动民间收藏活动向着更广、更深、更有利于价值投资和人文修养的方向发展。

今天，藏宝楼的使命完成了，谢幕了，但是民间收藏活动是不会消失的，藏宝楼里的商贩与淘宝人斗智斗勇的场面以及种种传奇故事一定会出现在别的楼里、别的馆里甚至在互联网上，那肯定又是一道值得张望并沉浸其中的风景。

城隍庙的三巡会

在我小时候，过年的重要节目之一就是"白相城隍庙"。城隍庙离我家不远不近，步行二十分钟即可抵达。那里有九曲桥、风味小吃、百样杂货，还有卖梨膏糖、套圈圈、看西洋镜等等，对孩子而言，印象最为深刻的并非木制的刀枪剑戟，而是动物商店里的两头蛇、红蜘蛛、绿毛龟之类。

还有"武松打虎"，这是一台拉力器，上面有武松打虎的彩色雕塑，从老虎的脚爪到高高翘起的尾巴都安装了一颗颗小电珠，游客付了钱就可以上前一试膂力，手抬把手，大喊一声，小电珠依次亮起。如果这位游客力量超强，小宇宙大爆发，那么小电珠会一路蹿升至尾巴顶端，发出耀眼的光芒，里三层外三层的围观者就会报以热烈的掌声，尤其是小屁孩们，无比景仰，仿佛遇到了武松本尊。

稍大后，家里大人差我去买瓶塞、买纽扣、配热水瓶胆，我都非常乐意，任务完成后再去九曲桥上走一走也是相当惬意的。城隍庙对孩子而言就是一个社会大课堂。

半个世纪之后的今天，"白相城隍庙"的外延有了扩展，"好白相"的内容也不断加载，这里仍然是中外游客享受世俗乐趣、领略风土人情的场所。如果我们进入城隍庙去仰望城隍老爷的面容，种种思绪一定会透过缕缕紫烟，在历史与现实之间穿梭。

可以这么说，上海的城隍庙以历经数百年风雨沧桑，几毁几起，几屈几伸，身披兵燹之乱的箭疮与灼痕，此后又不断地被金髹彩绘，无言地见证了上海从一个小镇到国际大都会的巨变。它那富有戏剧性的命运变幻，在全国也是不多见的。

据《上海研究资料》记载，城隍庙每月只有朔、望两日对外开放，届时游客自然蜂拥而至。但一年中也有十多个节目：元旦这天烧头香，游客最多。正月初三内园举办梅花会。正月十五举办元宵灯会。二月二十一日是神隍诞日。三月清明前一日举办三巡会。四月立夏进奉新麦上供。四月下旬西园有艺花会。六月初六是旧俗天贶节，城隍庙在这天有晒袍会，全城的裁缝师傅都会参加。七月十五为中元节，城隍老爷再一次出巡。九月中旬庙内举办菊花会，各界人士像模像样地要品评一番。十月一日，按照清明和中元节的规模再举办一次出巡。毫无疑问，三巡会是城隍庙一年中最抢眼的走秀活动。

小时候听大人绘声绘色地描述过城隍老爷出巡，最不可思议的是出巡队伍中，有大力士将一尺多长的钢针穿过自己的手臂，钢针挂着几根铁链条，吊起几十斤重的大香炉，而手臂不会因此出血，大力士也不感到疼痛，或者他根本不知道什么叫痛。甚至有人将数枚钢针横穿自己的脸颊，也不会流血满面，事后也不会留下丝毫伤痕。对此我一直存有疑问，直到数年前从上海档案馆里看到记录三巡会的照片和影像资料，才相信此事确实存在。但这些大力士如何经得起这般折磨，还是一个问题，而且至今还没人能从科学角度进行解释。

所谓三巡会，据说始于明太祖时期。这项活动也称祭坛会，其实就是城隍老爷出巡。清明、七月半、十月初各一次，目的是"赈济厉鬼，确保平安"。

起因是一场惨烈的战争。元至正中，朱元璋、张士诚、陈友谅各起兵于中原，形成鼎足之势。后来张士诚为朱元璋所迫，不得不向元政府投降，至正十八年（1358），上海土豪钱鹤皋与张士诚联手起兵，被朱元璋部击溃在濒浦塘。钱鹤皋逃跑时被生擒，后押至金陵处死。据民间故事说，钱被砍头时，喷出一股白色血液。朱元璋认为钱鹤皋也许会变成厉鬼，在人间作祟，于是下令城隍赈济厉鬼，又敕封钱鹤皋为鬼头——朱元璋越过阎王爷签发委任状，让对手在阴间里做官。由于钱鹤皋是上海人，因此上海城隍赈济厉鬼就更加当回事，规模也比其他地方大。

有关三巡会的资料不少，描述相差无几。但我更愿意相信陈存仁的著作《银元时代生活史》中的现场描述。这位上海老前辈的祖上在小东门开过两家衣庄和两家绸缎庄，家道中落后拜姚公鹤和章太炎为师，后来创办《康健报》，并在山东路2号租房开设诊所。他撰写的《银元时代生活史》《抗战时代生活史》，为今人研究上世纪上半叶中国，特别是上海经济生活的重要札记类档案。上世纪70年代香港电视剧《上海滩》在内地播出，轰动一时，"浪奔"之声，犹在耳边，陈存仁就是这部电视剧的特别顾问。1985年，陈存仁这个"老上海"在美国洛杉矶因脑溢血突发病逝。

在《银元时代生活史》中，恰有一段写到陈存仁先生于1934年在南市养病，适逢十月朝的盛会，在秦裕伯后人秦伯末的陪同下，观看了城隍出巡的全过程。

这里不妨做一次文抄公，有删节地将陈医生的精彩描述贩卖一次。

……到了第三天，是出会的"正日"，城隍的坐轿，是一顶金碧辉煌的绿呢大轿，由八个人抬这顶轿，轿中坐着的并不是大殿上的城隍像，因为这座神像是用就地生长的一株古老银杏木雕刻飞金的巨像，无法搬动，所以就由内宫中请出一尊较小的呼为"行官"的城隍像来代表，形式是相仿的。城隍大轿请起时，钟鼓号角齐鸣，鞭炮之声，不绝于耳，四周善男信女都跪在地上叩送。那时庙门外面，已经有仪仗排列着恭候，挨次作缓缓进行，最初是有四只顶马，跟着的是一块路由牌，接着就是经两人抬的两面大锣，这两面锣还是明代的遗物，声响极大，随后就是清道旗，肃静回避的虎头牌，朱漆金字的官衔牌，上面写着敕封显佑伯、护海公、护国公等名堂，后面接着是高昌司、财帛司、春申侯等衔牌，此后便是许多皂隶，青袍赤带，有的红冠，有的黑冠（俗称红黑帽），各人手执水火棍，以及各式刑具和铁链，一路口中呼喊着"虎威"两字，缓步前进，其中还有全副执事，都手执朱漆红棍的兵器，这就是城隍仪仗队。中间还有几对号角，吹的时候其声呜呜然，声音使听者惊心动魄。仪仗队后面跟随着很多穿黄衣的会众，人数有一百多人，这些人俗称"黄衣会首"，多数是工人；有些人自以为罪孽太重，则穿一种蓝色短衣随队游行，认为可以赎罪的。接着是无数的女人，都身穿红绸衣裤，腰系白绉裙子，都扮成女囚的状态，皆是许愿参加，希望赎罪的。后面叫做旗牌队，着武士装骑在马上，人人手执五色丝绣大旗，每到一个地广人多的地方，便纵缰疾驰，借此耀武扬威,叫做"出蹻头"。马队过后,又是穿玄衣紫带的皂隶数十对,手握铁链和手铐,铁链又粗又重,一路走一路在地上拖,琅当之声不绝。接着就有许多袒身露腹的大胖子,手执朴刀,作刽子手状,这几个人,都是从屠夫行业中挑选出来的,这种人腹大如鼓,胸前长着无数茸毛,脐部贴了一张膏药,蹒跚而行,既威且武,这是最使大家瞩目的。后面跟着来的,百戏杂陈,有些是踏高跷,有些是抬阁,有些是荡湖船,大都是饰演武松打虎,八仙过海等民间故事。还有些蚌壳精,是一个年轻貌美的女孩子扮演的,身穿肉色紧身衣,绣花红肚兜,两面蚌壳,一张一翕,很是动人。其中还有一个瘟官,抹上白鼻的丑脸,歪戴乌纱帽,拖着小胡子,右手执着白纸扇,左手拿着一个便壶,坐在轿子里作饮酒状,这是讽刺糊涂官的一幕。

所谓"抬阁",是一个方形的台,上面立着一个小孩子,两手托着两个男女,看来好像力大无比,其实里面是一个铁架支持着的。这些男女扮演唐僧取经、水漫金山等民间故事。这种抬阁是会景中的主要节目,还有几个小童扮成武松样子,矗立在大人的肩上而行,也是很受欢迎的。

此外,是"腰锣""万民伞""对马""清音"(俗称小堂名),又有一班班的"清客串",即是吹笛箫笙管的音乐合奏,声调悠扬,非常动听。

会景之中,最教人看来有惨不忍睹之感的就是"托香炉",是用银钩一排,刺进臂部的皮肉中,下垂铜链,拖着一只十多斤重的锡香炉,这种人的臂部皮肉几乎生了结蒂组织,所以从来没有血液外流。一般看会景的人,都认为是获得了城隍的保佑,所以不会流血。

还有许多黑衣紫带的阴皂隶,耳边插上一张黄纸,手执卷牍或刑具,仿佛捏着传票与刑具要捉人的模样。阴皂隶每两人一排,眼睛相向直视,眼珠一动不动。扮这种皂隶的也是熟手的人充当,否则一路上不霎眼是办不到的。虽然扮阴皂隶定眼不霎,直视以行,但还有侍候左右的照料人,频呼"上下高低"之声作指示。

最后是城隍的神轿，由八个人抬着，另有许多皂隶和武士护驾，呼喝之声震天动地，看会的人也觉得城隍神的威灵显赫，两旁寂静无声，迷信的男女跪地膜拜。富有之家，都在自己门口设香案迎神。先于城隍之前的是高昌司、春申侯、财帛司等五座神轿，此后又有许多穿红衣白裤的男女犯人，手上锁铐，颈项套枷，有些背上还插着"斩条"，斩条上写着罪状，有若干妇女因为身患重病时所许永远出会扮犯人之愿的，特地乘坐小轿参加行列，借此赎罪大还愿。有些是由租界来的青楼女子，也穿上女装囚衣，戴了银制的手铐和银链，打扮得花枝招展，她们是借此来出风头的。

城隍出巡，先期向神求签占卜，有时从东辕门出发，朝东而行；有时由西辕门出发，朝西而行，总之一定要绕行城厢一周而抵达南郊义冢。

神座在南郊义冢前排齐之后，小休片刻，再起驾回辕。其他高昌司、财帛司等也各自摆驾回衙，一场盛会也就此宣告结束了。

后来我在别的书里看到专门描述：所谓香炉也叫"肉心灯"，这种锡质大香鼎每只重达四十余斤，能挂在手臂上或吊在穿过皮肤的铁针上不掉下来，也算是奇迹了。还有一点是，在各城门的主要地方和集市场所，还设有五牲齐备的酒筵，出巡队伍每到一处，大轿都会暂停片刻，好让城隍老爷饮酒吃肉——当然这是意会，凡胎肉眼谁也看不到。

据《邑庙札记》记载，上海县城未拆除之前，城隍出巡的路线为：出正门，穿越三牌楼、四牌楼，经肇嘉浜（今复兴东路）折入凝和路、尚文路、九亩地、老北门、杨家桥（今蓬莱路）、文庙路，经老西门、大境路、九亩地、老北门、大校场（今旧校场路），转入福佑门、小东门，经方浜路返回城隍庙。一般来说，中午启程，深夜回庙。浩浩荡荡，首尾相接数里，经过闹市时，金鼓齐鸣，鞭炮竞响，形成高潮，三巡会成了上海老城厢的盛大节日。

由于城隍庙香火日益炽烈，三巡会又推波助澜，进香民众一年甚似一年。1922年城隍庙遭受了一次火灾。两年后的公历8月15日是中元节，城隍老爷再次出巡之际，城隍庙大殿再次发生大火，并殃及后殿，大殿、后殿寝宫全被烧毁，金山神主霍光的塑像及两旁判官、小鬼、差吏等数十尊泥塑像也被悉数焚毁。一面阴阳古镜也熔于烈火。东首财神殿、西首许真君殿、对面打唱台等均墙坍梁折，大火一直烧至黄昏时分才熄灭。等出巡队伍回庙，城隍神连安身之所也没有了，只得暂厝相近的平清宫东岳殿。

1926年初，上海南、北两市绅商会集郑重商讨重建城隍庙事宜，黄金荣、杜月笙、张啸林、范回春等海上闻人也参与了邑庙董事会，倡议并带头捐资，委托公利打样公司设计制图，交由上海久记营造厂承建。4月正式动工，年底落成并举行了城隍大神暨金山尊神神像开光仪式，结构改为钢筋水泥，但外形依然是古典建筑，从此不再怕火烧了。今天还可看到在大殿正门左侧的墙面上嵌着一块小石碑，上面有重建城隍庙的记载，其中说到新庙规模、造价及承建单位等，提到黄金荣时只称"黄氏"。

抗战胜利后，三巡会还搞过几次，后来就衰落了。1950年，城隍庙被列入第一批49处上海市文物建筑、历史遗迹名单之中，在1956年的文物普查中被列入市级文物保护单位。后来的故事大家就知道了，城隍庙在"十年动乱"中遭到毁灭性的破坏，后来成了小吃云集的地方，改革开放后城隍大殿里面开了工艺品商场，我陪太太在里面买过一件真丝绣花旗袍，非常精美，她舍不得穿，结果岁月不饶人，很快就穿不下了。"老庙黄金"也是在这里发迹的，直到1995年农历猪年到来之际，阔别三十年的城隍神秦裕伯和懿德夫人重返城隍庙，那年春节，有十多万民众来庙进香瞻礼，盛况空前。前几年，豫园商城股份有限公司领导想恢复三巡会，但又不敢声势浩大，只请了一小队人马，穿上红红绿绿的戏装，扮作福禄寿诸星与刀马武将，装模作样地在景点走了几步，引发群众围追堵截，差点酿成踩踏事件，赶快鸣金收兵，从此不敢再提。

苏州河边说苏州

　　有一句被说滥了的话：苏州是上海的后花园。现在我更想说的是：苏州是上海人，甚至是所有中国人的故乡。此处的"某种意义"，应该包含历史、文化、风俗、人情、风光、建筑、美食、民间传说以及声色。

　　浩瀚太湖三万六千顷，在漫长的文明进程中滋养了沿湖的城邑：苏州、无锡、宜兴、吴江，还有湖州、长兴。格局虽然不算太大，但都是名声赫赫的东华都会、鱼米之乡、美食天堂。所谓"湖苏熟，天下足"，不仅是现实写照，对皇帝、对臣民也都是莫大安慰。坚实的经济基础造就了太湖沿岸城乡民众勤劳朴素、聪明务实、知书达礼等优良品质，也养成了一种及时行乐的生活态度，他们与身怀秘技的厨师一起，将江南的风味美食推至足以代表中华饮食文化的顶级水准。

　　上海是一座移民城市。开埠以后历经三次移民大潮，第一次便发生在咸丰年间，太平军以秋风扫落叶之势对长江三角洲造成极大破坏，苏州受到的影响大约最为严重，大量的地主、工商业者、手工艺人以及归隐山林的官员都逃到上海租界寻求庇护。这对苏州而言是一个悲剧，对上海而言则不失为一次优质文明的输入。

　　以后一百多年里——直到今天，上海的市民阶层对苏州人一直抱有好感。苏州人讲规矩，重人伦，礼数周到，自尊自爱，苏州女人出落标致，吴侬软语莺莺悦耳。苏州人对上海这座城市影响最深远的，主要体现在两个方面，一个是评弹，教人如何待人接物、自尊自爱、礼仪廉耻。网上有一种说法，假如时光倒流至半个世纪前，你乘着夜色穿行在上海一条普通的弄堂，从窗下走过时便会听到两种声音，一种是评弹，一种是淮剧。听评弹的是殷实之家，而听淮剧的是清贫之家。这个结论未免武断，但也多少有点道理。我叔父在解放前是一家橡胶厂的股东，公私合营后他几乎每天下班后要去书场听书。若遇"响档"来沪，就从第一场到最后一场"一网打尽"。我父亲是同一家厂的厂校教师，偶尔为报刊写点新民歌，他也是评弹迷，但一般在家里听。我从小就是在评弹声里做完回家作业的。另一个是风味，教人如何鉴赏美食，提升生活品位。比方说，前客堂的苏州好婆炒只咸菜肉丝，肉丝总要切得一样长短、一样粗细，还讲究肥瘦搭配，炒的时候还要放点白糖，这才有滋味。石库门弄堂里七十二家房客，难免磕磕绊绊，但有苏州人做近邻，那是一种福分。上海人有一句话：宁可跟苏州人吵架，不愿跟宁波人说话。

在海纳百川的历史语境中，苏州给上海带来了园林、工艺、评弹、昆曲、美食、华服……还有市民社会的礼仪习俗以及都市风尚的种种。如果从文化交流的话题上切入，可以发现苏州对上海的影响大大超过上海对苏州的辐射。本帮菜现在很火是吗？但很少有人知道本帮菜的形成是"晚之又晚的事"（历史学家唐振常语），而且受到三个帮派的影响：一是安徽菜，二是江苏菜，三是广东菜。江苏菜是个大概念，以前是分得比较细的，比如淮扬菜、镇扬菜、苏帮菜、锡帮菜等等。我以为其中的苏帮菜（包括点心）对上海本帮菜以及市民生活的影响最为深刻。

江苏菜进入上海的时间是很早的，光绪年间就有新新楼与复兴园开在四马路一带的小花园。为何开在小花园？小花园是绣花鞋专卖店，专为妓女及时尚女性供货，这一带是妓女与嫖客、落魄文人、亡命的革命党人、失意军阀等各式人等出没的场所。可以这么说，江苏菜是被妓女带进上海的。这倒不是我有意要黑江苏菜，妓女在当时可是"时尚先锋"啊，大上海若是没有妓女，就没有改良旗袍，就没有月份牌，就没有领先于全国的化妆品，就没有选美大赛，就没有烫头发、绣花鞋、高跟皮鞋等等，甚至连刘海粟创办的上海美专想找个裸体模特儿上堂写生课也将成为"不可能完成的任务"。

妓女也是分档次的，简单地说，高等的称为"长三"，更早时则叫"先生""校书"，集中在四马路的会乐里，多为苏州美女。次等叫"幺二"，集中在汕头路和云南中路，多为扬州"瘦马"——从小由"寄娘"关起门来训练而成的妓女。会乐里的"先生"，能歌善舞，吟诗作画，几乎样样都会，花言巧语，贴心贴肺，情商颜值都是一流的，还做得一手好菜。不过平时大款级的嫖客想领略一下她们素手做羹汤，那是痴心妄想，再多钱也不干，都是由老鸨来操办，顺便赚点外快。只有逢年过节，花国当红名妓才会从体面客人中选出几位，约定时间，自己上灶台整出一桌，以谢恩客。那几个嫖客吃了这餐饭真是荣幸之至，回家跟老婆也有得吹啦。其实这桌小菜一般只有四样：油爆河虾、四喜烤麸、虾子白肉、白斩鸡。

还真不能小看这几样小菜，可能就为苏州菜登陆上海造足了舆论。今天上海的家庭主妇都会烧这四样小菜，也都以为是上海本帮风味，那是历史的误会啦！

及至民国初年，上海餐饮市场上有不少馆子打出"京苏大菜"的旗号广招广揽，此处的"京"，不是皇城根下的废都北京，而是六朝故都、中央政府所在地的南京。"京苏大菜"是江苏菜大规模进入上海的一种标榜，这一时期在上海租界内开出的南京馆子确实颇有些气势，比如金陵馆、新太和馆、春申楼、新申楼、善和馆、春华楼、九云轩、顺源楼等，名菜佳肴有清汤鱼翅、清蒸南腿、煮面筋、煮蛋糕、小烧鸡、徽州肉圆、炒鸽松、果羹、肝片汤等。但不久便渐行渐远，现在上海的市场上都看不见它们的身影，年轻一代的美食家更不知道它们曾经红过。

随后跟进的半醉居、半斋（即后来的老半斋）、大雅楼等以苏锡风味为主的江苏菜馆在上海慢慢获得了良好口碑，"盘樽清洁，座位雅致，到此小酌，扑去凡尘，凡词人墨客，往往觞咏于其间，不觉夕阳之西下"（钱化佛《三十年来之上海》）。半醉居、半斋、大雅楼的名菜名点有：肴肉抢清、熏鲫鱼、炒双脆、炒雪冬、醋溜皮蛋、炒鸡片、清腰片、红烧狮子头、扣肉、虾脑豆腐、烧蹄筋、大煮干丝、松仁鱼米、出骨刀鱼面、虾仁烧卖、蟹粉小笼馒头等。

在山东路上起家的老正兴，源于清代同治年间，二楼雅座接待中产阶层和知识分子，底楼八仙桌长条凳，专为劳动人民所设，擅治小河鲜，也不拒"朱家门"，生意好到飞起来——当时申报、新闻报、商务印书馆的老报人、老出版家都是它的常客。最让人买账的是，当你点了一条青鱼后，厨师当着你与客人的面将鱼活活摔死，然后送进厨房烹治，以保证食材的新鲜。仅青鱼一项，他家就有下巴划水、红烧肚档、青鱼秃肺、青鱼煎糟、氽糟、汤卷等等。老正兴在上世纪30年代达到顶峰，于是不断被人模仿，同一地区就开出三十多家老正兴，逼得百年老店不得不在店招上标明"首起老店，别无分出"。但是"聚商老正兴""萝蔓老正兴""洽记老正兴""七二三老正兴"等仍然对它形成包抄合围之势，在版权意识不强的彼时，他家一点办法也没有。直到1962年，周恩来总理来到上海巡视，在老正兴吃便饭时也关切地问店经理：到底哪家是真正的老正兴？

现在老正兴被归为本帮菜，米其林上海版《2016年美食指南》就是将它划作上海菜的，上了一颗星，真是莫名其妙！

苏州点心也是平民生活的美好点缀！从历史上说，明清时期的苏州糕点已经相当丰富了，有麻饼、月饼、巧果、松花饼、盘香饼、棋子饼、香脆饼、薄脆饼、油酥饺、粉糕、马蹄糕、雪糕、花糕、蜂糕、百果蜜糕、脂油糕、云片糕、火炙糕、定胜糕、糖年糕、乌米糕、三层玉带糕等。王仁和、野荸荠、稻香村、桂香村等百年老店也开张了，并获得了相当的人气。清末民初，苏州人跑到上海开糕团点，这是上海人的又一个口福。今天我们随时可以吃到的双酿团、粢毛团、松花团、玫瑰方糕、百果蜜糕、条头糕、黄松糕、赤豆糕、绿豆糕、寿桃、定胜糕、苔条炸饺等，差不多都是从苏州引进的。上海的糕团店，基本靠苏式糕团撑市面。

城隍庙九曲桥边的绿波廊是一家经常接待外国元首的"窗口单位"，对不知中菜三昧的老外而言，"雨夹雪"的模式相当讨巧，就是一道菜一道点心轮流上。那里的点心师会做苏式船点，第一代点心师陆苟度就是从苏州学会这套本事的，现任总经理陆亚明也是著名点心师，就是陆苟度的儿子。

今天本帮菜里的油爆河虾、炒三虾、八宝鸭、松鼠鳜鱼、蜜汁酱方、油焖茭白、熏鱼、四喜烤麸、油焖笋、红烧划水、红烧肚裆、青鱼秃肺……源头其实都在姑苏！外地人一直抱怨本帮菜偏甜，他们不知道这些"糖放得太多了"的菜，即使转到本帮门下，还是不能摆脱苏州菜的影响。上海郊区的三林塘、高桥等地是本帮风味的发源地，"老八样"之类的农家菜倒是不怎么甜的。

从饮食发展史的角度看，苏州菜提升了本帮菜的格调。海派文化中编进了姑苏文化的密码。

苏州与上海，地缘相近，水陆相联，语言相通，人文相亲。苏州对上海的影响，或者说上海人对苏州的态度，还表现在地理名称的设置上。比如上海的苏州河，因为坊间认为沿着这条河上溯可以通到太湖，故有此俗名。苏州河在明朝以前是上海的主要水道，那会儿的航运还没有黄浦江的事。所以苏州河才是上海的母亲河，而不是有些浩渺之势，同时也被标上政治符号的黄浦江。

苏州河沿岸是上海最初形成发展的中心，至少从宋代开始酝酿繁华，开埠后又用一个世纪的岁月构成国际大都市的水域框架。苏州河下游近海处被称为"沪渎"，是上海市简称的命名来源。紧贴苏州河两岸的两条马路就叫南苏州路和北苏州路。今天，南苏州路留下的一些旧仓库和厂房，被改建为创意产业园区或文化休闲场所，市民喜欢在那里寻找逝去的岁月和老上海风情。

上海还有吴江路，自发形成、集店成市的美食街，吴江路上的"小杨生煎"书写了国民小吃的传奇。后来这条不足两百米的步行街经过几番改建，环境更优，人气更旺，气息更加时尚，集中了日料、西餐、火锅、烧烤、东南亚料理等风味，网上甚至有"四十种必吃美食"的帖子。

还有昆山路、盛泽路、平望街、望亭路、常熟路、虎丘路等，"短小精悍"，老上海都知道它们在哪个区、哪个方位，有着何种文化背景。

昆山路在虹口区，是当年公共租界最早辟建的几条马路之一，昆山路135号是一座不大显眼的教堂——景林堂（现名景灵堂）。教堂虽小，却不可小看，它是上海境内最早建成的基督教堂之一。宋耀如一家都是属于该教堂的信徒，宋美龄当年曾经参加景林堂唱诗班，因此到了1930年，蒋介石受宋美龄影响也在此受洗，名字列在该堂名册中。昆山路上至今还留有不少日式房子，是当年日侨在虹口的印记。

盛泽路在原法租界内，是法租界于1849年建立后第一批命名的马路，它被叫作"火轮磨盘街"，大概当时这条小马路上有个加工面粉的磨坊吧。平望街更短，北端与大名鼎鼎的福州路交叉，我记不得它有什么故事。不过在一百多年前它依托四马路的优势，肯定"阔过"一阵子。比平望街更短的是望亭路，以前叫李梅路，南北分别与淮海中路和金陵西路相交，不足百米，我小时候经常去那里转悠，附近有个救火会，消防官兵每周有训练，爬上爬下，很有看头。现在消防队还在，四扇红漆大门很是醒目。

常熟路位于高大上地段，北望静安寺，南接徐家汇，平时驾车在这条不足一公里的马路经过，是相当考验耐心的。它原名善钟路，为1901年法租界公董局越界修筑时所辟建，抗战后期，汪精卫政权玩弄"收回租界"的政治游戏，遂改名常熟路。

我路过常熟路时，一边感叹于遮天蔽日的梧桐树，一边猜想当年的上海"郊外"是何等的安谧祥和，这条路上的善钟里是1930年建造的双拼花园住宅，十九路军总指挥蒋光鼐、淞沪警务司令戴戟、国民政府广东省主席陈铭枢都在这条弄堂里居住过。上海歌剧院也在常熟路100弄内的10号，在1949年前，这里是中央储备银行。因为老洋房集中，有些老房子就被居民改建成家庭旅馆，收入相当可观。租住在这一带的老外也不少，欧洲人对旧上海法租界的风情有一种与生俱来的敏感与迷恋。

现在太仓也属于苏州了。上海的太仓路也是家喻户晓的，以前叫蒲柏路，由黄绍兰创办的博文女校就在这条路上，1921年参加中共"一大"的毛泽东和其他数名代表就以北大暑期旅行团的名义住在这所女校。光凭这一节，它在党史中就化身为一个闪亮的词语。今天，通向新天地的一个口子也在太仓路上，星巴克门口永远满座。

太仓属于苏州，那么浏河也属于苏州了。浏河口路是东台路古玩市场的一部分，曾经演绎过无数大喜大悲的淘宝故事，随着东台路的拆迁，浏河口路也成为一片瓦砾，小几年后将起高楼。

是不是与苏州有关的路都很短呢，倒也不尽然，吴中路就很长，从东到西超过八公里，是市中心区连接七宝镇的重要干道。十多年前它还很窄，也很乱，老是尘土飞扬的样子，每隔一段路就会看到一处战争年代留下的雕堡、联环堡、品字堡、子母堡，现在说没就没了。这里还有许多旧厂房和仓库，被人借来经营老家具，成为闵行区境内颇有特色的一条街道。我一有空便去到那里寻寻觅觅，数年间淘到数十件老家具。由于早年道路拓宽，下面有地铁10号线通过，老家具商店已荡然无存，旧貌换新颜的吴中路是足以让人感叹的！

天平山和灵岩山是苏州的两座名山，虽然不算高，但上海人对它们极有感情，秋天去天平山赏枫叶，冬天还可泡温泉。灵岩山上巨岩嵯峨，怪石嶙峋，物象宛然，得于仿佛。旧有"十二奇石"或"十八奇石"之说，更有趣的是越王勾践将西施引到这里献给吴王的传说。游人一口气爬到制高点也不吃力，放眼四顾，也有一览众山小的感慨。由是，不少老人将人生的归宿安排在那里。天堂啊，胜景啊，风水啊，后人清明扫个墓，顺便白相相，不也是一乐吗？

那么上海就有天平路和灵岩路。天平路在徐家汇附近，以前叫姚主教路，与法国人有关，至今还有不少花园洋房，两边的梧桐树又高又大，是小青年谈恋爱散步的幽静所在。灵岩路在浦东新区。浦东道路的命名一般依据山东的城镇山脉，中间夹了一条灵岩路，不知怎么回事。难道山东也有灵岩山吗？一查地图，发现山东有一座大灵岩寺，建在泰山西北麓的方山上。以一座寺院命名一条道路，似无先例。

虎丘是苏州的一个更加著名的景点，也移作上海的一条小路名，在苏州河南岸，19世纪60年代初由上海公共租界工部局修筑此路，1865年命名为上圆明园路。1873年，亚洲文会北中国支会博物院设在这条路上，于是在1886年改名博物馆路。1943年"收回租界"后改名虎丘路。

在我读中学时，虎丘路40号还是一座异国风情浓郁的建筑，它就是阿哈龙犹太会堂。当年上海大名鼎鼎的冒险家哈同为了纪念他的父亲，请公和洋行威尔逊建筑师设计建成，1931年竣工后捐赠给犹太人社团。阿哈龙犹太会堂的建筑立面为现代主义风格，屋顶为钢结构穹顶。当年是旅居上海的犹太人重要的活动场所。这幢建筑躲过了"十年动乱"，却没能躲过1986年，因为旁边50号的文汇报大楼要建新楼，有关方面同意将阿哈龙犹太会堂拆除。没想到吧，后来外滩源工程启动，文汇报大楼也说拆就拆了。现在虎丘路绝对高大上，属于"洛克外滩源"这个项目。以展示当代艺术为重任的外滩美术馆就在这条路上，还有更加值得珍惜的广学大楼（邬达克设计）、光陆大楼和青年协会大楼三处优秀历史建筑。

有一次在广学大楼里参加一个晚会，上海歌剧院首席女中音歌唱家王维倩演唱了上世纪30年代的上海老歌《玫瑰玫瑰我爱你》《小亲亲》《教我如何不想她》等，末了我再强烈提议来一首《苏州河边》，这首歌的词曲皆出自"歌仙"陈歌辛之手，1946年由姚敏、姚莉兄妹一唱即红，并被誉为"春申小夜曲"。想想吧，彼时的苏州河，两岸布满了仓库、货栈、码头以及穷苦人家栖息的危房简屋，河面上漂浮垃圾，整天散发出阵阵恶臭，但上海的青年男女还是喜欢在月色下并肩散步，度过一生中最美妙的时光。艺术的力量就是这样！

夜留下一片寂寞，河边不见人影一个。

我挽着你，你挽着我，暗的街上来往走着。

夜留下一片寂寞，河边只有我们两个。
星星在笑，风儿在炉，轻轻吹起我的衣裳。
我们走着迷失了方向，尽在暗的河边彷徨，
不知是世界离弃了我们，还是我们把他遗忘……

我们也要有"我们的意大利"

一年一度的国际博物馆日在热风细雨中来临，有两则新闻在"5·18"前夜发生。一则是广东路外滩的日本三菱洋行旧址，历史超过一百年，承租方大概嫌外墙陈旧灰暗，就自说自话地涂料伺候，对外墙实施全面"植皮"，原先的浅褐色转眼就变成了艳俗的湖蓝色。另一则也与外滩有关，杨树浦路南侧的英商班达蛋行旧址被推土机推平了。这两处建筑都是不可移动文物，前者在外滩历史文化风貌区范围之内，1999年被上海市政府列为第三批上海市优秀历史建筑，是挂了铭牌的；后者虽然没有挂牌，但在第三次全国文物普查中被列入名册。

在舆论压力下，日本三菱洋行旧址已停止施工，但如何恢复原貌，是一个难题。后者已经化为一片瓦砾，即使勉强重建，也是一个假古董，价值几乎为零。我在电视新闻中看到，拆房单位与杨浦区文管部门相互踢皮球，都假装不知道，一脸无辜。

这两起事件说明资本的力量相当任性，而且相当没文化。文管单位的责任也不可推卸，前一幢楼的换脸据说是报批过的，后一幢楼被拆迁单位合围以后，群众都知道要拆平后盖新楼了，眼皮底下的事他们难道不知道？

说他们没文化，可能不服气。有人会说，前者是为了旧貌换新颜，后者是为了画最新最美的图画。但在历史面前，新，未必是最好的。最美，也许只是一厢情愿。当事人的出发点再好，在历史面前还是犯下大错。

有一年去德国，看到科隆大教堂两个高耸入云的塔楼正在搭了脚手架进行清洗，其中一个洗过的塔尖刚刚露出浅黄色的尖顶，就引起民众一片哗然，他们认为"太新了"，与全世界游客对大教堂的印象相冲突，工程被迫停止。

再说说意大利吧。罗马不是一天建成的，罗马建于公元前8世纪，古罗马、中世纪及文艺复兴时期的拜占廷、哥特、巴洛克、洛可可、古典主义等艺术在这里得到充分演绎，并给这座城市留下了一千公顷的历史风貌中心区，但如何保护这份宝贵的遗产，意大利人也不是天生都懂的。

早在中世纪，意大利人就犯过错误。许多古罗马建筑被拆除，拆下来的大理石被用来建造急需的剧场和民居，还有教堂。文艺复兴时期的建筑师也不太珍惜丰厚的家当，常常将中世纪的教堂拆了建造贵族的府邸。大角斗场、卡拉卡浴场、帝国广场等公共建筑甚至成了取之不尽的采石场。第二次世界大战前，国家主义甚嚣尘上，主宰舆情，那个任性的墨索里尼下令清除了大角斗场和马采鲁斯剧场等所有中世纪和文艺复兴时期的建筑，以便让配有重型坦克的机械化部队通过，接受他的检阅。

但是，意大利人当中也有智者，这个国家还有一点很好，就是民主意识觉醒得很早，公民社会不断在完善和发展，早在18世纪末叶，意大利人就两次加固了角斗场及其他古建筑，同时，欧洲文物建筑保护的重要流派——意大利派开始形成。1883年，罗马工程师大会通过了文物建筑修复的重要思想，它的主旨就是："除非绝对必要，文物建筑宁可只加固而不修缮，宁可只修缮而不修复。"1899年，意大利人开始立法保护古建筑。1939年，意大利政府成立了"文物修复中心研究所"。1966年，医治战争创伤后的罗马设立了文物保护和修复研究国际中心，不仅纪念性古建筑得到了保护，一般建筑和环境也被列入保护范围，大量小城镇和村庄的整体保护也开始进行。

意大利各地都有保护文物建筑的民间组织，其中最大的是"我们的意大利"，至今已经有六十年历史了。它共有十几万的会员，在各地有一百多个分会。媒体对它的评价也很高："这是一个向政府施加压力的集团。"其实它并非政党，更非反对党，这个"集团"的宗旨是宣传保护历史文化遗产和自然环境。"我们的意大利"机构很完善，有研究机构、出版机构和教育机构，所以它不但是一种不可忽视的舆论力量，还是一个学术性的实体。成立至今，它与政府有过无数次交锋，成功制止了在一些历史地段兴建工厂和大型商业设施，促使政府下决心并制定法律把罗马城外的古阿庇亚大道两侧保留为国家公园。这个组织与政府顶牛，并没有被"维稳"，相反提升了政府的执政能力和国家形象，也大大提高了民众对文化遗产的认识。意大利的政府不大稳定，一不小心就会倒台，但古建筑保护的民间力量倒是越来越强大。

古建筑的保护也对经济发展作出了回报，意大利的旅游收入已经超过工业生产的收入。现在中国人去意大利旅游，看古建筑就是一个重要内容。

在上述两起愚蠢的事件中，我庆幸地看到都是民众发现并透露给媒体的，一个叫"冀东骊人"，一个是打热线电话的市民，个人的力量和民间组织的力量在中国文化事业中应该发挥更大的作用，这个空间很大。前几年浙江电影院拆除之前，一千多个邬达克"粉丝"提出疑义，就使这幢建筑免于被粉碎的命运。虽然我对这幢建筑的文物价值和重新评估的程序表示质疑，但对"邬粉"的努力还是跷大拇指的。

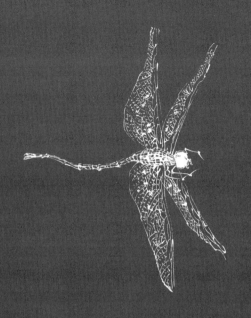

聊天机器人

是书店，更是大家的客厅

　　周末，老同学小范围聚会，选择了大隐书局。这家书店我早有耳闻，首次造访充满期待。它在淮海西路宋庆龄故居对面，大大有名的武康公寓——老克勒至今还习惯叫作"诺曼底公寓"内。坐公交到站，跳下就是。门面很小，却朝后让出十个平方米。说店主有意让等公交的乘客在下雨时可以在此躲避。在寸金寸土的淮海西路，这要烧掉许多钱。

　　下午两点，几乎满座。墙上好多书，桌上也摊得极开，围着桌子是认真看书的年轻读者，这是意料之中的温馨图景，但让我暗暗叫好的是，房间分作大小几种，均以曲牌命名，青玉案、醉花阴、天净沙、苍梧谣……最大的一间有四十平方米的样子，经常举办一些活动。榻榻米的坐姿，蒲团和坐垫散发着软香的气息，矮桌中间挖出狭狭的一长条，做成枯山水、白石子、灵璧石，躁动的心到了这里立即沉静下来。回头看门外公交车，无声无息，仿佛张爱玲时代的黑白电影。

　　轻移格子移门，我们坐下，喝茶吃茶点，茶具、果碟、花器以及墙上的字画都很精致，空气循环也极好。我对家具格外在意，黑胡桃木纹理温润清晰，用手摸了几处关节，无懈可击，新古典主义风格，对明式家具既是致敬，又是提升。心里一算，店主光是在家具上的投入就不是小数额，不知何时能够收回。我是"淡吃萝卜闲（咸）操心"，或许人家根本就不考虑赢利。

　　大隐书店对上海城市文化偏爱，这个专题的图书有几十种，还有好几排连环画供小读者分享。大隐书局希望通过"书、艺、茶、食"来改变传统书店单一品种的面目，更令人温暖的诉求是：为守望者暖茶，为夜行人燃灯，是为"大隐"。

三小时后我们尽兴而散，夜色降临在宁静的街区，往西走几步，我认出这里曾经也有过一家民营书店，单开门门面，王安忆也曾经光顾并在文章中赞赏过。她赞赏的并非某家书店，而是天下所有的书店。但这家书店恪守传统的经营方式，惨淡支撑了两三年，不得不退出，现在它成了一家服饰店。

　　就实体书店而言，大隐提供了一个案例。当然不是首创，而且也非极致。极致又可能导致书店走偏。计划经济时代，商业街上的新华书店以航空母舰的身躯给读者人一种稳如泰山的感觉。但市场经济的巨浪一来，航空母舰居然选择了自沉。后来大陆人都知道了台湾有诚品，这仿佛又是一座航母，至少在调门上很响，上海中心城区请它入驻，谈判过程据说无比艰难。后来它去了苏州，苏州不仅仅有小桥流水、私家园林！

　　我在台北诚品旗舰店里体验过几次，并不像传说中的那样人气爆棚，一半面积给了咖啡店，卖书的地方还是慕名而至的陆客居多。诚品再不来上海，可能就没有插足之地了，因为钟书阁出现了，衡山·和集也出现了，前者诞生于松江新城，在形式上颠覆了传统书店的格局，以陀螺书架、镜面吊顶以及英式古典风的台灯展现新潮书店的个性，让初来乍到者有突然闯入魔幻世界的惊艳。说实话，因为泰晤士小镇建成后人气不足，招商困难，有关方面才想起这一招。所以说，许多创意是逼出来的。现在钟书阁在南京西路静安寺的芮欧百货开了分店，环境布置上也别出心裁，我最中意那排防空洞似的长廊，灰墙，海报，琴键式的灯光投影，还有咖啡！

　　衡山·和集在衡山坊沿街处，据称是中国第一家影像主题专业书店，架上满满当当的书涵盖了剧情、科幻、纪录片、喜剧、爱情、黑色、悬疑、传记、警匪等等，店主还弄来不少老家具，加载几许沧桑感。三楼是一个杂志博物馆，既可展示，又可销售，还有一个阶梯式的小型讲堂，可坐三十多人，我年初在那里做过一次讲座。不过楼上楼下书柜摆得盆满钵满，留给读者的空间就少得可怜，有点前胸贴后背的狼狈感觉。

　　我去过的还有黄浦江边北外滩的建投书局，听了一场讲座。这家书局以人物传记为特色，共有四层，底层咖啡馆虽小，却像是读者的驿站，拾级而上，移步换景，楼梯一侧墙面上的海报透露信息：经常有画家在此办展。挑高14米的穹顶使它具有英伦古典图书馆的韵味，穿过高大的玻璃幕墙可以看到江景，尤其在夜幕降临之后，两岸灯光璀璨，春江月色，没有一个读者不为之动容。

愚园路上的"好久不读"也给我留下不错的印象，手工艺、电影、音乐、文学等主题的图书是他家的强项，店里除了英式简餐，还有一个半露天的酒水吧台，喝咖啡绝对惬意。M50创意园区内的"罐子"书店也颇有趣味，书屋的logo就是瓷瓶形状，由正在台湾走俏的上海艺术家李斌设计。这家店以艺术、摄影、建筑、设计、人文类图书为主，年轻人比较钟意。因为老板是台湾人，所以模式上与诚品相似，咖啡和简餐是少不了的，也有一些可爱的小摆设、小饰物软化了气氛与心情，不少女孩子就是冲着这个相约而至的。

这类新型书店是二十年前红茶坊和新华书店的变身或升级，也可说是另辟蹊径的时空介入，它们在魔都的涌现，使选书买书读书的个体行为融入了集体意志，伸展了读者的社交半径，为人们提供了一个富有文化意味的客厅，为建筑物密集而人际关系日益紧张的大都会打造了一个可以呼吸、可以唱歌、能与自己对话、不妨张望外部世界的窗口。它们重新定义了读书的行为方式。

真要说起来，绍兴路上的汉源书店是"书店+咖啡馆+茶室+客厅"的祖师爷。店主是摄影家尔冬强，他在这个平台办画展、办朗读会、办音乐会，使这家店成为上海的文化地标。后来绍兴路上的汉源因种种原因不得不关张，他又在陕西南路开了家汉源汇，活动更多，人气更旺。这家店的前身是琴行，是我少年时踯躅并做白日梦的地方。不过直到汉源书店开了十年后才勉强赢利。

有一次我看到尔冬强在茶几上放了三把从欧洲古董店里买来的手枪，19世纪胡桃木手柄镶嵌银饰款式，是极有趣的摆设，就拍了照片用在我的一本书里。不久尔冬强沮丧地告诉我：有关方面来人，不容分说地没收了这三把枪，尽管它们生锈了，根本不堪使用，但总归是枪，是禁止私人拥有的。

读书的姿势

去年我从媒体上获悉一组数据，联合国教科文组织实施的一项调查显示，世界人均读书量排名前五位的国家是：俄罗斯54本，以色列50本，德国47本，日本45本，奥地利43本。每年阅读图书数量排名第一的是犹太人，人均64本。当然也有关于中国的数据：人均4.35本。这是一个让人脸红的数字。

也许有人会说：这种统计方法过时了！互联网时代，我们每天接受的信息甚至会超过一本书。

但是，碎片化的阅读让人趋于浮躁，一目十行，过目即忘，不少人光看标题不看内容，立马转发或吐槽，图的就是一时之快。不用心的交流能收获真诚而深刻的成果吗？手机阅读当然可视作快餐时代信息交流的捷径，但作为个人修为的读书，虽然不必像古人那样悬梁刺股，也应该有安静、从容的姿势，像思想者那样沉默而投入。现在，上海读书人又多了一个姿势，那就是读书会，在一个小宇宙里，眼神与心灵发生轻微的碰撞。

也是去年，上海书展期间，有关方面评选出"十大年青读书会"，比如复旦中文博士读书会、公益书虫读书会、季风普通读者读书会、长宁英文读书会、国学新知读书会、风铃草读书会等。我曾经在其中两个读书会里做过讲座，听众很早就进入会场，哪怕雨天。整个过程中他们极其认真，进入互动环节后提问也相当到位，令我非常愉快。

此外，我认为思南读书会——它已经跨越了一百期大关，是上海读书会中具有较高质量的，也是很有号召力的。它往往结合新书首发或重大纪念活动，将中外知名作家请到现场，把文化人的欣喜、烦恼、困惑向大家倾诉。"我像做梦一样，在以前，他们是那样的遥远，神秘而冷峻，也许还有点神经质，没想到我可以近距离地向他们提问，他们平等待人，谦逊地给出令我满意的答复。"一位参加过活动的读者对我说。

这是上海作家协会的优势，也是创办人兼主持人之一的孙甘露的优势。在今天，资源是一种竞争力，文学活动也需要它。氛围也很重要，上海有读书的传统，鲁迅、巴金、施蛰存、黄裳等大师的寓所差不多就是一个读书沙龙。而在民间，往往在时代风气嬗变的节点上，民间读书会就会雨后春笋般冒出来，这是一个很值得研究的话题。有人认为上海的文化界有圈子，这一点也不奇怪，世界就是由许多圈子构成的，上海滩的读书圈子现在越来越多了，能容纳越来越多的读书人。我相信所有的参加者，都会在离开思南读书会后增加自己的购书预算。

思南公馆本身也是资源，它诞生于上世纪20年代，法国建筑师将法国南部比亚里茨体现巴斯克文明特征的地中海风格建筑搬来上海，按照公董局规划，这个街区有两个必不可少的设施，一是教堂，一是学校。如今教堂还在，学校却搬走了。但是，读书的种子在上海是不会死的，鲜花的重放不是因为法国人堆积的土壤，它更像一棵长春藤，一路攀援到了老洋房的红墙上。

经过时间的发酵，成片的老洋房被精心修复，复活在上海的春花秋月，我携太太多次光顾，喝过咖啡吃过饭，买过几样玲珑可爱的小摆件，在画展流连，还与两位艺术家一起做过关于大漆艺术的讲座。但是无庸讳言，定位与现实的差距，又逼得思南公馆必须通过寻找新的引爆点来激发它的活力。上海作家协会抓住机遇，顺势而为，实现了作者与读者的深度对接。

我在文学会馆参加过几次活动，有时是主角，有时是配角，有时是听众，高山流水，如沐春风。文学会馆的木牌挂在红砖墙上，也许是这里最不起眼的标牌，但也是最吸引人的旗帜。文学的精神为这个时尚地标增加了内涵和魅力。

不久前的一天，我与太太在寒风冷雨中走进了思南路上的周公馆，工作人员告诉我，因为思南读书会，他们在周末接待的参观人数明显增加，最多一天超过一千人。"都是读书会结束后顺便来这里看看。"

我们走到三楼，一间十多平方米的三层阁，光线昏暗，陈设简陋，那是董必武的办公室兼住处，他在那里与工作人员开会，有时也一起读书。在展厅里我们还看到一份大公报的影印件，一则新闻报道的标题做得很有意思：

《花枝招展的女记者中，走来了朴素的邓颖超》。我来到阳台，恍惚听到那幢带回廊和百叶窗的两层小楼内传来的读书声。

画扇记

实事求是讲，本人写小说还算比较早的，但每个人的心里都有一个小男孩，我的这个小男孩希望长大当一名画家。

我三哥是画家。初中毕业时，老师建议他考上海美专，但他却考了轻工业学校美术专业。上世纪60年代，轻专在教育界和学生圈里都有相当不错的声誉，师资力量强，校园氛围好，不仅免学费，还给学生伙食补贴。当时国家的政策是向实用性专业倾斜，上海有三所中专设美术专业：美专、轻校和纺专，但线上的学生由轻校掐尖，然后是纺专，最后统统归美专。

三哥周末回家，闲不住，在家继续操练，他画水彩、画油画、剪纸，我就在旁边看，他画国画时就帮他磨墨抻纸。周日晚上他回学校了，没带走的习作挂在墙上，就成了我临摹的母本。他还常常带我去书店，于是我就见识到了一些零落的美术图书。何以零落呢？因为此时山雨欲来风满楼，"封资修"的东西绝大部分已下架了，醒目位置上摆放着表现工农兵的作品。当时上海人美社还出版过许多小画片，油画、国画、版画都有，一分钱一张，我就攒了零花钱去买这些小画片，回家临摹，比如李可染的《万山红遍》，细部都看不清，照临不误，当然弄得一塌糊涂。三哥还带我看画展，看到熟人就拍我一下脑袋：这是我弟弟，也喜欢画画的。对方顺便夸我几句，我就像吃了蜜糖，可以甜很久。

我戴上红领巾后就成了宣传委员，班里出墙报的事由我负责，不仅自己动手，还要指挥别人，威风得很。但老爸知道后觉得事情很严重。因为三哥在读初中时得过肺病，他认为这与三哥在学校里出墙报、吃多了粉笔灰有关，于是就跑到我的学校，请求班主任免除我这个芝麻绿豆官。但兴趣是谁也挡不住的动力，我不怕得病，粉笔灰吃得不亦乐乎。

　　但"五一六"通知一来，狂飙突起，千万学子的梦想一朝破灭。三哥从轻校毕业后去了青岛，在玻璃厂烧锅炉，生产啤酒瓶，炉前温度极高，有一次居然将他的眼睛架也烤化了，一对镜片就像树叶一样飘落在地，他的眼睛也受到了不可挽回的伤害。我也无书可读了，天天到马路上看大字报，我看不懂派性斗争，只对漫画、报头感兴趣，回家默写，编成一本小册子，敝帚自珍。进中学后，这本"密电码"派上用场了，学校里刷大幅标语，出大批判专栏，我一马当先，风头无二。

　　中学毕业，参加工作，几同脱胎换骨，画画这档事不敢再想。不过三哥每年回上海探亲，只要他动笔，我也动笔，有一年花一个星期临了一本《芥子园》，将他买来的几支狼毫笔都画秃了。三哥后来在轻工业研究所做行政工作，临退休前想重作冯妇，买了许多宣纸，但眼睛不争气了。

　　既然形成兴趣，轻易不会放弃。十多前年开始，我结交了一些画家朋友，参加过他们的笔会，看他们豪情满怀地泼墨挥毫，深受刺激，于是在读书工作之余也铺开宣纸随便搨几笔，墨迹未干时看看有点眉目，第二天再看看就未免泄气，但重拾画笔让我获得了无穷乐趣，怎肯罢手！

　　大的作品不敢画，先画小品，折扇、团扇是极好载体，有文人气息，我每年会画几把送朋友，名为"拂暑"，实则是求表扬。一把比较像样的扇子要一百多元，几十元一把的做工粗糙，不能送人，这样开销就比较大。去年夏天，良友画报请我去做一个讲座，厅堂里冷气不足，工作人员送来一批纸扇供听众自造"人来风"，我发现此扇两面皆白，可以画画啊！

　　此前我也画过团扇，两面皆为化纤素绢，画起来比较应手，但两三年一过就开裂，不如纸扇寿长，于是从网上买了几十把。纸团扇虽然没有折痕，但纸质不如宣纸软绵，渲染泼洒不大听话，我后来琢磨先用水局部濡湿，勾线或上色后再借用电吹风控制干湿度，不就多画几道吗？反正是玩，不计较时间。一面画画，另一面写字，乍一看还不至于鱼鲁豕亥。画了几次后，也敢晒到微博上去求点赞了。

　　后来我发现淘宝上有宣纸团扇卖，马上升级。纸团扇的骨子较密，在上面钤印无异于夹缝中求生存。后来一毛兄得知我局促，就刻了几方小图章相赠，不止雪中送炭，简直是画龙点睛。我还将空白纸团扇分送给书画界同好，让他们试笔，也想从他们的实践中偷到更多关子。

前不久，远在千里之外的广东画家澄子看到我画的团扇，犹如关云长看到舞刀者，不禁拍马吆喝，我赶快在网上买了二十把快递至粤北，想不到她眼睛一眨就画好了，晒诸网上引来一片叫好，于是再要求我帮她买五十把。儿子搔搔头皮说："澄子阿姨难道要开作坊吗？"

提起作坊，我跟儿子说了一件事。解放初，有一批上海画家收入较少，用度上难免捉襟见肘，有关方面就让他们画外销折扇。有一次我采访陈佩秋先生时，她也万分感慨地提及此事："画家领了白扇面后一律回家画，在规定时间内交货，交货时还得带好笔墨，万一验收通不过，还得补几笔。画一把扇子可得多少钱呢？五角。现在没人相信吧，但在当时相等于一个家庭一天的开销呢。有些画家认为自己画得少，还会大吵大闹呢。"

儿子说："这些扇子今天若回流国内，在拍卖行可拍到多少呢？"

"当初这批穷画家在今天都成了大腕，他们一把成扇在市场上起码也得七八万吧，精品级的几十万也不算离谱。"

儿子做了个鬼脸："老爸那你就别上班了，在家画吧，我替你在网上卖。"

这小子真以为我转型成功，二次创业了呢。

不过在2016年杏花初放时节，我跟三哥在南京东路朵云轩五楼合办了一个题为"我们小时候"的沈氏兄弟小品画展，我是打酱油的，但这趟酱油打得很开心，我送展的几把扇子在开幕当天就被买走了。

2018年初秋，上海图书馆书店（地铁10号线站点）装修完毕，任国强兄与杨柏伟兄共同策划了一个名为"三闲集"的三人书画小品展，管继平兄的书法、杨忠明兄和我的绘画，均以小尺幅走秀。我除了斗方，还送展了一些折扇和团扇，反正是丑媳妇，就不怕见公婆了。展览结束，居然一把也没剩。

戏墨画紫砂

　　我对紫砂壶有一种与生俱来的爱好，小时候在绍兴故乡，在爷爷的房间里见到一把壶口残缺的紫砂壶，一眼就喜欢上了那种朴素的器物，但妈妈只让我摸一下，后来不知藏到哪里去了。从此，紫砂壶在我的记忆中就蒙上了一层神秘色彩。上世纪80年代开始文学创作，几乎每天晚上要伏案码字，就买了一把紫砂壶，一是便于泡茶饮用，二是为了获得某种想象中的神秘力量。此壶是从河南南路人民路口的老字号葛德和买来的，三十元，大仿古式样，朴实无华，我爱不释手。泡粗茶也有缕缕清香助我灵感迸发，助我神驰千里，摩挲久了也会泛起温润的包浆。后来拿到报社去喝茶，一不小心磕破了壶嘴，心痛了好几天。

　　一旦用惯了茶壶，就须臾不可离开，于是又在城隍庙铁画轩买了两把六方壶，一扁一高，纯手工，但让我郁闷的是，上午泡的茶到下午就隐隐有馊气，只得擦拭干净束之高阁。再后来仍然去葛德和买了一把石瓢壶，壶身通体做出冰裂纹，让我爱不释手，虽然售价与我一个月的工资相当，咬咬牙抱了回家。用了小半年，有懂壶的朋友来寒舍喝茶，觉得此壶气韵不凡，倒净水后翻过壶底一看："哇，你胆子真大，周桂珍的壶啊，就这么拿来喝茶。"我一看，果然是周桂珍的款，就不敢再用了。

　　后来结交"江南壶痴"许四海先生，经常造访兴国路的壶天阁，品尝许大师亲手泡的香茗，又先后得到他亲手制作的几把紫砂壶，视若珍玩。他做的光壶朴实无华，圆润饱满，是他的性格与人品的映射。就这样，我对紫砂壶的兴趣与日俱增，并通过阅读有关图书（其中文汇报社老前辈郑重先生和宜兴顾景舟、徐秀棠等大师的文章对我启发最大），加上与许四海先生频繁接触，特别是通过撰写许四海的传记《紫瓯乾坤》，对紫砂艺术及发展历史的理解越来越深，审美眼光也有所提升。

紫砂壶横空出世之初，定位于日常饮茶器，基本上以光素为主，与当时的家具、铜器、漆器、玉器、服饰、文房用品等一样，反对过度修饰，力求以工艺精度体现材质本身的美感，追求人与器物的和谐关系。到了清中期，国力强盛，中国工艺学也进入了一个新阶段，紫砂壶的式样日益繁复，不免出现偏差。以紫砂壶为载体表现书画艺术，倒是以光货为载体的才艺驰骋，也可能是对花货滥觞的反拨，由陈曼生开了先河，从此文人介入越来越深，紫砂壶的艺术价值也水涨船高。但一般而言，彼时文人、匠师仅画些花鸟鱼虫小品，题一两行清丽诗词或佛家偈语，成为情志与趣味的寄托。

进入新时代后，吴湖帆、江寒汀、唐云等艺术大师的墨戏实践，大大开拓了紫砂壶的表现空间，别开生面，妙趣横生。许四海是唐云的学生，他在紫砂壶上绘画，也是信手拈来、无拘无束的。后来他的工作室迁至江桥，平时有两三个师傅在那里埋头做生坯，我常去那里画壶，画好后请师傅刻划，不日入窑烧成，捧在手里满心欢喜，敝帚自珍，用这样的壶泡茶，似乎别有一番清香雅韵。

新世纪后，我家迁居城南，我得空就去老西门茶城三楼的桃源阁喝茶聊天。阁主谈桃林兄也是一个壶痴，虽然不是壶手，但二十多年来设计了许多款式的纪念壶，为上海城市文化增光添彩，在紫砂界也获得了应有的赞誉。我用他提供的茶壶生坯、笔筒生坯作画写字，都收获了极大的乐趣。

我喜欢井栏、半月、龙蛋、牛盖莲子、洋筒壶等式样，着墨面积较大，入笔时不至于张皇失措。画壶，让我进一步体会到中国紫砂艺术的广博精深，也感知这门艺术与文化人的天然情缘。在紫砂壶上作画写字，比在宣纸上运笔似乎更考验个人的修养与性格，这，也构成了紫砂艺术的特殊魅力吧。

那对透明无邪的眸子

我不愿做事后诸葛亮，但当初看到广州设立弃婴岛的消息时，就有一种预感：此事很可能以一种大家都不愿意看到的方式草草收场。果然，在试点不到两个月之后，有关方面宣布这个"婴儿安全岛"暂时关闭，主要原因也是想象得到的：接收弃婴数量已经超出了福利院承受的极限。"何时重开，另行公告。"

前一阵子的媒体对有关方面设法收留弃婴的确实消息不少，研读后我有一个感觉，形势有点逼人，舆论有点虚火，官方压力挺大，有好心人想做点善事，却又不知如何下手。直说吧，在经济总量名列前茅的几个中心城市中，天津、广州和南京先行开展了"婴儿安全岛"的试点，天津收受了16名，南京收受了25名，广州则达到惊人的262名，而且还不包括经过公安部门送过来的33名！

这让广州有点冤，收受弃婴最多，但民众误解也最大。逼得官方不得不出来澄清，广州之所以收受弃婴多，是因为"交通条件便利、人口流动频繁、医疗资源集中"。

当人们惊愕于改革开放四十多年后的今天，中国大陆的弃婴仍以不便公开的速率递增的事实时，不能不追问到制度设计层面。但在这件事情上过多地责备福利院意义不大，深层次的原因要探讨起来也颇费言辞。设立"弃婴岛"的初衷，似乎是为了体现国家保障弃婴群体生命安全的执政理念与人道关怀，但理想与现实的差距之大，则表现出意料之外的戏剧性与荒谬性：不设"弃婴岛"，则弃婴将成为整个社会不断弥漫的溃疡，但设立"弃婴岛"后如果只是单纯地提供救济，又会在客观上鼓励"弃婴有理"的恶劣风气，增加社会救济压力。再说"弃婴岛"的救济作用只是社会保障体系的终端之一，考察当下的国情，往往治标不治本。

在诸多弃婴案例中，主要的一个原因就是婴儿因病因残而使父母陷于深度贫困，父母无奈之下将孩子抛给社会。我们在谴责他们之前，必须考虑到他们的现实境遇，先予怜悯与同情。但是让人们遗憾并愤懑的是，有些弃婴并无残疾，仅仅因为单亲妈妈不愿承担责任而随手一抛，不少无辜的小生命因此遭到无情的扼杀。对于后一种情况，我们在强烈斥责弃婴父母的同时，仍然要对弱小生命敞开温暖的怀抱。

弃婴现象在中国由来已久，小生命的残缺系上帝笔误，在逐步完善的医保制度照顾之下，有希望借助现代医学予以纠正，但有些人漠视生命、漠视天赋生存权、不顾及生命尊严的种种劣根性，并不在今天的法制环境中有明显改善。想到这里，不能不让人扼腕叹息！有几个情景突然浮在眼前。

我有一老友，婚后作为技术人才移民美国，但十年无子，美国良医也束手无策，有一年趁回国省亲之际欲在故土领养一个同种同血缘的孩子，我陪他去福利院咨询，对方看他是个华人，不甚热情，告知了诸般条件，让他蹉跎了不少时光。后来他在美国的同事听说此事，纷纷有所表示，此时正值《外国人在中华人民共和国收养子女登记办法》出台，他们便结伴而行，蹈海而来，在中国南方某沿海城市顺利地领养了几个孩子。

其实他们并非无嗣，有的家庭甚至已有三四个孩子作绕膝之乐，为何他们还要领养一个先天残缺的孩子？我们当然不能以最大的恶来揣度外国人的意图吧。

有一年我在福州出差，公干之余走进一家古玩商店挑选寿山石印材，正在盘桓之际，门外涌来二十多位年轻洋人，每人怀里抱着一个一至三岁模样的中国婴儿，其状亲密，如同己出，而这些中国孩子的面容告诉我，他们都有先天性残疾，但残缺的面容并不能遮掩安定而欢愉的表情。向营业员进一步了解后得知，他们全是弃婴，被"洋父母"领养后即将启程去新大陆。这天，他们的父母会在这里选一两件寿山石雕件作为永久纪念，似乎为了日后向孩子"痛说革命家史"时足资证明"我从哪里来"。

"这些小孩真是福气，前世修来的啊！"最后，那个营业员感慨道。

接下来我与其中一位会说中文的"洋爸爸"有一段简短的对话。他请我帮他挑选一件性价比高一点的雕件。我告诉他：寿山石生长在山洞里，细细一脉，性较脆软，旧时农民用鹤嘴锄悉心采集，也难免留下裂痕。现在农民急功近利，暴殄天物，开采时不惜使用炸药，弄得地动山摇，故而石材裂痕密布，品质下降。好在雕刻师会利用巧色和"格"（即行话中的裂痕）进行加工，因势利导，掩饰裂痕，整件作品看上去浑然天造。

　　"洋爸爸"恍然大悟，指他怀里那个患兔唇的孩子说：对啊，她就是一块美丽的寿山石啊，我要使她浑然天造。那个小女孩似乎也听懂了我们的对话，扑闪着小眼睛看着我，而我却不敢与她对视，她的明眸清澈无邪，具有不可阻挡的穿透力。

我爱鸡冠花

　　春风拂面，桃花始盛，我的砚池似乎还泪泪流淌着一泓秋水，我用它研磨半截旧墨，为鸡冠花写照。

　　在中国人借以寄托情怀的花卉中，鸡冠花的出镜率远远不及梅兰竹菊四大名旦，偶尔登场，又难免被人当作芦花公鸡的陪衬，寓意"官上加官"，有点俗。白石老人大刀阔斧地画过鸡冠花，大公鸡与它"人面桃花别样红"，主题吉祥，朴实可爱。

　　我爱鸡冠花，当然不是为了求官，而是出于一份特殊的情感。总角之年，我种的第一盆花就是它。六角形的紫砂高盆搁在窗台上，细小柔弱的芽叶悄悄穿破泥土，一天一个样地上蹿。我第一次近距离观察植物的变化，想象它的饥渴与独孤，还有万籁俱寂的恐惧。它被我的喘息吹得有点晃动，又似乎在回应我的期待，其实我并不知道它的确切花期。等它长到半尺多高，株秆顶端还不断有嫩叶子四仰八叉地逸出，底下阔大而厚实的老叶则十分珍惜一晃而过的阳光，在浓绿中泛出微微的嫩黄。就是迟迟不见开花。

　　我愈发地着急，每天放学回家的第一件事就是给它浇水，等到发现它不对劲时，赶快搬到阳台上去晒太阳，已经回天乏术。我第一次种花，就直面了死亡。

　　第二年再种，似乎有了经验，刻意地"无为而治"，总算看到它出落成蓬头乱服，像一柄倒立的扫帚，只在花冠边缘微微有一抹殷红，像谁不经意用画笔在上面抹了一下，远远不及白石老人笔下的浓艳，最后还是夭折。

　　后来"十年动乱"，我找到了另一种游戏——读小说，在外国名著里读到了野玫瑰、郁金香、曼陀罗、矢车菊和勿忘我，却不见鸡冠花的影子，它渐渐潜隐于少年心底。再后来，看到荒郊野地里的鸡冠花，三五成群，无人照看，野蛮生长，风吹雨打，却灼灼其华。鸡冠花以野性的美，启示我对生命的认识。

还有一次在浙江农村一幢清代老屋的天井里，看一排鸡冠花从石板缝中蹿起。一般高低，株距约等，雄赳赳、气昂昂地站在同一条直线上，像一队卫兵守望着百年沧桑。石缝下面的泥土少得可怜，它们得将根须插得很深很深，再靠屋檐滴下的雨水来补充滋养。我伸手比画一下，它们的高度接近一张八仙桌的桌面了，却依然挺直身板，顶着宽阔肥厚的花冠，像一支支火把，在阳光下燃烧。我不禁为它们顽强的生命力和自信心所折服。从此，我对鸡冠花的感情又深了一层，偶尔在梦中见到自己有了一个小花园，竹篱笆下站着一排鸡冠花……

还有一次是立秋后，我在青浦练塘一座老桥脚下看到一大丛鸡冠花，有三两株醉酒似的东倒西歪，颇具魏晋风度。花冠一律红得发紫，边缘部分簇拥在一起，挤出一道道褶裥，像一匹旧丝绒被紧握在掌心，挣扎出迟暮的奢华。我在花冠上逆向撸了一把，细屑的黑色花籽纷纷聚落在掌心。

是的，农民不会有意识去种植鸡冠花，它们四处飘零，自辟疆土，以原始方式繁衍生息，花籽或自行掉在周边的泥土中，或被大风吹到很远，然后静静地等待着春雨和暖阳，开始新的轮回。作为草本的鸡冠花，生命短暂，却一生辉煌，在千百年来铸就的生命密码中清晰地写着两字：不屈！

鸡冠花也叫鸡髻花、老来红、芦花鸡冠、笔鸡冠、小头鸡冠、凤尾鸡冠……它们是花卉世界的吉普赛人，在一些金碧辉煌的场合，因为一贯的卑微与倔强，还自由散漫，就被剥夺了与红掌、玫瑰、百合、胡姬兰、鹤望兰等雍容华贵者、冷艳妖媚者为伍的资格，不可能成为讲台或宴会桌上与人争艳的风景。甚至在城市的公园里、花坛中、道路旁，也很难见到它们的身影。鸡冠花将自己的部落安顿在被人冷落的犄角旮旯，又爱在季风频吹的夏秋之际，浓妆艳抹地举办一场派对。

可是我知道，等到夕阳西下、倦鸟归林，它们中的两三个就会闯入我的书房，像精灵一样从我的笔端调皮闪现，对饮半壶残茶。

含羞草

有一天在花市挑了两盆花，付钱的时候我对摊主说，不要找了，看着再给一盆吧。摊主看看我，又看看花，最后挑了一盆最便宜的含羞草扔进塑料袋里。

含羞草，很不起眼的小草。比核桃大不了多少的塑料盆，插着一枝比圆珠笔略长一点的小草，弱不禁风的样子就像林黛玉。我心里好笑，摊主真是吝啬得可以啊。

含羞草来到我家阳台上。我给它浇了水，开始还不敢让它多喝。我把它放在一盆粗枝大叶的榕树下，爱怜有加地打量它。小时候就听说含羞草有灵性，你碰它一下，它的叶片马上会收起来。现在我有含羞草了，当然得试一下。果然，手指稍一碰，它那梳子似的叶片就马上收拢起来，像一个敏感的姑娘吃了一惊，簌簌抖着，将胳膊交叉抱住胸膛，预防强暴者的欺凌。再过一段时间，它发现没有危险，又伸张了叶片去迎接阳光。

含羞草的枝秆上长着刺，很硬，跟玫瑰或月季一样。

这枝小草，与生俱来地警觉和内向。在它诞生至今的数亿年里，它一直这样低调，这样躲躲闪闪，又这样坚贞不屈。在弱肉强食的世界，它挺过来了，在花花世界里，以梳子般的叶片迎接阳光雨露。

我喜欢一枝草害羞的样子。在今天这个物欲横流的疯狂世界，有许多人还真不如它。含羞草那知足而蓬勃的生机促使我检点自己的贪欲和名利上的追求。后来，我不再去动它，让它安静地舒展小小叶片。每天浇水，让它见到阳光，我爱它，并带着一丝怜悯。

含羞草长得非常快，才一个星期已经蹿得很高了。小花盆似乎局促了，我给它移了盆。它喝水很多，有一天我忘了给它浇水，第二天就蔫了。赶快输液抢救，它又很快恢复了生机。含羞草原谅了我的疏忽。

一天早晨，我突然发现含羞草开花了！毛绒绒的一团顶在枝梢上，淡紫红色的针状花瓣一根根似箭般向外射出，箭头上顶着白色的小点，可能是花蕊吧。花蕊是极细极细的一点，比芝麻的儿子都小上一圈。但它们无所畏惧地顶在花瓣上，仿佛早就作好了与目标同归于尽的准备。我还发现，如此之小的花朵，连飞来飞去的小蜜蜂也懒得搭理它。但它依然坦然地迎着早晨的太阳，绽放出生命的灿烂一刻。

这时，我恶作剧的本性也犯了，伸手去碰了一下花朵。毛绒绒的花团倒并没有像叶片那样快速收拢。它的花朵是外向型的，憋足了全身的精力来展现生命的辉煌。这一天，含羞草就像出嫁的新娘一样，为了展现美丽的瞬间，不再害羞了。

可惜含羞草的花期只有一天。当落日射出万道金光时，它就谢幕了，针状的花瓣很快褪色，花朵也枯萎了。第二天，花朵就收缩成一团，就像一根小鼓槌耷拉在草尖上。趁我不注意时，它知趣地落在泥土里，进入下一个轮回。

在一些豪华宾馆的大堂里，我们可以看到金碧辉煌的水晶吊灯，整体看来是球形的，但无数根枝干却是放射状的，向四周射出力量与光芒。现在我明白了，设计师的灵感也许就来自含羞草。

红烛有泪

　　奔驰旅行车在机场接了我们几个上海客人，一路向长乐疾驶而去，雨势渐渐放缓，空气仍显闷热。高速公路两边不时有"半拉子"楼房躲闪在树木之间，一掠而过时仍被我看个真切。几年前我在这里采访时得知，这是外出打工的农民回乡时盖起来的，水泥架构红砖墙，带罗马柱的门廊有了，圆顶楼阁及转角阳台也有了，预算却用光了，剥去脚手架的空壳好似困兽一般蜷伏着。盖，明知捉襟见肘，不盖，父母在人前抬不起头，只能先砌个轮廓再说。

　　时间已过十二点，司机说村里的午宴已经开始了。我说慢点开吧，我们在飞机上已经吃过了。司机说：多少吃点吧，李老板给你们留了一桌。

　　下了高速，拐进村路，树枝"哗哗"划过车窗，将一串串水珠留在玻璃上。两边的农舍有些散乱，正处于新旧交替之中。一座接一座大红尼龙布充气拱门骑在路上，上面印着吉祥字句，每座挂一块红布：×××恭贺新喜。每座拱门下面配两台鼓风机，日夜不停地充气。

　　车子停在大礼堂前，红地毯将我们引到里面。礼堂高轩敞亮，摆了四十多桌，男女老少吃得满脸通红。虚席以待的这桌果然层层叠叠地堆了许多菜肴，虾鱼蟹鳖，蒸煮煎炒，光是汤就上了八大碗。我挖了一点蛋炒饭意思意思，一尝，方知是用瑶柱丝与鸡蛋炒成，不见一颗饭粒。啊呀，赛过刘姥姥吃茄鲞。

　　我的座位正好对着门外的厨房，十几个厨师脚蹬高筒雨鞋，准备收拾残局，淌水的地面反射着日光，一人抱的蒸笼叠得老高，汉子们穿插在蒸汽氤氲中的剪影充满了活力，福州农村果真是富起来了。

　　礼堂是才新建的，墙上贴着村民的捐款账单，我们的朋友李芝瑞以四十万元名列榜首。

四十万对李老板来说实在是小意思。今天他儿子结婚，向省内外朋友发了请帖，再三关照：谢绝礼金。我还是备了一个红包，看准机会递过去，芝瑞果真生气："我们现在的风俗就是不收礼，你若是给了，我事后加倍还你，你收不收？"

据说之前李老板给女方聘礼一百万，女方还礼两百万，让芝瑞好没面子啊。

吃了午饭，我惦记着去机场附近的显应宫转转。朋友说，迎亲队伍马上要来了，不能走。不一会鞭炮惊天动地响起，车队在满地红上面辗过，其中一辆威猛异常，懂的人说这是经过改装的俄罗斯装甲运兵车。

新郎新娘从宾利中钻出，随行的喜娘就高声吆喝起来，长乐话很难听明白，但欢悦感染了所有人。让我眼睛一亮的是新郎新娘一色大红，好像从清宫戏里跑出来的贝勒爷和格格。尤其是新娘，文静漂亮，含羞草般低着头，凤冠霞帔在她身上实在妥帖，众人啧啧称赞。对，同样是一身红装的喜娘有点福态，赛过某个嬷嬷。

他们先进祖屋行仪，祖屋满身风霜，屋脊两头高翘，土垒墙夹杂着蚝壳和碎碗片，梁柱和木板被烟熏得乌黑。芝瑞这一代当年结婚时贴上去的喜帖还留在板壁上，字迹漫漶，却又新鲜如初。

芝瑞的父母端坐在祖宗牌位前的太师椅上，美美地领受孙子孙媳叩头，喜娘当即高呼：红包十万！村里的小孩子也挤进来叩头，三个响头，得红包一只。芝瑞攥着一沓红包在老屋前到处追小孩：快去叩头领红包！

拜过堂，新郎来到一街之隔的家中，与父母一起祷告，庄严请出圣母像。前头有一小男孩鸣锣开道，村里两个老人各执一支两尺高的大红喜烛跟在后面，再后面就是新郎与李太太，一个捧圣母像，一个执十字架，一群人走过红地毯，再次回到祖屋。这场景对我而言是陌生的，又似曾相识。众人笑着，不敢多言。

芝瑞的太太也相当漂亮的，良辰吉日，精神倍儿爽，风采不让媳妇太多。她满心喜欢地招呼客人喝茶抽烟吃干果，忽又四下里张望，像是在寻某个人。朋友将我拉到壁角说，她刚才在楼上祷告时流了泪。

她是感动了吧。我说。

也许是感动了，但真正的原因你知道吗？朋友说：福建农村结婚早，芝瑞和她结婚时都不过二十出头，他们共有四个孩子，大儿子下面是三个女儿，那时候穷得叮当响，不得已，将最小的女儿送了人。后来芝瑞到上海打拼，在三官堂桥寻生意。他人活络，肯吃苦，给一家外国公司做代理，很快打开局面，最后成为这个品牌在全国最大的代理商。掘到第一桶金后，他又去江苏开钢铁厂，楼市最疯狂的那几年，他每天可赚一百万！穿金戴银、山珍海味的日子突然降临，他们就想将小女儿找回来，但托了许多关系，当然也千恩万谢地祈求圣母圣灵，结果杳无音信。

李家两个女儿还待字闺中，最小的才二十岁，也就是说，送走的那个如今正是豆蔻年华。二十年光景如雷如电，铁树开花，咸鱼翻身，芝瑞现在的身价据说数亿。在儿子婚礼上，他送给下一代的礼物是一家专做外贸订单的服装厂。

晚上的婚宴摆在五星级大酒店里，一百多桌，仍是叠床架屋地上菜。电视台主持人一男一女当司仪，字正腔圆，妙语连珠。芝瑞也不差，答谢辞大开大阖，风趣幽默，全场掌声雷动。李太太换了身裁剪得体的绣花旗袍，珠光宝气，给客人敬酒时，一双晶莹剔透的眼睛还滴溜溜四下里张望。人家都夸她福气好，四十多岁就要做奶奶了。

果然如朋友所言，上第一道点心时，芝瑞来送红包，凡出席者，老少无欺，每人一个。芝瑞在我肩上一拍：这是小意思，人家有送三千八的！

过了一会，我们这桌客人一起去主桌回敬芝瑞夫妇。我看到有副碗筷一直没人动，就在李太太右手边。我也不由得环顾周围，一片茫然，差点泪奔。

聊天机器人

等我老了，不管是居家养老还是在养老院抱团取暖，希望每天都有人陪我聊天。一个世事洞明、人情练达、声音有点沙哑的老克勒，或者一个口齿伶俐、思维敏捷、善解人意的美娇娘，要不就是一个诙谐幽默、见多识广的艺评家，月旦人物毫不留情，让我在哈哈大笑中暂时忘却病痛，对对对，干脆来个无厘头吧，满肚子八卦，名流轶事、艳星绯闻、江湖恩怨、政坛黑幕——当然是外国政客的龌龊事体，老家伙听了或许能唤醒可怜的肾上腺素，白天吃得香，晚上睡得甜。

是的，你猜出来了，这是个能任意转换角色的聊天机器人，我想应该已经有高科技企业在研发这种产品了。事实上，今天做个智能机器人不算太难，从肌肤到骨骼，从容颜到声音，人种与民族也有多种选择——这里不涉及敏感问题，纯粹是产品分类，不要想得太多。至于这个机器人的姓名，阿狗阿猫随你。

问题是他或她能够跟你聊什么，聊到何种深度？现在的机器人只是模仿人的思维模式，重复程序规定的动作，要聊，大多还停留在嘘寒问暖阶段，顶多再跟你来段天气预报，或者挑个旅游话题纸上谈兵，要是能够聊中餐，那简直就是超人了，麻婆豆腐、草头圈子、蟹粉汤包、驴肉火烧、过桥米线……聊到肝膏汤，多半要死机。机器人不食人间烟火，这话题未免太残酷！实话实说，目前被媒体称为"具有划时代意义"的机器人还不是我理想中的聊天对象。

关键是软件。虽说每个机器人都应该是网络终端，但软件工程师肩上的担子仍然很重。机器人的聊天水平，就是软件工程师的专业水平，编制聊天程序是一个庞大的系统工程，需要一个强大团队协作完成。

全知全能型的聊天机器人不仅会聊"开门七件事"，更应该与客户的兴趣、学养无缝对接，唐诗宋词，戏曲音乐，书画篆刻，秧歌芭蕾，民间小调，海派清口，侏罗纪公园，星球大战，流浪地球，塔罗牌，推背图，什么都能聊，看你快打瞌睡了，就来点带颜色的笑话。聊天机器人背后有一个大英图书馆加大英博物馆的强大库存，能根据客户的要求更新知识，学到老，聊到老，将病床聊成课堂。

人格化的聊天机器人天然地拒绝格式化，必须根据客户的要求来设计。软件工程师首先要建立用户个人档案，从自出娘胎一直到摆平在床上，吃喝拉撒、大病小灾、求学创业、立功受罚、娶妻生子、买房炒股等等，甚至像读小学三年级时因为与同学传小纸条而被老师罚立壁角十分钟这样的细节都不要遗漏。此外，父母、配偶及子女的信息也是必要条件，七大姨八大姑那里的枝枝蔓蔓也最好理一理，街坊邻居中有趣有情者——包括邻家小妹，也不要忘记噢。细节越是丰富，聊天资本越是充实。软件工程师要像刑警队长那样趁客户口齿还比较清楚时完成采访、阅卷。对话的基础，就是彼此的共同记忆，不聊到拖鼻涕、穿开裆裤这一节，感情怎么深得起来？

涉及稳私部分，当然必须刷脸。

客户的性格脾气，可以投射在聊天机器人身上，所谓投缘，就是臭气相投。每个人的人格都会有点小分裂，现代社会嘛，压力之下，谁没有犯傻的三秒钟？软件工程师要给予深刻的同情和体恤，客户的今天，就是你的明天。客户的喜怒哀乐，受过的刺激，贪过的小便宜，说过的谎话，没有兑现的承诺和这辈子肯定不能实现的梦想，还有，每个人都会有的想入非非，都应该作为编程的依据。

我从哪里来？我是谁？我到哪里去？这是人类的终极思考，也是聊天机器人与客户之间的永恒话题，抓住这根主线，就可以聊得久，聊得透，聊出大境界，不因回忆童年而伤感，不因复盘投资而懊丧，一佛出世，二佛涅槃，归真返璞，拈花而笑。

聊天不是无原则的迎奉，不是溜须拍马，不是太监伺候皇上，向真、向善、向美，是聊天机器人的道德底线。有情怀的聊天机器人应该是客户的净友，帮助他"悟已往之不谏，知来者之可追。实迷途其未远，觉今是而昨非"，在人生的最后一公里也能行到水穷处，坐看云起时，莫道桑榆晚，为霞尚满天。

此外还不妨加点"调味品"，比如在客户家乡和成长环境使用的方言，甚至俚语、切口、洋泾浜英语等。试想，机器人在聊到激动时用石骨铁硬的家乡方言爆出一句无伤大雅的粗口，如此生动，如此传神，如此铿锵有力，人机之间的感情就会上升到一个崭新的阶段！

好了，符合上述条件的聊天机器人诞生后，我愿意订购一台，并命名他为"阿Q"。没错，我的家乡在绍兴。

岁末的大理石小城

　　我们三人一路跋涉来到高大的城门口，当地人刚刚吃过午饭，但烤羊肉的烟火气依然在空中飘荡。太阳被云层遮蔽，但也没有下雨，这里据说已经有二十多年没下过一滴雨了。放眼望去，城外空旷的略有起伏的地面上布满了砾石，闪烁着耀眼的白光，远处的山峦泛着浅紫色的微光。树木稀少，村舍零落。

　　我们在城门口被卫兵拦下，城门用白色大理石块砌成，铺地的石板同样厚重而坚实，经过成千上万旅行者的踩踏，变得异常光滑，棱角全无。一群健硕的青年人围着一个老头，他蓄着浓密的山羊胡子，像一个先知一样坐在石头上。这块雕刻花纹的石头显然是某座宫殿的残件，他手里摆弄着三根锻打而成的弯曲铁棒，每根的长度不超过手掌。有人要进城，他就念念有辞地将铁棒随手一抛，叮当声里，铁棒在地上激起一小股尘土，形成了一个图案——也许是早已消亡的文字，如果寓意吉祥，就放行，否则就命令身边的卫兵将其逐走。我惴惴不安地站在他面前，所幸的是我通过了，另外两位同行的虽然有点小麻烦，但最终也得以通过。

　　城里非常热闹，跟这一带的所有城镇相似，尘土飞扬，道路弯曲而狭窄，黄褐色的土坯房沿着舒缓的山坡层层叠加，广场集市支起了许多白色的帆布帐篷，叫卖声此起彼落，企图将持续不断的羊皮鼓声音压下去。人们穿着厚重的棉袄和皮背心，油垢厚重，光可鉴人。他们三三两两站在街角，又像一群企鹅一样，用相同的姿态望着远方，小声议论并等待。这种气氛在我们外人看来多少有些诡异。

　　不过，作为一个文物爱好者和吃货，我对进入这个陌生的小城有着强烈的兴趣和期待，所以我很快就发现一座庙宇前竖着几根残缺的大理石柱子，它们周身雕刻的繁复花纹已被行人摸得模糊不清，但好像在等待一个远行者，向他吐露有关异质文明的秘密。我从一个卖馕的小贩那里得知，石柱立在这里已经有一千三百多年了。我问小贩，在哪里能喝到正宗的羊肉汤？他回答说，这里的羊肉汤都是一样的，好与不好都在客人的嘴里。你会喝，它就是美味，不会喝，它就会伤你的身子。

管弦悠扬，声音自远而近，街面上出现了一支旌旗飘扬的队伍，他们应该是汉人，蟒袍大靠，刀枪剑戟，脸上涂着很厚的白粉，堪比日本能剧里的妆容。他们鱼贯而行，表情肃穆，眉宇间刻着忧伤。他们是一个剧团，为巡回演出而来。有人告诉我，他们是几百年前在这个小城戍边将士的后代。他们的故乡在中原，当年为了探访久而未见的亲人，组成了一个剧团，千里迢迢地赶到这里，结果戏并没演成，因为守城将士在一场恶战中都死了，没一个活下来。他们含泪掩埋了自己的亲人，洗干净他们的盔甲和武器，原路返回，再将这个悲惨的故事编成戏目，在故乡演了几百年。所以说，他们来到西北小城巡演，其实也是一次寻访，或者就是祭祖。

这个故事不可能那么简单，它一定隐藏着更大的秘密。我用手机拍了许多照片，但这支队伍是游动的，很快就消失在一片白茫茫的尘雾中。就在我们准备追上去时，前面的集市出现了骚动，前方有一柱黄色的烟雾冲天而起，行人如潮水一般向我们涌来，一片哭喊声，空气骤然紧张起来。出于职业本能，我与两个朋友马上攀上一个高台，掏出相机。就在此时，一个白胡子老头——不是在城门口的那位——把我们拉进了一个院落："哈哈，我等你们很久了。"

这里是另一个世界，与外界隔绝，鸟语花香，阳光灿烂，刚刚摘下来的瓜果堆在宽大的织花地毯上，有人将烟管塞到我嘴里，擦得锃亮的长颈酒壶就摆在我面前，一股类似白兰地的醇厚香味让我未饮先醉。好儿对男女青年在唱歌跳舞，一曲结束，那个带我们进来的白胡子老头来到场子中央，用纯真的男高音说：我们热泪满面，我们遍体鳞伤，但如果我们总是沉湎于往事，如何面对未来？

老头子的话让我一惊。我突然想起，这应该是北京人艺的那部话剧《枪声》里爱玛的台词。爱玛在两场战争中先后失去丈夫与儿子，在获知真相后，她向儿子生前最亲密的朋友——三个从战场上生还的年轻人说了这番话，让我热泪盈眶。她的话浓缩了天下所有母亲的感情，也代表了她们对世界的看法。

在黎明前，我在2014年里最完整的这个梦就这样被爱玛的话惊醒。我记起来了，这场话剧是在平安夜看的。这是我与太太辞旧迎新的一次小小的精神享受，却让我们获得了一致的看法以及深邃的思考空间，使我们在新的一年迎面而来时，对个体生命的意义有了新的认识。

秋月一般美丽的荔枝啤酒

大约在十年前吧，办公室里来了一位新同事。那时新媒体横空出世，烧钱烧得赤日炎炎，而我们周刊属于传统媒体，且战且退，愈挫愈勇，所以人员流动很快，今天你来，明天他走，大家习以为常，管门禁卡和饭卡的内勤倒是很忙。新同事叫陈统奎，小帅哥一枚，尽管身材不高，但一举一动透着机灵，一米之内有阳光，见谁都很乐呵。作为老前辈，我猛拍他肩膀。到底是在《南风窗》滚打摸爬过的，一出手便不同凡响，好几篇独家专访获得了同仁和读者的好评。我也跟统奎合作过一个稿子，他主打，我配合。入行以来我习惯单打独斗，与年轻人合作更属罕见，但这次与统奎联手，彼此心领神会，十分愉快。但是一年多一点，肯定不满两年，他突然辞职了。悄悄地走，正如他悄悄地来。哪里高就？大家一脸茫然。

过了一段时间，关于他的消息才传来上海：陈统奎回到海南岛家乡推行生态村建筑计划，作为从村里走出去的第一位大学生，他要用自己学到的知识和拥有的人脉关系帮助家乡父老脱贫致富。又过了一段时间，我从他的博客上知道，他的家乡叫博学村，山上覆盖着一层厚厚的火山岩灰，以前打一口井都十分困难，贫困程度可想而知。如何在保护中开发家乡未被工业化污染的环境优势，是统奎一直在思考的问题。后来他走访了中国台湾、日本等地的一些社区，看到不少受都市化教育的知识分子，一旦选择回到农村，就过上了一种"半农半X"的生活。"X"是一种可以随意替换的身份，比如文化创意、电子商务等。

在博学村，好几代农民一直以种植荔枝为生。荔枝很大很甜，知名度却不高，缺乏市场竞争力。2014年，陈统奎创立了火山荔枝品牌，指导农民用自然农法种植荔枝。同时还做了两件事，一是实施火山村的社区营造，二是建了一个民宿叫"花梨之家"。他在村里还建了一个文化室，居然请姚明题写了牌匾。

陈统奎做过媒体，知道要脚踏实地，也要讲好故事。他很会公关，以"返乡大学生"的身份给省长写公开信，并通过举办论坛，通过在上海核心商业区举办荔枝节，不但扩大了影响，还争取到政府的资金支持。省长明确表态："海南需要创业者再造新故乡。"

有一天，我突然收到了统奎快递来的一箱火山村荔枝，皮薄色艳，核小肉厚，一口咬下蜜汁喷射，似乎是火山能量的转换。怕血糖狂飙，我只敢吃两颗，但火山村荔枝的味道永远锁定在记忆深处了。后来每年会收到来自海南岛的低温保鲜荔枝，我为统奎高兴。后来又得知陈统奎还去哈佛大学做过演讲，日本NHK电视台给他拍了专题片，并三次登上湖南卫视的《天天向上》节目。他成了励志故事的主角。

我常想，如果统奎留在上海，以他的天资和勤奋，也会做出很大的成绩，但是上海的生活成本摆在那里，每月收入的一大半要应付"开门七件事"，一路飞涨的房价不断地削蚀外来年轻人在上海生根开花的梦想。在"拼爹"的小时代，二十年后的情景也不难想象。那么漂在魔都的统奎们，你还想怎样？统奎回乡，是对梦想的重新绘制。

而且让我高兴的是，统奎的梦想一直在实现中扩大，在扩大中实现。前几天他又快递了六瓶啤酒给我，牌子叫火山村荔枝精酿啤酒。是啊，精酿啤酒近年来成了市场新宠。

我知道统奎平时烟酒不沾，何以对精酿啤酒发生了兴趣？故事从2013年开始，他在网上认识了一位旅日华人作家，这位作家带他去日本参观。在山梨县的一个小镇里有个欣赏红枫的圣地萌木村，现在已经是著名的旅游景点，十多幢欧式别墅加一个英式花园，还有主题酒店、啤酒餐厅、八音盒博物馆、陶艺坊、木工房、旋转木马等配套设施。看上去有点浪漫是吧，但我觉得日本人将欧洲文化植入进来总归有点不搭调，不过让统奎相见恨晚并为之折服的是，景点的老板舩木先生也是个返乡青年，他于1977年来到这里，花了三十多年打造了这个乐园。统奎在那里喝了舩木酿造的啤酒，还第一次听说了"农业六次产业化"，即一、二、三产业融合发展乡村的策略。特别是听说舨木酿造的"精酿啤酒"连续三次拿到世界冠军，这个信息"叮"地一下弹到了统奎的脑门。

此后几年里，如何做好荔枝深加工、实现产业化的这篇文章，一直困扰着统奎。2014年，他做荔枝酥，亏了一百多万，中途叫停。2016年、2017年、2018年，他连着三年去日本考察六次产业成功案例，眼界慢慢打开，最终确定了荔枝干面包、荔枝啤酒、荔枝冰淇淋三个产品化方向。

今年五一小长假，统奎去昆山计家墩，在一个朋友经营的民宿里，看到了丁牧儿的碧山精酿，一共有四款：拖拉机皮尔森、天光小麦啤、落昏IPA、狗啤。名字很潮，酒标设计也极具文艺范，统奎心头发热了。

其实那年统奎从日本回来后，托网络传播之福，曾经轰动全国的狗窝酒吧老板、碧山精酿的创始人丁牧儿就自动与他联络，开门见山说：一起来酿荔枝啤酒吧！

统奎将丁牧儿理解为"啤酒新匠人"，其实这位匠人居然是"90后"，现在的年轻人太厉害了。"80后"的统奎与"90后"的丁牧儿在上海徐家汇港汇广场五楼相约喝咖啡，一番交流后，他不由分说地把笔记本和笔塞到对方手里："老实交代一下，咱用什么原料酿造荔枝啤酒呢？"

三观相同，无所顾忌，丁牧儿当即写下几行字：新西兰皮尔森麦芽+慕尼黑麦芽，美国进口酵母，啤酒花——美国卡斯特酒花。

统奎仿佛拿到了密电码，心里有了底：都是进口好材料，那再加上我们的火山村荔枝原汁，应该能出好啤酒。

最让统奎心领神会的是，丁牧儿说了这么一句话："我们就是真材实料，笨拙但是扎实。"

之前，统奎得知台湾高雄市政府扶持台湾青年酿荔枝啤酒，公布过两个配方：第一种是投放9%的荔枝原汁；第二种是由30%的荔枝原汁与70%的台湾生啤调制而成，不添加香精、色素及糖。

既然有成功的案例在前，统奎就不再过于担心了。他只希望预想中的啤酒应呈现"荔枝鲜甜的口感与香气"，而且以火山村的荔枝的风味"可以盖一盖啤酒花的苦，让女生喝起来不觉得苦"。他记得台湾的媒体说过这样一句话：荔枝啤酒"最适合闺蜜谈心"。

2018年3月份的时候，他特地去台湾高雄考察了一家精酿啤酒工厂，酿酒匠人巫永龙老板让他品尝了木桶里直接打上来的荔枝啤酒，并慷慨地透露自家秘方：荔枝原汁投料比例在20%至30%之间。

而到了自己的实验阶段，丁牧儿也果断地否决了此前的两种方案，提出了第三种配方，即投入20%的荔枝原汁。已有丰富酿酒经验的丁牧儿希望让荔枝味与啤酒花的魅力同现，口感上不那么甜，也不那么苦，否则太甜了就像"水果酒"而不像啤酒了。

7月28日，经过一个月的发酵，作为实验性生产的"火山荔"荔枝原汁精酿啤酒在安徽碧山村猪栏酒吧老油厂喷涌而出，南国佳果以柔情似水的形态绽放出新的生命。

诚如"啤酒新匠人"丁牧儿所描述的那样：泡沫绵密丰富，皮尔森麦芽完美融入海南火山村荔枝，富有水果的甜腻以及些许麦香，清爽宜人，色泽金黄，半浑浊雾状的酒体，气泡接二连三地从杯底上浮。

火山爆发，岩浆四处漫流，这些网状的岩浆流最终形成了一颗荔枝的样子，这是这款精酿啤酒的酒标图案，两个年轻人给这款啤酒起名为"火山荔"，一个令人想象的卖点。

统奎在自己的微博里抑制不住狂喜写道：那股荔枝香，让我欢天喜地。当真耶，加入真实的荔枝，酿出来的酒就是真实的荔枝味。

喝了火山村荔枝啤酒后，我与统奎交流了体会。他又告诉我：第一批酿了十五吨，按20%的投料比例算，需要三吨荔枝肉。他们摘了将近五吨的火山村妃子笑荔枝，二十名果农戴上手套和口罩，一颗一颗剥出荔枝肉。每公斤荔枝大约有五十颗，五吨就是二十五万颗。果农们剥到最后，手指头都不太听使唤了。最后，这批满载着希望的荔枝肉从海南岛拉往碧山精酿位于浙江嘉兴的啤酒厂，再把荔枝肉榨成汁，在发酵罐中与小麦、啤酒花和酵母汇合。

当我们猛灌荔枝啤酒的时候，千万别忘了感恩果农的辛勤劳作啊。

下一步，统奎当然要在自己的家乡建造啤酒厂。他对朋友许了愿：有一天，我们也要像萌木村一样，有一家啤酒精酿工厂，有一家啤酒餐厅，然后邀请大家来火山村喝"从酿酒桶直接打出来的新鲜啤酒"。

这就是陈统奎同学的乡村振兴梦想。小个子，大情怀。

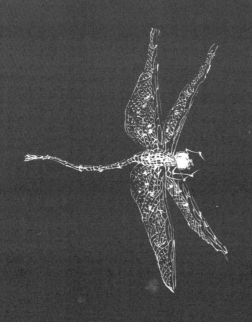

马德里惊魂

阿拉伯新娘

　　她叫玛丽，似乎不像一个穆斯林姑娘的名字。但是没关系，她的美丽、善良、聪明，还有很不错的中文，让我们感到亲切和踏实。她是我们在埃及旅游时的导游。

　　八年前玛丽在开罗大学选择学习中文时，她的父母和朋友都被惊到了，汉字在他们眼里，比古埃及的象形文字还要诡异。玛丽上完第一节课，回到家里将自己关在屋子里练四声，她母亲通过门缝偷看，女儿对着镜子手舞足蹈，简直像女巫施展法术那样恐怖。但是玛丽克服种种困难，不仅从来自北京大学的老师那里学会了中文书写和会话，而且对遥远的文明古国也充满了好奇与向往。毕业后她又攻读了两年埃及古代史，现在她骄傲地向大家证明，学中文的就业机会多于学英语、法语的同学。

　　走出校门后，她去苏伊士运河地区的中资企业工作了两年。那是个男人的世界，纺织业是传统行业，挑战性并不强，甚至有些枯燥乏味，从管理层到一线工人除了日出日息的工作，几乎没有任何娱乐活动。玛丽与纺织厂里仅有的两个中国姑娘同住一间寝室，这又是她强化训练中文对话的好机会。当然，一开始她的母亲有些担忧，对于穆斯林而言，一个未婚姑娘离开父母在外面过夜已经是不合仪规了，何况她一去就是两年。好在玛丽的父亲很开明，一直充当她的忠诚后援。

　　玛丽的父亲是一位中学教师，属于知识阶层，她的母亲是典型的埃及妇女，相夫教子，洗衣煮饭，连近在咫尺的吉萨金字塔和狮身人面像都没有去看过。

　　埃及是一个阿拉伯国家，男人拥有至高无上的地位，可以拥有三四个老婆，妇女一般不参与社会工作。女孩子珍惜教育机会，但学历再高，一旦嫁作人妇，再高精尖的专业也派不上用场。我们行走埃及的数天里，在商店、餐厅、超市等处看到的是清一色男性，只在机场安检通道见过一个女性，她负责与女性旅客接触。

玛丽敢于挑战习俗，她后来转入导游这一行，专门接待中国旅游团队，眼界也有所开阔，对流行一时的中国娱乐节目和网络热词也很敏感。她的音色不错，笑声格外清脆，但在叙述和语法上还有待提升，比如她会用"将他们的额头放在地毯上"这样的句式来描述叩头的动作，不过我们基本上都能听明白，并且报以微笑。

玛丽很珍惜这份工作，并且享受由此获得的快乐。在景点，我们一下车就会被流浪汉包围，向我们要钱要清凉油要圆珠笔，这时她就会走到我们前面充当盾牌，掏出钱来分发给他们。我从没见过她语出不敬地驱散他们，甚至连一丝眉头也没皱过。等大家上车后，又会有三五个小贩堵在车门口，玛丽就从他们手里拿过明信片或拙劣的工艺品向我们推销，我们不响，她脸上依然阳光灿烂。

玛丽并不回避首都存在的诸多问题："开罗太大了，它是一个迷宫，又是一个超级大的垃圾堆场，大风刮起，满天都是塑料袋。绝大多数路段没有信号灯，人们不遵守交通规则，公交车的门永远不关，乘客随时可以上下。我很不喜欢它。开罗的人口占到全埃及人口的四分之一，大家都梦想在开罗掘到黄金。所以这座城市聚集了越来越多的游手好闲者。我希望你们快点到卢克索和亚历山大去，到了那里就能看到埃及令人愉快的一面。"

据玛丽说，开罗一个普通工人的月收入约为1500埃镑，相当于1000元人民币。玛丽的收入可能略高于这个基数，但也不可能太高。我们在车上分享零食时也会请她品尝，她每次都大大方方地接受，表情惊喜并感激。有一次我给她一枚加应子，正好车子一颠，加应子从她手心"裸奔"了，她俯身捡起来就往嘴里塞，被我及时制止。她也不觉得难为情："我喜欢中国的零食，那是梦想中的美味。"

玛丽最喜欢吃中国的川味香辣豆干。第五天我们到了红海边的赫加达，阳光、海滩、啤酒、烤肉，次日自由活动，我们睡了一个懒觉，但在吃早餐时没见到玛丽，直到中午她才无精打采地露面。原来前一晚有一位中国导游给她带来一公斤辣味豆干，她挡不住地消灭了大半袋，结果拉肚子了。啊呀，玛丽！

在父母的支持下，一个穆斯林姑娘沿着尼罗河不辞辛苦地奔走，给中国游客讲述拉美西斯二世以及海切普苏特女王的传奇。

有一次她与团里的一位上海帅哥对上了眼，两人一见钟情，男孩回上海后发邮件向她表示爱慕，并且告诉她在上海已经买了房子，也准备为爱而改变自己的饮食习惯，他的父母也欢迎这个来自阿拉伯世界的媳妇。玛丽被深深地感动了。但是她的父母舍不得玛丽远嫁中国，玛丽的姐姐早几年嫁给了一个美国人，身边总得留一个吧。玛丽哭了三天，割舍了这份情缘。

去年，玛丽与另一家旅游公司的一个导游订了婚。在红海边的一家宾馆大堂里，小伙子当着一群中国游客的面向她表示爱意，她勇敢地答应了。订婚仪式就在上周的4月19日，玛丽打开手机让我欣赏订婚照，玛丽围着头巾，身披阿拉伯长袍，有着出水芙蓉般的清秀与美艳。她伸出左手，无名指上的戒指闪烁着尼罗河的波光。

"我只告诉你们，他比我小两岁，在我们这里，新娘的年龄比新郎大，也要被人说三道四的。"

告别的时刻总是来得太急，彼此的眼眶里胀满了恋恋不舍，我们在玛丽的歌声中祝福这位美丽的阿拉伯新娘。我们的领队海光兄代表全体团员邀请她在可以预期的日子里带上新郎去上海观光，城隍庙、东方明珠、上海中心、新天地、田子坊……她都想去体验一下。是啊，身为导游，玛丽至今还没有走出国门呢，上海对她而言又是特别的遥远。

她会去上海吗？今生今世还会与那个上海小伙子重逢吗？

褒曼走了，薄荷茶很甜

去摩洛哥旅游，卡萨布兰卡是第一站。半个多世纪以来，这座城市因为电影《北非谍影》和主题歌《卡萨布兰卡》而名扬天下。这部黑白影片以爱情故事贯穿始终，将民族大义与儿女情长水乳交融，感动了好几代人。为了这座被誉为"大西洋新娘"的美丽城市，带着心爱的人儿，去谈一场生死恋，一定能收获刻骨铭心的记忆——旅游手册上是这么说的。

卡萨布兰卡的民居与商务楼多以白色为基调，欧洲现代主义与伊斯兰传统混杂的建筑风格，通过拱门、窗户以及俊俏的外立面得以体现，用黑色铸铁栏杆围起来的阳台上偶尔会出现一位凭栏远眺的美女，不意间成为一道风景。有风吹来，棕榈树叶沙沙作响，别有一番风情。

这里原先是原住民柏柏尔人繁衍生息的一个小渔村，18世纪末，西班牙航海家发现这里时曾欣喜若狂地高呼："卡萨布兰卡(西班牙语'白色房子')!卡萨布兰卡！"由是，卡萨布兰卡烙上了异域文明的印记。1912年，摩洛哥成了法国的保护国，大批法国人来到卡萨布兰卡，留下了高卢人的雪泥鸿爪。今天，卡萨布兰卡是摩洛哥的第一大城市和经济中心。

在卡市，法国殖民地风格建筑聚集的圣人区是人气颇旺的商业中心，迈阿密海滨大道仍然是富人区，长长的栈道一直伸向海滩，咖啡馆和酒吧云集，一排排席卷而来的白浪中，清晰可见冲浪者的矫健身影，海风吹散了游人的头发，风中似乎混合着巴黎香水与海鲜烧烤的气味。

在《卡萨布兰卡》这部片子里，关键情节大多在里克咖啡馆（Rick's Café）里推进，英格丽·褒曼和亨弗莱·鲍嘉共同演绎了一段荡气回肠的爱情咏叹调，推波助澜的还有音乐，法国国歌《马赛曲》与德国歌曲《守卫莱茵河》示威般的对唱，也令人热泪盈眶。而黑人山姆用钢琴弹奏的一曲《时光流逝》，每个音符都敲打在观众的心上。

里克咖啡馆是虚构的，片子在美国拍摄，场景是搭出来的，不过影迷认为这一切都应该有原型。于是在十多年前，有位退休美国外交官在卡市商业区"复刻"了一家里克咖啡馆。我们到卡市的第一天晚上就按计划在那里用餐，但不知导游与店方在沟通时哪个环节出现了差错，乘兴而去的一车中国游客在店门口遭到了服务员的严防死守：一张空桌子也没有了。

双方僵持了十分钟，出来一位风度翩翩的店长，要求我们两小时后再去。不就是三道式简便西餐加一杯咖啡吗？本大爷什么没有吃过！我一把挽起太太的胳膊：走，回宾馆吃"康师傅"！

第二天，驴友打开手机让我欣赏他在里克咖啡馆拍的照片：白色的拱门与走廊、高高悬挂的七彩玻璃灯、黑色雕花的扶手椅，墙上还有许多电影海报，对了，还有一架三角钢琴以及打开的五线谱。然而，复制的一切并不能让时光倒流。

"褒曼，你在哪里？"我喃喃自语。

在摩洛哥的最后一天，我们去了地中海边上与欧洲大陆遥遥相望的港口城市丹吉尔，在看了几眼了无生趣的卡斯巴大灯塔和"非洲之洞"后，又去哈法咖啡馆（Café Hafa）小坐片刻。咖啡馆躲在小巷深处，门脸极小，门楣上用碎瓷片拼出的一行阿拉伯数字却让我肃然起敬：1921。是啊，快满一百年了。

哈法咖啡馆依着悬崖的陡峭地势而建，以阶梯式逐级而下，每一层台阶的宽度不足两米，只够安置一排桌椅。所谓的桌子都是用水泥草草砌成的，桌面以马赛克图案装饰，椅子也是常见的注塑品，随手拖来拖去。坐下后的感觉倒是非常之好，仿佛身处上千年的圆形剧场，等待大戏的开幕，眼前的地中海就是宏大背景，波涛、海鸥、白帆、落日……

店主自豪地告诉我们：不少欧美导演在这里拍过电影，甲壳虫乐队也在这里喝过Moroccan Whisky；许多世界级的文学家和音乐家在这里一待就是老半天，在涛声与夕阳之间捕捉创作灵感。

据说咖啡卖完了，只有Moroccan Whisky，这个就是薄荷茶，摩洛哥的国饮，也有人称它为"摩洛哥威士忌"。薄荷茶的制作很简单：绿茶末子煮沸后滤渣取汁，倒入装有十多片薄荷鲜叶的玻璃杯中，加一大勺白糖搅匀。我呷了一小口就浑身颤抖，想象自己的血糖瞬间飙升，不得不搁下杯子。

此时来了一位兜售零食的老人，脸上布满细密的皱纹，目光炯炯，温和慈祥，身穿蓝白条纹的阿拉伯长袍，挎一个腰形的藤编篮子，他将一片A3纸大小的旧报纸铺在被雨水濡湿的桌面上，并将报纸的周边折出四条拦水边，防止花生红衣被海风吹散，再从篮子里抓出一把热乎乎的花生米放在上面。太太给了他10迪拉姆，他又要抓一把炒杏仁补足这份支出，我们友好地谢绝了。老人微笑着与我们道别，这份小生意做得非常认真，不卑不亢。

里克咖啡馆你再装也只是二手烟，相比之下，哈法咖啡馆给我的印象更深，更亲切，它原汁原味，以朴素和粗糙勾人连流。只是我不大明白，既然历史这么悠久，名声这么大，生意又这么好，老板为什么不把环境与硬件（特别是又暗又脏又臭的卫生间）再提升一下呢？

迷宫一样的菲斯老城

　　去摩洛哥旅游的第四天，我们来到菲斯。这座古城对许多中国人而言不免陌生，却让我肃然起敬：它是北非历史上第一座伊斯兰城市，也是摩洛哥一千多年来宗教、文化与艺术中心。菲斯河在此被劈成两股，互道珍重后向着下游奔腾而去。急流为两岸的农田带来大量泥沙和矿物质，有利于农作物茁壮生长。"菲斯"在阿拉伯语里意为"金色斧子"，也有"肥美土地"之意。坐落在半山腰上的菲斯城，默默地俯瞰雾气蒸腾的大平原。

　　菲斯老城是世界上现存最大规模的典型的中世纪风格的城市之一，在阿拉伯国家可与马拉喀什（摩洛哥南部城市）、开罗（埃及首都）、大马士革（叙利亚首都）和萨那（也门首都）等城市相媲美，幸好没人在逶迤的城墙上大大咧咧涂上"拆"字，依旧保留原汁原味的中世纪风貌。1981年，菲斯老城被联合国科教文组织定为"世界文化遗产"保护地区、世界重点文物濒危抢救项目。

　　菲斯古城兴建于公元808年，是摩洛哥第一座皇城，17公里长的城墙基本完好，城墙用粗笨的石块作基础，上面是夯土层，城墙上筑有略带夸张的箭垛。墙体留下无数个方形小孔，可能是当年筑墙时搭脚手架的痕迹，但一直没有填没它，据说后人发现这些小孔意外地具有渗水和防震功能。菲斯不仅是摩洛哥的宗教圣地与文化交流中心，也是阿拉伯民族精神的原点之一。

　　在菲斯老城，令我印象最深的不是穆雷伊德瑞斯陵寝和娜塔琳水池，也不是卡鲁因清真寺（原址是卡拉维因大学的学生宿舍，这所大学建于公元862年，比第二古老的牛津大学还要早将近两百年，摩洛哥人骄傲地宣布它是"世界上第一所大学"，其所属图书馆早在中世纪即已负盛名，收藏有带彩色画面的《古兰经》以及大量手抄本和古籍）和古兰经学院，而是迷宫般的街区。据导游说，这里蛛网般地分布着将近六千条巷弄，就连当地人也未必能确切无误地分辨方向。

六千条？是的，六千条，不是六百条，更不是六十条。我再三询问，导游不容置疑地回答。为此，我们进入老城后不得不在当地请了一位富有经验的向导，他身披蓝白条纹的阿拉伯长袍，一路上时时回头并大呼小叫："跟上，跟上！"整支队伍就像游击队通过敌占区，兴奋而紧张。如果你一不小心掉队，能不能走出迷宫就只能祈求真主了。

如果不到现场，绝对想象不出这里的局促与逼仄，许多房子有着数百年的历史，黄土夯成的泥墙倒也风雨不侵，木框的门极低矮，窗子极小，跟我在新疆喀什老城见到的一模一样。两幢房屋之间留出的巷道极其狭窄，有些"咽喉要道"必须侧过身子才能通过，稍微健硕一些人就必须屏息收腹。拐到稍宽一点的街道，真有豁然开朗之感，那里挤满了商店和地摊，最多的还是手工艺商店、肉食店、甜食店、小吃店、蔬菜水果店等，叮叮当当响个不停的是铜匠铺，野蜂狂舞的地方就是甜品店——种种浇了许多蜂蜜的油炸甜食，咬上一口注定会浑身发抖。地面潮湿而且气味强烈的地方意味着杂乱无章的菜市场到了——活鸡、羊肉、鲜鱼，以及薄荷、鼠尾草、迷迭香、九层塔等香料。在一座拱形的城门下面我还看到了一个叫卖旧手机的小摊，一水的"古董级"诺基亚。凡此种种，混合成一股世俗的暖风，没遮没拦地扑面而来。

冬日宝贵的阳光从"一线天"洒落，将建筑物和人物切割成对比强烈的色块。突然前面一阵骚动，吆喝声急促地传来，原来是一匹驮着毛皮和蔬菜的白马犟头倔脑地冲过来了，行人只得紧贴墙壁立定，大气都不敢喘。过了一会又来了一匹驮着两筐生活垃圾的毛驴，垃圾臭气冲天，汁液淋漓，小毛驴长着美丽的睫毛，一如既往地任劳任怨。马和毛驴是这里灵活而有效的交通工具！

当我们拐过一个弯，一股令人窒息的臭味越来越近。到了一扇低矮的木门前，等候在门口的一位摩洛哥美女分给每位游客一片鲜绿的薄荷叶，我们跟着导游一头扎进去，盘旋而至三楼、四楼，每个小房间里都挂满了色彩艳丽的皮具。原来这里就是有名的染坊，准确地说是染坊和作坊的形象窗口。我们终于登上阳台，这里的气味最浓郁的地方，屏住呼吸，将千年染坊全景尽收眼底。

　　我在央视一个专题片里看过对染坊的介绍，眼前的一切，与电视中拍摄的一样，壮观而且古老，就地挖下去或围起来的一个个方形土坑、土槽就是使用了数百年的大染缸，红的、黄的、棕的、黑的，工匠们将成捆的羊皮浸泡在混浊的染料里，染料里加了鸽粪——这是沿用至今的古老配方，据说可以保持皮革永不褪色。工匠们整天在臭气冲天的环境里劳作，而我们这些外来者至少还有一片小小的薄荷叶。

　　我希望在菲斯染坊买到一只合适的皮包，但看了很久仍然不好意思出手，皮包、皮鞋以及皮夹子在设计上都有相同的毛病，颜色单调，式样陈旧，一副"任凭风浪起，稳坐钓鱼台"的样子。制作也相当粗糙，针脚粗疏，边缘毛糙，你即使想以"古拙"立足，也应该有点设计感和时尚感呀。在今天互联网的背景下，古老的民族品牌如果单纯地依靠手工来参与全球竞争恐怕是不行的，最好能借助时尚元素来激扬内在的文化诉求。摩洛哥人也许应去巴黎进修个一年半载，至少去中国的义乌待上一个月吧，为古老的手工艺增加些现代感。

舍夫沙万，蓝精灵的世界

来到摩洛哥北部城市舍夫沙万的那天正巧下着绵绵无尽的冷雨，但丝毫不能浇灭我的踏访兴趣。在这之前我已经做过功课，感动于它的历史悠久：16世纪时舍夫沙万是一个独立的王国，后来被摩洛哥苏丹打败，成为摩洛哥的一部分。到了19世纪，舍夫沙万发展成为宗教极端主义的中心。在1920年被西班牙占领以前，这里不准外国人进入，尤其排斥直布罗陀海峡对岸的基督教徒。

建在里夫山谷之中的舍夫沙万处处洋溢着浓郁的阿拉伯风情，位于老城区麦地那的城堡至今仍然巍然屹立，从地中海吹来的风可以一路刮来，轻轻拂动行道树的树梢。这里天很蓝，空气十分清新，令人神清气爽。不过，除了历史、除了百年以上的老房子和高低起伏的街道，我想舍夫沙万大概是缺少旅游资源的，但是，不知是哪位聪明人一脚踢翻了油漆桶。

从一个拱形的城门进入，眼前的小镇沉浸在一片蓝色海洋之中。石块铺成的道路一直向前延伸，两边的房子墙体和门窗都是蓝色的，似乎是蓝精灵的王国。据说，一百年前舍夫沙万的房子并不是蓝色的，后来为了赶走讨厌的蚊子，有人就在驱蚊剂里加了蓝色的涂料并刷在墙上，随后大家竞相模仿，把门板、台阶、楼梯、窗台、花架、邮筒、雨篷乃至所有目光能及的地方通通刷成了蓝色，形成了别具一格的标志性景观。

当然，在蓝色的空隙中还有白色，两种色彩的对比与呼应，相得益彰，相映成趣，这个小城也因此被叫作"蓝白小镇"。

还有一种说法是，1930年移居到此的犹太难民把蓝色视为天空和天堂的颜色，同时也是和平的象征，是他们领头涂上蓝色，随后这种蓝色就覆盖了全镇。但我想，这只大手背后，一定是一场基于民族性格与历史文化的巧妙策划，而且成功了。

舍夫沙万的蓝，也是有层次的，普蓝，群青，湖蓝，天蓝，浅蓝……各种蓝色，肆无忌惮地绽放在舍夫沙万。在每一个街角的张望，都会惊愕于蓝的张扬，并隐隐感受到一种忧郁和刺痛感。我还看到一位油漆匠，不管雨天，仍然一丝不苟地为两扇木门刷油漆，当然也是蓝色的。如果没有这种蓝色，粗糙的墙体、门窗和台阶等等，将如何面对游客的审视呢？

雨丝仍然执着地滋润着街道与店铺，路上走着身披阿拉伯长袍的男人，有放学回家一路奔跑的男孩，还有在香料店门口聊天的摩洛哥美女，以及挤在极狭小的店铺里喝薄荷茶的老人。在一家旧书店里，店主友好地与我们合影，并将19世纪的羊皮封面旧书翻给我看。

暮色迅速降临，渐次亮起的橘黄色灯光为老房子增添了温暖的色调，街巷里回荡起呼唤穆斯林祷告的宣礼声。前面？后面？真不知道声音从哪个方向传来，反正时间凝固于这一刻，整个小镇变成了一个超级大音箱，浑厚而苍老的声音，带着威严和恳切，嗡嗡嗡地振动着我们的胸腔，然后又在我们身边滑过，传至很远。倒没有看到许多人向清真寺方向奔跑的情景，不过在有些小店里，店主庄重地向着麦加的方向跪下，喃喃地念起了祷文。眼前的一切，就跟《一千零一夜》里的故事一样神秘而古老。

一场暴雨倾盆而下，我与太太就到一家店铺里躲避。这是一家甜食店，玻璃柜里的好几种油炸甜食在灯光下闪烁着诱人的光泽。天空在此时突然碧蓝碧蓝，像打翻了一只硕大的墨水瓶！

马德里惊魂

双体渡轮一声短促的鸣笛后就离开摩洛哥的丹吉尔码头向直布罗陀对岸驶去。手机响起，信息是中国驻西班牙大使馆发出的，对入境中国游客提个醒，其中特别强调：在旅游景点要照看好自己的钱包和背包，提防小偷，一旦护照遗失请及时与大使馆联系。最后还附上了电话号码。离开祖国好几天，有点想念，不过真没想到竟然以这样的话题来强调我与祖国的关系。

此前听说过西班牙小偷特多，但我的心情还滞留在摩洛哥沧桑千年的废墟与城门之间，手机里的上千张照片还需时时回看，对于这个善意提醒，心里有点不耐烦地道声"朕知道了"。以往在欧洲，比如巴黎、法兰克福、慕尼黑、波兹南、卢塞恩、佛罗伦萨、彼得堡、伊斯坦布尔等地，都被导游严重警告过，也目睹过小偷以及强买强卖的主儿，比如米兰大教堂前喂鸽子的玉米，你无论如何想象不到居然是按粒计费的，一粒一欧元！在曾经上演"十月革命"逆天大戏的冬宫广场前，几个俄罗斯小毛贼敢胆从对《列宁在十月》这部电影一直怀有无产阶级情感的中国游客手中抢夺背包。不过话也不能说死，有一回我们到了卢塞恩（琉森），众游客哗地一下扑向高大上的劳力士，我与太太则在老火车站附近悠转，给黑天鹅喂面包，与游艇上的美女互致问候，湖水倒映着蓝天白云，眼前的一切美如仙境，怪不得奥黛丽·赫本在这座小城度过生命中的最后时光。走到那座传说中储存过大量黄金的木桥上，一位老外示意给我们来张合影。我有点犹豫，因为事先导游反复强调过：不要将照相机交给陌生人。眼前的那位帅哥身高马大，足蹬簇新的耐克，若是……根本别想追上他。但他是那样的友善，不停地说着并佐以夸张的手势，我心一横，就将新买的佳能7D递给他。事后回看照片，收获了这趟旅行以来最完美的一张照片。还有一次在捷克的克鲁姆洛夫，我与太太在迷宫般的街道上春风沉醉，迎面走来一位也是身高马大的老外，表示要给我们来一张合影。我就将脖子上的那架松下微单脱下来交给他，也许是为了尽可能地将背景拍进去，他不断往后退退退，一直退到旁边一条小路口了。太太似有不安，我拉了拉她的手，镇定。他一会儿站起一会儿蹲下拍了五六张，临走时塞给我一张名片。回国后请人翻译，原来是德国《图片报》的记者。

后来我一直对朋友说，在欧洲可以将照相机交给老外，但得到的回应都是吐槽。不过西班牙，好像有点异样……同行的朋友神色紧张。

果然，要发生的故事还真发生了。那天清晨天还没亮，我们要从萨拉曼卡赶往马德里，三十多人将行李堆在欧洲之星连锁酒店的大堂，准备去餐厅吃早饭，我在寒气逼人的院子里活络筋骨深呼吸，突然从门外闯进三个男的，身上挟带着一团很深的寒意，络腮胡子尽显中东风范，其中两人走到在沙发上说笑的几位中国游客前，莫名其妙地将一只掉了漆皮的诺基亚手机扔在地下，中国游客见状起身闪开。然后他们又来到另一张沙发上，趁一位老人起身交房卡时，脱下一件外套抛在一只双肩背上，又伸手去掏东西。老人回头大喝一声，三人即鼠窜而去。

事情至此应该绷紧心弦了吧，但还是有一位女士疏忽了，将一只包袋大大咧咧地放在行李箱上就走进餐厅，一眨眼工夫，进来三男一女四个欧洲人，提了包袋就跑，前台服务员见状大叫，但他们早已钻进一辆怠速的轿车飞驶而去，消失在黎明前的黑暗中。

三个小时后，大巴停靠在马德里一条小街边，中餐厅到了，一车游客哗哗下车，导游猛然发现一辆喘着粗气的摩托车尾随而至，如一头饿了半个月的花豹，垂涎已久。众人致以注目礼，对峙数秒钟，摩托车龙头一歪绝尘而去。

第二天在马德里一家高大上的商场，中国游客在那里放飞购物欲望，打了鸡血似的买买买。我们团的一位老兄买了一双皮鞋，一不小心钻进一个精心设计的圈套，被多算了100欧，退税时才发现，经过一番交涉要了回来。但另一位美女被"误会"太多，等所有人都上车了她才猛然醒悟，拉着导游去讨说法，事后我问导游究竟咋回事，她只是说："钱已要回来了，别的就不说了吧。"

次日在宾馆餐厅用早餐时遇到另一个来自大陆的旅游团，齐声称赞西班牙小偷的身手。老乡从巴塞罗那来，告知第一天，一位老兄就向小偷贡献了一只装有现金和手机的皮包。报警后才知道，损失不足400欧元不予立案的，即使立了案、抓住了小偷，顶多关几天就放了。就这样，马德里成了小偷的乐园，再说他们多半是中东难民。

最后一天在巴塞罗那老城区，与一支浩浩荡荡的游行队伍不期而遇。四辆警车开道，数百面西班牙国旗迎风招展，口号彼伏此起，阵势相当壮观。原来这天是西班牙的宪法日，全国放假，民众可自发组织拥护宪法的游行。呵呵，本大叔不参加游行好多年了，便凑上去蹭张照，不料被第一排的"老克勒"大叔一把拖进去，与我这个"境外势力"手挽手地走了一小段。队伍中有一位帅哥要了我的手机，拉开距离给我拍了几张照片，这一刻我心里十分踏实，无比温暖。据我判断，队伍里走的都是石骨铁硬的工人阶级。

途经一幢大楼时，阳台上有几位年轻人探身出来，挥舞加泰罗尼亚大区的旗帜呼吁独立，整支队伍立即停止脚步，以惊天动地的喊声回应："维拉（滚蛋）！"——政治上完成正确！最后双方哈哈大笑，像共同策划并完成了一场游戏，没有进一步冲突，警察只作旁观，不予干涉。

被仰望和被消费的高迪

　　比起法国人，比利牛斯山脉南麓的西班牙人或许还要浪漫，时常表现出一种难以遏止的疯狂与冲动，在爱情与艺术两个人类永恒的主题上演绎得死去活来。印象派打造了法国人睥睨天下的黄金年代，接下来风水转到了西班牙，三个怪才横空出世：达利、毕加索，还有安东尼奥·高迪——反功能主义建筑设计大师。前两位大师的作品一直在全球巡展，而高迪不，他就在巴塞罗那等着粉丝去朝拜。

　　去西班牙旅游，最后一站是巴塞罗那，而那个古灵精怪的圣家族大教堂是行程中最令人神往的景点。在此之前我从报刊上得到种种绘声绘色的解读，每个人都试图搬起重量级的形容词来描述这座已经建了一百多年还没完工的大教堂，似乎非如此不足以强调它的神奇、浪漫、怪诞和伟大。

　　1852年6月25日安东尼奥·高迪出生于离巴塞罗那不远的加泰罗尼亚小城雷乌斯。他的父亲是一名锅炉工，母亲在家操持家务，高迪在五个兄弟姐妹中最小。就在他出生前，加泰罗尼亚迎来了一波城市建设大潮，为建筑师们腾出了广阔空间。1870年，十八岁的高迪也像不少同龄人一样，被父亲安排去巴塞罗那建筑学校攻读建筑专业。异秉华瞻的他，一开始就不按套路出牌。毕业作品是为一所大学设计的礼堂，怪才随兴所至挥洒豪情，设计方案以荒诞不经的风格引起争议，但最后导师们还是宽容了他。校长也苦笑着自嘲："我自己也不知道把毕业证书发给了一个天才还是疯子。"

　　事实上，大学期间的高迪已经在为一些建筑设计事务所打工了，以帮助父亲度过家庭的财务困难。数年后高迪遇到了贵人，他就是同样富有想象力与情怀的欧塞维奥·古埃尔。作为当时的房地产大鳄，古埃尔对高迪的天赋与能力深信不疑，也容忍了他的内向性格和古怪脾气。果然，在古埃尔斥资建造的奎尔公园、墓园、殿堂、宅邸、亭台等项目中，高迪将天马行空的想象力表现得淋漓尽致，甚至在没有图纸的情况下，烂泥萝卜揩一段吃一段地交出了让古埃尔击节赞叹的答卷。今天，这些建筑都成了巴塞罗那的闪亮地标。

我们先来到巴特罗公寓与米拉之家。当这两幢怪楼在初冬的阳光中迎面扑来时，尽管屋顶呈现高低错落的水平面，墙面又凹凸不平，到处是蜿蜒起伏的曲线，建筑物宛如波涛汹涌的海面而富于动感，甚至在后者的房顶上还出现了一些奇形怪状的突出物，有的像披上盔甲的士兵，有的像神话中的怪兽，有的像教堂的大钟……然而我没有特别激动。当然我还是仔细地观察了细部处理和建筑的采光设计，似乎明白了高迪之所以要这样出格的原因：古典主义已经山穷水尽，具有加泰罗尼亚浪漫精神的现代主义则彤云翻腾。

接下来又参观了高迪的另一个杰作：奎尔公园。据说一开始，房地产商想把这个小山包建成巴塞罗那的富人区。这里的一切——廊桥、道路和镶嵌着彩色瓷片的长椅，蜿蜒曲折，漂荡流动，构成了卡通式的图像。在中央广场下面竖着数十根粗大结实的柱廊，但没有一根柱子是垂直的，它们就像森林中的古树野蛮成长。这也让我联想到上海浦东的喜玛拉雅美术馆的底座部分。而那种不规则的流动式、波纹式长椅，复制成本不高，在国内多个城市也有了"山寨版"。奎尔公园的整体风格与思路，可能也启发了美国迪士尼乐园的设计师。

最后来到了被中国游客视为艺术圣境的巴塞罗那圣家族大教堂。据说这是世界上唯一一个在建的世界文化遗产，自高迪1926年因车祸去世后，停停建建，直至今天仍在施工中。是的，不少人跟我一样以小人之心度君子之腹：这可能不是资金问题，而是西班牙人的"阴谋"——在塑造高迪的漫长过程中尽情地消费高迪。塔吊，升降机，脚手架，慢吞吞的施工节奏叫人肚肠发痒，预计在2026年高迪逝世一百周年之际完工的承诺注定不能兑现，除非让中国建筑公司来收拾残局！

我跟着旅行团里里外外看了一个多小时，坦率说有点失望。这个大教堂以《圣经》故事的雕塑铺陈三个立面，分别表现耶稣的诞生、受难和荣耀，将宗教的世俗化推至极端。高大上的诉求，层层叠叠的堆砌和哥特式、拜占廷式、新艺术主义等风格的杂糅与错位，努力接近天庭的物理指向，令信众和游客感到巨大震惊。我也一直在捕捉和体悟巨大体量应有的崇高与庄严，结果很遗憾。柱饰极其夸张浮华，采光极其内敛拘束，数百人的唱诗班席位又被提升至半空中，力图营造天使在歌唱的梦幻效果，匠心过力反而造成繁琐、小气以及看图识字般的絮叨。墙体上的雕塑从现实主义突兀地转入表现主义，也使《圣经》故事失去了审美的连贯性。

也许高迪为此用足了力气，却一不小心陷入极端主义的狭弄，使这座建筑滑向平庸，甚至是比平庸更低一级的庸俗。高迪在消费主义的营销策划书中一再被推到前台，所谓的伟大，只是一个传说。高迪之后的多位建筑师前赴后继的努力也难逃他设置的怪圈，顶多为建筑添加了些许不和谐的杂音，一切都显出违和的尴尬！相比之下，我在北海道安藤忠雄设计的水上教堂里，以三十分钟的沉默领略了极简主义的张力与丰满！

高迪一生的作品中有十七项被西班牙列为国家级文物，七项被联合国科教文组织列为世界文化遗产。然而，文化遗产的价值是有多重意义的。怪才高迪的价值或许在于一种启发和记忆，对后来建筑界的影响力有限。游客在教堂前久久仰望，那种伸长脖子的姿势是不是高迪的期望？我估计他也许想不到身后近百年的世界，会迎来娱乐化的浪潮！果真如此的话，想象一下教堂地下墓室里的高迪哪天从棺材里溜出来，环视圣家堂和IT时代的种种，会不会"当惊世界殊"？

我不是建筑师，以上文字只不过是思想的碎片，可能招来嘈杂的反驳，但享受思想冲浪的快感是每位旅行者的自由。在全球化和多元化的今天，一次有计划的远足不应该只满足于拍拍拍、买买买，观察与思考可以收获更多的快乐！

狂欢中的里约贫民窟

　　坐二十个小时的飞机抵达里约热内卢，绝对昏天黑地，但钻进接机的巴士一路向市中心飞驶，当贫民窟突然以想象中的模样映入眼帘时，我还是不由得瞪大眼睛，精神为之一振。按说我们这一代人也穷过，跟巴西贫民窟的黑孩子脚碰脚，阶级兄弟。现在我们有钱了，越洋而来看世界杯，却也不能不关心一下吧。

　　里约的美，据说是大航海时代由葡萄牙人发现的，里约热内卢就是"一月的河"的意思，上世纪60年代前曾经做过首都，阔过那么几年，现在仍是巴西第二大城市。它有长达636公里的海岸线，有三十多个举世闻名的美丽海滩，是世界著名的旅游城市。风水更好的是，市区里还有许多错落有致的小山头，海拔都在两三百米样子，面朝大海，春暖花开。放在香港，早就被开发商整成阶梯上升的别墅群了，如果搬几个到上海，那可以做更大的文章啦。而在里约，这些山头都被外来流动人口占据，成了老大难的贫民窟。一眼望去，都是裸露着红砖的简陋房屋，上面盖着铁皮或各色瓦片，层层叠叠，几乎没有透气的空隙，有些砖墙还被涂上各种涂料，明黄与宝蓝，粉红与翠绿，还有无处不在的涂鸦，图案与色彩都很夸张，迸发出欣欣向荣的力量。晾晒在阳光下的衣服色彩斑斓，点缀着阳台或盘山小道。

　　这些房子为何裸露着红砖？或许是没有钱盖下去了，但真正的原因是根据当地法律，房子没完工之前政府是不能收税的。为了避税，贫民窟里的房子就长久地处于"在建中"。

　　里约知道自己的价值，就在几年前开辟了贫民窟旅游线路。但这次不行，世界杯期间这个项目中止了。导游还警告说："你们千万不能自说自话去啊，每个贫民窟都受黑社会保护，入口处有荷枪实弹的小喽啰把守，里面卖毒品的、卖淫的、贩卖枪支的都有，一个山头里的居民基本上都是从同一个省的同一个村镇过来的，沾亲带故，抱团取暖。"

应我们要求，司机在一个贫民窟前略作停留，让大家隔着车窗拍个照。很快，一群孩子像鸡仔一样欢快地奔下山来，他们手里举着矿泉水瓶子向我们兜售。司机一轰油门，惊起一片灰鸽。

里约贫民窟的形成与贫困有关，也与政策有关：只要在无主空地上建房并居住五年以上，那片土地及房屋就归居住者所有。于是，二战后不少移民就占山为王，搭建简易房屋，五年一晃就成了"业主"。里约的贫民窟有五百多个，相当一部分都集中在市中心，像著名的耶稣山、面包山周边就有。

最近几年，巴西政府着力改善贫民窟的生活条件，陆续将水电煤接进去，有些大一点的山头上还建起了学校、商店、医院，酒吧与餐馆也是不能少的，有些家庭也有电视、空调、洗衣机，我还看到有汽车开下山来。

没有机会与贫民窟的兄弟接触了。哦不，世界杯提供了机会。我们去球场看小组赛，在球王贝利曾经踢进第1000个球的这个马拉马卡球场，周边有铁轨和贫民窟，贫民窟的孩子将围墙扒出一个很大的口子，在保安的严防死守之下照样举着球衣叫卖，有个孩子脱下自己身上的球衣不停挥舞。围墙外边，贫民窟楼房的阳台上已经站满了成年人，应该可以看到赛场一角。他们毫无掩饰地笑着，洁白的牙齿，深褐色的脸庞。巴西国旗在屋顶上飘扬，天空碧碧蓝。

这还不算，第二天，巴西对喀麦隆的那场小组赛，里约全城放假。这天中午我们在一家烤肉馆预定了座位，但去餐馆的路被前方游行队伍堵住了，只得改道去另一家餐馆里吃自助餐。

餐厅布置得相当另类，店老板是个航海迷，天花板上垂吊着与航海有关的物件，比如罗盘、方向舵、潜望镜、救生圈、烟囱……餐厅里人满为患，空气浑浊，一片喧哗。食客边吃边看直播的球赛，进球了！食客就将盘子摔在地上，服务员见了不但不管，反而也将手里盘子摔在地上，老板闻声从厨房出来张望，也摔了一个啤酒瓶助兴。一顿饭工夫，满地碎玻璃碴，我的脚踝也流血了，被玻璃碴溅的。

我们下榻的温莎亚特兰蒂斯酒店就在海滩边，开赛前三四个小时，长达七公里的科帕卡帕纳海滩上很快聚集起人群，不少民间乐队和舞蹈团从四面八方涌过来，歌声鼓声不绝于耳，高音喇叭声响彻云霄。沙滩上搭起了巨大的帐篷，围出了十二个沙滩球场，树起了高达五层楼的电视屏幕，蜂拥而至的球迷将在这里迎接比赛，至少一半以上的人来自贫民窟。

我在衬衣口袋里装了20美元，在裤袋里也装了20美元，双保险。导游提醒：见到抢劫者千万不能反抗，乖乖交钱就没事。我走向沙滩，汇入狂欢的人海，热血沸腾，略有紧张，不过心想即使被抢去40美元也值了。周围的巴西人衣着简陋，但表情异常快活。我被阳光晒晕了，走进帐篷买了一些产自中国义乌的纪念品就回了酒店。

开赛后，巴西队很快进球了，海滩上升腾起巨大的声浪，我打开窗子，在35楼之上，手中的矿水瓶似乎也在微微颤抖。受此感染，我再次下楼，穿过警察的层层重围，汇入欢乐的海洋。巴西队又进球了，一个巴西青年一把将我抱住，我在心里说：拜拜美元！但是一摸衬衫口袋，美元一分没少，倒多了一面微型的巴西国旗！

回到宾馆，夜色已深，里约依然不屈不挠地狂欢着。耶稣山上，泛光灯将山头照得一片雪亮，耶稣平展双臂俯瞰漆黑一片的里约。我知道明天太阳照样升起，第一缕阳光就照在耶稣身上，然后再将贫民窟渐次抹成美丽的金黄色。

两天后，我们出现在迪拜街头，顶着四十多度的高温浏览了黄金街和香料市场，还有在中国很有名气的帆船酒店。从里约来到这里，让我感受到强烈的反差，这里闪烁着黄金的光芒，弥漫着檀香、迷迭香、熏衣草、玫瑰花的香气，这里有无边的欲望和豪气冲天的挥霍，比如在迪拜最大的"销品茂"里，一切都与大自然反着来。你不是高温天吗？这里就做出室内人工滑雪道，每天生产35吨纯净的人造雪。你不是水比油贵吗？这里偏偏造了一组硕大无朋的鱼缸，有上百米长，玻璃厚度超过10厘米，蓄养了数万尾观赏鱼。你不是无边无际的沙漠吗？这里硬是造起了世界第一高楼（高828米）——阿里法塔！但是，这里的美女和帅哥都裹着长袍，尤其是美女们，只露出炯炯的双眸，我看不清她们是忧郁还是欢乐。我愿意相信她们天天沉浸在巨大的快乐中，只是不能随心所欲地表达，更别说来一点小小放纵了。如果里约贫民窟里的球迷到了这里，会不会憋屈呢？也许这是我的杞忧，在这个文化多元、价值多元的世界上，每个人都有自己的活法。有人认为健康是第一位的，也有人认为财富是第一位的，更多的人认为精神愉悦才是最重要的。

在帆船酒店我们吃了顿自助餐，菜品不错，海景更佳。饭后大家在酒店大堂候车时，突然看到七个美女如天仙下凡一般在我们面前一溜排开，有的举着熏炉，有的托着水壶，有的端着果盘，有的拿着香巾，我们团队中有两位爷以为这是对所有客人的接待礼仪，就自说自话上前拿了手巾擦汗，拿了干果嚼巴。不一会，一群帅哥进了门，看到美女们略作微笑就径直上楼了，所有的礼仪一点也没有享受。导游这才小声惊呼：那是迪拜的酋长！

原来，"七仙女"是为着接待酋长来列队如仪的。我对那两位目瞪口呆的老兄说："刚才我接到外交部的电话，他们听说有两个中国游客在阿拉伯塔酒店反客为主地享受了酋长的至尊待遇，酋长很生气，问题很严重。阿联酋政府决定：向中国出口的石油每桶上涨五美分。"

两位爷听了信以为真，脸色都变了，哈哈！

克鲁姆洛夫，我的前世今生

我一定要告诉你，捷克不仅有哈谢克、里尔克、卡夫卡、昆德拉、德沃夏克，还有波希米亚风格的车花玻璃、木偶……还有还有，值得久久怀念的克鲁姆洛夫。

这个小镇位于波希米亚南部的舒马瓦山脉和布兰斯基森林之间，伏尔塔瓦河沿着老城区边缘转了大半个圈，使它看起来像个半岛，这种形势也许帮助它躲过好几次毁灭性的战争。13世纪以降，两百多幢无一雷同的哥特式、文艺复兴式以及巴洛克风格的建筑得以保存下来，色彩缤纷地分布在伏尔塔瓦河两岸，日日夜夜倾听河水捎来的远方消息。

在城下我们落车。大客车无法行驶在狭窄的、由石块铺成的小路上，行李得由旅馆派车驳运。我愿意这样漫步前行，沿着微微向上延伸的石块路面进入事先的想象，要说这是一种朝圣，我也不会反驳。进入小镇唯一一个"关隘"，就来到一个可以俯瞰城貌的平台，夕阳西下时分，倦鸟正啁啾着归巢，我睁大眼睛将一组弦乐曲般的异域美景贪婪收纳。这个时候，相机耗尽了最后一格电量，似乎在提醒我：不要过于匆忙。

第二天一早，我与太太开始了对小镇的巡礼。一年中的旅游旺季已经谢幕，小镇上褪去了喧哗与骚动，但小店橱窗里的石榴红饰品依然闪烁，街上露天咖啡座依然在河边排开，纪念中世纪黑死病中死难者的喷水池雕塑挑起了一束阳光，广场上的鸽子依然悠闲地啄食。老房子的山墙姿态各异，巴洛克风格尽显奢华，乳黄、粉红、牙白、湖绿，将建筑切割成眩目的色块。用刮涂法装饰的墙面，看上去好像用斩毛的方石块垒砌而成，很有立体感。两三百年的壁画残片，在最近一次整修时被小心保存下来，色彩鲜艳，半张脸或半朵花，都有很大的想象余地。屋顶很陡，为的是防止被积雪压垮。最有趣的是天窗，小巧的，像眼睛一样镶嵌在红瓦中间。伏尔塔瓦河在流经水闸时发出很大的声响，高耸的圣维塔大教堂有着绿色的尖顶，钟声突然击中了我的心，持久而旷远。

　　略带弯曲的路面，略有起伏的路面，一块块坚硬的石头紧密相咬，缝隙里蹿一茎小草，走上去咚咚作响的木桥以及河边那棵皱巴巴的老树……这一切都与我大脑库存中某一点相重合，记忆被"叮"地一下激活：似乎我曾经来过，或者在这里出生并度过快乐的童年？在河边，在小巷深处，在鲜花点缀的阳台下，都留下了我与小伙伴游戏时的纵情叫喊。我知道这是错觉，是白日梦，但我非常享受这个美丽的误会，并且当一缕忧伤慢慢袭上心头时，我还想反复咀嚼。

　　沿着小路向城堡走去。欧洲的小镇，少不了教堂、城堡与广场，广场上少不了喷水池或雕塑。这个城堡是克鲁姆洛夫的坐标，是文艺复兴与洛可可艺术的结晶，墙上绘有几大家族的标记，王族世家曾经的辉煌在这里凝固。好几门老式的小口径大炮陈列在廊檐下，熊园空空如也，攀上墙面的常绿植物守望着最后一抹暖意。沿着陡峭的长廊来到罗马式拱桥式的城墙上，通过半圆形的射击孔，可以将全镇一览无遗。此时的建筑犹如童话里的情景，错落有致，密不透风，小巧而精致，红瓦白墙蓝天，金黄色的是树叶。

　　当我徜徉在小镇深处时，还在寻找一个人的故居，他就是我所崇敬的画家埃贡·席勒。他虽然出生在维也纳西边的一个小镇里，他的母亲却在克鲁姆洛夫出生，是波希米亚家庭中的一员，也因此，席勒与他的妹妹在这个小镇度过了童年和青少年，并完成了最初的教育。在十七岁那年，他在这里遇到了精神偶像克里姆特，并在后者的影响下加入了分离派艺术联盟。在席勒的画风趋向成熟后，这位天才艺术家以赤裸裸的自我呈现释放生命的原始力量，直达个人的艺术顶峰，但同时也受到世人的误解与责难。

　　1910年，席勒带着女友沃丽·纽齐尔来到克鲁姆洛夫，创作了大量以小镇风景为内容的水彩画，还有裸体女人的素描，这在保守的市民眼里，简直是淫荡到极致的图像，立刻向他们下达了无情的驱逐令。次年，同样因为在画室里"不道德绘画"的原因以及诱骗未成年人等罪名，席勒被法院判处监禁，在牢里待了二十四天，作品被公开焚毁。但这一切，都不能阻止他的名声最终越过阿尔卑斯山脉，传遍整个欧洲。

第一次世界大战刚刚结束，席勒的事业则达到顶峰，可惜天妒英才，他就在这年秋天跟在妻子后面罹患了席卷欧洲的"西班牙感冒"，匆匆离开了这个硝烟甫散的世界。二十八岁，这是个让人心尖刺痛的年龄。

将近一百年后，克鲁姆洛夫居民终于容纳并理解了这位天才艺术家，在镇上一个废弃的啤酒作坊里辟建了席勒艺术中心，可惜在我们到访的那两天里，大门一直关着，陈旧的展览海报在寒风中微微颤抖。

1992年，克鲁姆洛夫被列为"世界文化遗产"，小镇开始喧闹起来，旅游业得到长足发展，老城区中的大部分建筑被改造成旅馆、餐厅、咖啡馆和各式各样的纪念品商店，我们下榻的旅馆就是用两幢相联的老房子改造的，室内家具都是淘来的旧货，予人恍然隔世之感。据说每年春天至秋天的旅游旺季会吸引十几万游客汇集于此，即使到了大雪封山的冬季，还会有青年人扛着滑雪板来过把瘾。

一切都停留在神话之中，一切都在微妙的变化之中，一切都在我的前世今生。

芬兰的猫和玫瑰

　　出境旅游，最好不要跟团，跟团只能蜻蜓点水，而且点到的还可能是一滩污水。现在小青年都喜欢自由行，甚至自驾游，为的就是避开一些可能的不愉快。不过，若有官方或民间社团的接待，规格也不必太高，就可能获得深入考察的机会，接触到社会各阶层人士，感受民风民俗，触摸城乡肌理，从异国的历史足印中发现一些密语，引发更多的观感。

　　今年初夏，我去芬兰赫尔辛基参加一个国际会议，议题是城市历史记忆与现代服务业，北欧五国都有专家参加，中国记者团是特邀代表。一个星期走马看花当然不能对芬兰人有太多了解，但粗线条的感觉还是相当愉快的。芬兰人忠诚、朴实、和善，有一点点小散淡。他们爱好和平，这是一种发自内心的愿望，他们被瑞典人统治了五百年，接着又被沙皇俄国占领了一百年，在斯大林时代，经历了两次冬季战争，被割去大片领土。在赫尔辛基南码头对面的伴侣岛上竖着一块方尖碑，纪念在近两百年里五次战争中为国捐躯的芬兰士兵。所以在这么一个遍地白桦林和蓝色湖泊的国家，一百五十万芬兰人几乎天天在祈祷和平，他们希望远离战争，远离灾难，每天的太阳都是透明的、灿烂至极的。

　　本来，接待方准备安排我们去芬兰前总统家做客。在芬兰，所有的官员都跟老百姓一样，没有高薪，没有特权，一般情况下也没有专职秘书，他们并不以当官为荣耀。芬兰前总统在土尔库有一幢别墅，向国内外游客开放，成了当地的旅游景点之一。

　　我们得知这一安排计划后也很期待，可惜第二天接待方告诉我们："总统先生向中国客人表示歉意，他养的一只猫很可爱，但因为前一阵正值旅游旺季，游客太多，它受到一点小惊吓，病了。"为此，这位前总统送了我们每人一张有他亲笔签名的照片。

芬兰的冬季很漫长，所以芬兰人一到夏天就拼命晒太阳，似乎要把人体在一年中需要的阳光一次性补足。下班后，芬兰人先不回家，在路边找一家露天酒吧喝啤酒，聊天。桌子上倒扣一只粗陶的花盆，底下垫着一个瓷盆，吸烟的男男女女将烟灰弹进花盆底下的出水孔里，风就不能将它吹得四处乱飞。看上去芬兰人很散淡，其实他们的工作效率还是很高的。

加琳娜是负责接待中国记者团的芬兰旅游局官员，一个女汉子，有着黑里透红的脸庞，大嗓门，走路时大幅度摆动手臂，在会议的开幕式和闭幕晚宴上，每个人被要求着正装，别的女人浓妆艳抹，一个个姹紫嫣红，她照样素面朝天，着一件白色的纯棉衬衫。每当会议主持人介绍到她时，她微微欠起身子，一脸通红。会议的专用车辆很少，只得借用一部分社会车辆供我们使用，她在安排我们赴外地的行程时则体现了一种高超的组织能力，每个环节丝丝入扣，一点也不用担心。

有一天，我们在一个叫"成吉思汗"的中国餐馆里用午餐，吃的是曾在中国流行一阵的蒙古烤肉，每人按自己的口味在盆子里拣一些肉食和蔬菜，拿到厨师那里让他烤一下，就可吃了。由于客人一下子涌到，厨师只有一个，十几个菜盆子堆在他面前，就令他手忙脚乱了。个别记者耍小聪明，插队。我发现加琳娜的盆子老是排在人家后面，她在一旁很有风度地微笑着，我将她的盆子移到我的前面。但我一个转身回来，看到她的盆子又移在我的后面了。她是坚持这样做的，我只能替我的同行表示歉意。

过了一天，我们坐船去一个小岛出席开幕酒会，在那艘古老的双桅船上，她看到我忙于拍照，没在意船上准备的饮料和点心，就拿了一瓶啤酒给我。我平时是滴酒不沾的，此时却没法违拂她的美意，慢慢喝尽。晚风吹散了我的头发，红喙白羽的海鸥贴着水面掠过，洒下一串鸣叫，加琳娜的眼睛就跟奥拉河一样清澈。

还想到一个叫作米儿的厨娘，她是我在罗凡尼米野营基地里遇见的。那天傍晚我们几个记者经过一番颠簸，总算没在漂流时掉进湍急的河水里，上岸后一个个都湿透了，回小木屋时，邻屋门口站着一个约有五十岁的妇女，大声地向我们祝贺，似乎我们是凯旋的英雄。

吃晚饭时才知道她是基地的厨娘，这天因为没有其他客人，她特地从四十公里外的家里赶来为我们做一顿中国式的晚餐。

餐厅很有特色，吊着独木舟和一只比鸡还大的铸铁蚊子，米儿说罗凡尼米的蚊子特别大，值得纪念。墙上挂着几支枪和泛黄的照片，那是纪念一个战斗英雄的。还有一张熊皮和一张狐狸皮，缀满黄色小花的一种干野草也倒垂在料理台上方。米儿已经烧起了壁炉，一屋子好闻的松脂味和温暖的气息。尽管外面还堆着积雪，气温却不算太冷，这壁炉应该说燃烧着一种礼节。

米儿临事抱佛脚地学过中国菜的做法，结果当然是不得要领，三文鱼汤太咸了，她以为多搁点盐就是很中国了。不过烤鹿肉的配菜——黄瓜片和土豆倒是在油锅里煎过的。第二天的早餐本来是安排在野外吃的，米儿已经叫人点起了一堆篝火，谁知天公不作美，下起了点点冰雹，只得移至屋内。早餐是自助式的，米儿把一枚热乎乎的鸡蛋塞在我手里："我给它煮了八分钟，为的是使蛋黄老一点，这也是为了适应中国人的口味。"我接过鸡蛋并感谢她的细心，其实我倒喜欢吃芬兰人煮的鸡蛋，四分钟出锅，蛋黄溏心。

吃了早餐我们就要离开基地了，我回自己的小木屋里找出一罐本来想在路上喝的龙井新茶送给她，并当场泡了一壶，她很勉强地喝了一杯，表情生动地问："你们怎么不放糖？"

饭后我跟穿着绿格子衬衫的米儿拍了一张合影，就在燃着松木的壁炉前。

怎么能忘记萨米船长呢？那是个三十出头的芬兰青年，高高的个子，很精干。他是基地的主管，也是我们漂流时的临时"船长"，在波涛滚滚中，他给了我们信心和力量，也故意让河水将我们浑身上下全部浸湿，否则漂流就没有意义了。我们享受了刺激很大的大落差漂流而没有翻船，得归功于他的有效掌控。事后我们才知道这天正赶上萨米太太临产，而且已经超过预产期一个星期了。漂流一结束，他就驱车往城里赶，当晚在我们晚饭时他打电话来报喜：太太生下了一个健壮的小船长。我们一起举杯遥致祝贺。

由于加琳娜的周密安排，我们离开赫尔辛基去罗凡尼米，然后再回来，一路非常顺利，不过回到赫尔辛基时出了一点小小纰漏，前来接我们回宾馆的出租车司机没来。此时夜幕已经降临，我们就自己打的进城，出租车的计程表转得飞快，把一位同行的老记者吓死了。

第二天下午，来了一个大胡子司机接我们去机场回国，他抱着一束玫瑰花，分给我们每人一枝。原来他就是昨天应该去机场接我们的那位司机，由于生意太忙，他给忘了。他红着脸向我们表示歉意，赎罪似的将我们的行李放在车上，怎么也不肯让我们插手。

一路上，这位上了年纪的大胡子司机一句话也没说，阳光在他那张通红的、饱满的脸上移动，那种朴实的表情深深地留在我的印象中，与赫尔辛基的夏日风景交织在一起，永远也忘不了。

我把玫瑰装在拉杆箱里带回上海。到了家里，把故事跟太太一说，她也很喜欢这枝粉红色的玫瑰。有塑料纸密封包装，花瓣上沾着的那几滴露珠还没有蒸发掉呢。从拉杆箱里翻出在赫尔辛基南码头跳蚤市场买来的陶瓶，一插，就这样，我把芬兰人的热情和真诚带回家了。

乘上慢车逛九州

　　当我们被轰地一声推入高铁时代，在物理空间中穿行时赢得了时间，却在不知不觉中失去了许多难以言说的东西，比如必须放慢速度才能看清的人与景物，比如一种闲适优雅的心情，再比如一场不期而至却可能改变人生的邂逅。

　　再从我们的个人经验上说，路基上泛着银光的铁轨，在旷远的汽笛声中，从童年出发，通向未知的远方。今天，当我们自以为历经沧桑，在某个下午呆若木鸡地凝视时，逆光中的铁轨再次刻蚀我们的记忆背景，使日渐麻木迟钝的都市人至少在这一瞬间回归柔软与敏感。此时此刻，我们突然涌上一个念头：与知心好友相约，挑一个气候怡人的假日，再去坐一趟哐啷哐啷的慢车，寻找遗失的岁月红叶……

　　初冬，我与国斌兄等几位朋友一起去日本九州旅行，为的就是重新体验一下在车厢里摇晃的感觉。从上海坐飞机抵达福冈才一个多小时，然后在地铁博多站的JR九州大厦购买了为期三天的铁道通票，可以随心所欲地穿行在北九州的主要城市与旅游景点，感觉不要太爽噢！

　　JR九州是一家享受政府补贴的私营企业，但我看要赢利还是相当难的。他们在自己的"地盘"上有五百多辆列车在运营，除了上世纪80年代邓公访日时坐过并大发感慨的新干线，还有各种车型与车速的列车，为便于指认，这些列车都有专用名称，比如"音速""指宿玉手箱""海幸之幸""阿苏男孩"等。列车外观与颜色也极具个性，既有外形很酷的子弹头，又有蒸汽机时代的"老爷车"，有的还配有酒吧、爵士乐以及杉木内饰，专门穿行在森林或海岸线旁。保留老爷车并让它们继续发挥"余热"，说明JR九州尊重传统与国民情怀，也体现了后工业时代归真返朴、物尽其用的理念。

我们在这几天里坐过白色的子弹头高速列车，也坐过彩色涂装的"豪斯登堡"号快速列车，但印象最深的是最后一天乘坐从由布院到福冈博多站的"由布院之森"号。这辆列车时速才六十多公里，从外观上看，有点像在中国铁路线上已经消失的绿皮火车，但旅客可以从容欣赏沿途的森林美景，所以还是很受欢迎。

由布院车站本身也亮点多多，它由日本著名建筑师矶崎新设计，灵感来自车站外的一座意大利教堂，整个车站由黑灰色木板构成，体现了简约而轻灵的新古典主义格调。并不宽敞的候车室只能坐二三十人，但墙面上还是张挂着一位青年画家的十余幅水粉画。据说类似的展览几乎每个月都会举办一次，但形式与主题必须由车站设计师决定，以保持与建筑风格的一致性。与由布院这座小城市的所有建筑一样，车站屋顶也没有突破13米的限高线。

候车室的另一亮点是站台上有一个凉棚，周围是一排栅格式的木凳，石砌池子引入了温泉，花一百日元就可以在此一边泡脚一边等车，以消除旅途疲劳。我们也在这里泡了半小时，直到列车进站才恋恋不舍地起身。

进入一尘不染的车厢后发现整辆列车只有四节车厢，其中一节不设乘客席，只在"宽银幕"车窗前用原木特制了一排观光席，专供乘客喝喝咖啡聊聊天，顺便东张西望。列车开动了，美女乘务员就拿着铁路制服和帽子逐个征询乘客的意愿，如果你想扮一回铁路司乘人员拍照留念，她还会递上一张绘有列车及日期的牌子，让你搁在胸前，再帮你按下照相机快门。不少日本乘客很乐意留影纪念，同时也等于给JR九州做了一回形象代言。

在日本，火车便当也是为人赞不绝口的，许多人居然会为了吃一份便当而选乘火车。JR九州观光列车对便当的准备更加精心，每份便当的设计既符合营养标准，又尽可能选用沿途所产的各种农产品，将"逢熟吃熟"发展到"逢乡吃乡"。我们在车上也美美地享用了一次便当，味道确实不错。据乘务员说，每逢节假日还会推出节令便当，有些木质便当盒因为做得精致而充满情趣，客人吃完后舍不得扔掉，带回家存放文具和名片。

这趟车时速也不高，途经小站大多会停，而站台上总能看到准时出现的站长，当我们的列车启动后，他就以45度鞠躬为我们送行。有一次我们这列车在经过某小站时放慢了车速，但并不停靠，而另一辆列车正停在站台边准备发车，乘务员就亲切提示全体乘客向那辆列车挥手致意，乘客居然很听话，齐刷刷地挥动右手并大声欢呼，对方乘客也热烈回应。这一幕似乎"很傻很天真"吧，但确实小小地感动了我，我想这一切都不可能是在演戏吧。

　　绿皮火车上的所见始终回荡着底层社会的暖意，颠覆了我对中国绿皮火车的印象。我也相信，这彬彬有礼的细节，都曾在我们这个所谓的礼仪之邦发生过。我甚至想，我们的绿皮火车可以退出历史舞台，但沪杭线上曾经风光一时的双层列车，为何不能做成适合慢生活的观光专列，也能提供美味的快餐，也有和蔼可亲的乘务员和恭谦的站长，也有列车交会时的挥手与欢呼呢？

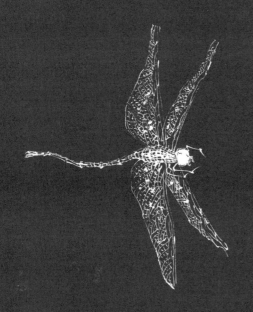

春访崇德里

余东老街的红扁豆花

　　立冬前几天，张妙霖兄邀请我们几个吃货去他老家海门品尝吕四渔港的海鲜，秤星鳗、黄蟹、鲳鱼、带鱼、青虾以及河豚鱼鲞的滋味，糅进了南黄海的海风，丰腴鲜甜而野性十足，在老白酒的催化下，我们猝不及防地进入亢奋状态，一夜狂欢。在晚餐之前，我们坐快艇登上由蛎壳堆积而成的蛎蚜山，戏了一把微凉的海水，捡了几袋腰蛤和蛏蜞。

　　海门地处江苏省的东南角，当地人却乐意把海门解释为"上海之门"。我开玩笑说："海门人死心塌地抱上海人大腿，就不怕南京方面不开心吗？"张妙霖回答："老百姓过日子脚踏实地，一旦生起急病，救护车肯定是往上海去的，如果非要赶到南京，恐怕小命就不保啦！"这倒是的，相比南京，海门离上海的距离要缩短一倍不止。

　　海门也有金瓜和甜芦粟，扁豆分白、紫、红几种，连烹饪方法都和崇明一样。崇明人引以为傲的山羊，大多是从海门引进的。海门方言与崇明方言相似，铿锵有力，抑扬顿挫，有一种天然的戏剧效果。海门的姑娘嫁到一江之隔的崇明岛，早就不是新闻啦，比官方强调的"主动接轨大上海"早很多！

　　第二天一早我们去踏访余东老街。余东古称余庆，还有一个美丽的名字：凤城。它坐落在海门东部，是一座有一千三百年历史的古镇，始于唐，兴于宋，盛于明清，它的繁荣靠的不是渔业，而是盐业。清代是两淮盐业的鼎盛期，乾隆盛世，两淮共有二十三个盐场，余东盐场是举足轻重的一个。其中又以余东、吕四两个盐场的质量最佳，号称"余吕真梁"，成为贡品，畅销全国。盐业的发展又促进了当地工商业的繁荣，使余东成为古通州的一个重镇。

　　花开花落，沧海桑田，今天的余东镇已经天翻地覆了，所幸还保留了一条老街，也是南通地区唯一保存完好的一条老街。我们穿过重新修建的余庆街牌坊，它就在眼前一路延伸，似乎要引领我们进入历史深处。长度为846米的这条老街，据说排列着两千多块石板，两边都是素简的明清建筑，牛角形屋脊（当地又称凤尾），屋面坡度较缓。粉墙黛瓦，屋檐低矮，瓦楞上的朝天草微微颤动着，六百多年历史刻录在每块青砖、每块条石上。

店铺本来就不多，又有不少还关着，杉木门板上用油漆写着字。开着的大多生意清淡，色彩最鲜艳的居然是花圈店。杂货铺里的老妇人严严实实地裹着一条棉被枯坐在躺椅上，老半天都等不来一个买烟买酒的人。制面作坊里的女人三十多岁，操北方口音，麻利地做着饺子皮，早几天没卖完的面条挂在竹竿上，像正赶上枯水期的瀑布。"带点回去吧，下水一煮就可以吃了。"

妙霖兄告诉我：这位女店主是余东老街某家银楼的后代，本来已搬到外面去住，前些年又被镇政府请回来开了这家作坊。等我们一个圈子转回来，她已经做完了饺子皮，把一部离心机搬到门口卖起了棉花糖。可是我没见着小孩子啊！

真是看不到孩子，青壮年带着他们离开了老街，住进海门市区的新房子。老房子里留守着生于斯长于斯舍不得离开的老年人，外来者在此寄居，带来了几缕生气和外来习俗，狗与猫不知岁月的更迭，懒洋洋地晒着太阳，天气可真好！

让人欣慰的是，从老屋狭窄的边门窥探进去，后面豁然开朗之处便是一个天井或后院，刺目的阳光照着树与花，还有晾晒的衣服。生活延续着日常，知足、琐碎、宁静、安逸，炝锅的香气、敬佛的烟气、坛里的酒气、木盆里的洗衣粉气，组成了真实不虚的人间烟火。

政府做了一些保护，街角挂了铭牌，让游客知道里面有姐妹井，此处是江村故居，再走几步是郭家银楼，那条鱼骨状分出去的小巷子是盐店街，这里又是正在修复的通东书院。老街上最高的二层三底带铁栏杆的小楼鹤立鸡群，本来是震丰恒布庄，后来做过北伐军的驻地，抗战时期又做过伪南通县十一区区公所。

门板上的对联向来是考察古镇风情人文的切入口。"修旧如旧镇应新，砖新木新街仍旧。""凤城古地旧观念，余东老镇新境界。"工稳有欠，也谈不上典雅，却也体现了对老街保护的理念。也有些是这样的："松柏古而秀，芝兰清且香。""五山蟠吉地，三瑞映华门。"婉转地表达着农耕文明的审美与愿景。

来到修整一新的南城门，可以登高远眺，但是原先的四城门、十庙、五山、五牌坊基本上已不复存在。一位老人告诉我，余东本来是有四座城门的，其他三座在战争中被毁了，南门一直保留到上世纪70年代，最终也被拆了。现在的城门是根据老城门的残留一段修复的，看得出新老砖头的分界线。之前妙霖兄告诉过我："余东镇在1948年5月就解放了，而且是海门地区唯一通过武装斗争获得解放的乡镇。"

如此说来，老城门如果没拆，应该看得到累累弹洞，到今天就是爱国主义教育基地了。

在城门下，我和孔明珠、刘国斌、杨忠明四人发现已经与大部队分道扬镳，也不管太多了，继续前行看我们的风景。我看到路边有一处老房子颇有气势，门口乱草丛中堆放着一些刻有花纹的石雕建筑部件，房屋的木柱子下压着木质覆盆式柱础，由此判断是明代建筑。这幢房子已经没人居住了，邻居说他家的老人是很有学问的，有两三个孩子都在外国留学后定居了，老人前不久去世，他的老伴就住到城里去了。

两扇木门上有对联："三槐世泽，两晋家声。"透露出书香门第的自负与气派，走近一看又发现这几条对联不是纸质墨写的，而是双勾浅刻填漆，风雨不侵，色新如昨。我凑到木板窗户前对着缝隙往里看，不料窗门被我的额头顶开，屋子里的一切暴露在眼前。客堂里居然品字形排列三张八仙桌，北窗投射进来的光线在桌面上反射光芒，几把太师椅靠墙而置，桌上还有一把显然是来不及归位的水果刀，仿佛还留着柑橘的水渍。北墙上贴着年画，福禄寿三星高照，两边是一幅手写对联："德高雅量福自来，心宽博爱人长寿。"西墙的横梁上，悬挂着三帧老祖宗的黑白照片，无语地注视着老屋里的灰尘飘浮。

返身老街，冬阳澄清，街道上一时没了人影，木槿花如梦境一般摇曳。

老街似乎没有尽头，时间不早，我们就原路折回，半道上与失联的张妙霖、郑辛遥、王震坤、胡展奋、蒋鸣玉、孟春明、卞军诸兄汇合，他们刚刚造访了一位八十二岁高龄的乡贤，是《余东镇史》的编撰者，好客而健谈，还当场写了一副对联送给王震坤。没走几步，我眼角瞥见一个老人将珠帘一撩，从一扇门里闪出，容貌有异，轮廓线及鼻梁表明他可能是个混血儿。此时蒋鸣玉兄也看到了，迎上去打招呼，寒暄几句后得知，他身上果然流着一半的法兰西血液。

张妙霖等马上要跟他合影，他敲敲手里的饭碗自嘲：我手里还拿着讨饭碗呢。

凭着这一句，我断定他在上海生活过。

大家站在街角就聊开了。这位老人名叫陈瑰宝，年已八旬，居家生活的状态，打扮得却一丝不苟，衬衫、西裤笔挺，大红色羊毛衫，外套一件羽绒背心，还系着一根领带——现在谁还系领带啊。

话说上世纪30年代，陈瑰宝的母亲是上海某大学的学生，思想开放，性格开朗，经常在外跳舞，在轻歌曼舞的欢场结识了一个在上海短暂逗留的法国船长，爱情的火焰一旦燃烧起来是怎么也浇不灭的，于是就有了他。不久，母亲将他托付给同学兼闺蜜照料，自己与法国船长远渡重洋去法国定居。

"我起先住在勒斐德路勒斐坊（复兴中路复兴坊），后来又住在城里福佑路一带。大家都叫我小外国人。"老人说。

1949年后，陈瑰宝的养母做出一个英明决断，并没有把他带回青浦老家，仍然将他留在上海读书。但后来的剧情，因为他的面容、血统、身世等因素，就朝着悲剧的方向演绎，在大时代的背景下被赋予了普遍的意义。

在他还是一个意气奋发的学生时，因为对当时对"苏联老大哥"一边倒的形势有所调侃，被打成"右派"，发配到农场劳改。在那里他并不气馁，继续刻苦自学，特别是对医学产生了浓厚的兴趣。"十年动乱"中，他又被诬为特务、间谍，经常被拉出去揪斗一番。有一次他站在台上享受"飞机式"，突然想起一个问题，就将身体转了个九十度，军代表责问他为什么不老实，他说："我不能把屁股对着毛主席啊。"话音刚落，一只翻毛大头皮鞋就对准他的腰部猛袭过来，陈瑰宝当即昏倒在台上，从此落下终生痼疾。

也就在这个红旗漫卷西风的时刻，陈瑰宝的父母亲辗转到上海探望他。"他们对你说了什么？"我着急地问他，老人的眼睛里闪动着泪光："军代表就坐在我旁边，我还能说什么呢？"

可以想见的是，他的父母亲也不能说什么，黯然神伤地回去了。

陈瑰宝在法国有弟弟妹妹，但一直没有见过。改革开放后，他可以扬眉吐气了，也是有机会去法国的，但想到一切已不能改变，他若在那里生活，不仅语言不通、习惯不同，还会有诸多隔阂，就放弃了这个念头。他的父母、他的弟妹、他的法国，就像一艘启航的邮轮，离他越来越远了，最后，连一缕被烟囱拖着的白烟也彻底消失在海平线上。

被大时代粗暴碾压过的人生渐渐复苏并回到正轨，他到四十七岁那年才组建起一个家庭，他的太太就是海门余东人，他成了余东老街的女婿。后来他在上海司法局的医院里工作，再后来去搞三产。"我这个时候混得还不错的，当起了负责人。但是到了我五十五岁的时候，上面派来两个小青年，我受到了排挤，就提前退休了。果然不出所料，这两个小赤佬香烟老酒，随意挥霍企业财产，还捞了不少钱，都吃了官司。"陈瑰宝说到这里突然大笑起来。

老人请我们看过他家的厨房，然后又请我们去几米之外的居室做客。这两处房子虽然简陋，但收拾得十分整洁，一尘不染。老伴去南通照顾第三代了，他则选择独自留守，日子过得相当安闲。客厅里铺地瓷砖，正前方供着佛像，供品堆得满满的，阳光照进南窗，将室内的线条切割得十分硬朗。老人还将自己的衣柜打开让大家看，真丝领带、毛料西裤熨烫后挂得整整齐齐，着实令人吃惊。我想老人坚持他的生活品位和审美态度，其实也是为了宣示身份、不忘来路吧。

我们问陈瑰宝有没有父母留下的照片，或者信札，他不堪回首地连连摇头。我以一半安慰一半鼓动的口吻对老人说："您老人家一定要写回忆录，为后人留下一段动荡年代的传奇人生。"

他两手一摊苦笑："谁还会看这样的文章呢？"

我们与老人合了影，拱手告别。折返老街，老街因为有了陈瑰宝的故事而变得更加宁静，更加漫长。正午的阳光倾泻在我们的头顶，初冬的寒风微微吹着，墙角的一丛红扁豆似乎为了给老街增加一点色彩而故意错过了收获的时节，细小的花朵开得十分鲜丽，枝叶间可以看到躲闪的豆荚。豆荚有一层光滑如漆的表皮，在阳光下闪烁。

六百多年的余东老街，一定埋伏着许多人间悲欢。陈瑰宝老人的故事，只是像红扁豆花那样，偶然被我们邂逅罢了。但也与红扁豆一样，以它别样的色彩与姿态，永远留在我的记忆里。

在"尉头国"邂逅"二师兄"

　　上海连续"天火烧"的那几天，我与几位朋友前往南疆历史文化名城喀什，本想在清凉世界潇洒几天，没想到那边的气温比上海更高，尤其在正午，火辣辣的阳光烙在胳膊上，赛过烤羊肉！

　　我们参观了香妃墓、艾提尕尔清真寺，还深入刚刚被评为5A级景区的喀什老城区转了一圈。这一带原称疏勒，西汉张骞路经此地时留下了文字记载，故而也被当地人骄傲地称为"喀什的灵魂"。这里有超过两百条街巷，对外开放的只是一部分。二三层楼高的民居大多为土木、砖木结构，被阳光切割成对比强烈的剪影，玫瑰和蔷薇在门口绽放，门帘后面传出欢快的音乐，大多数人家的门窗有雕刻精美的图案纹饰，像土耳其细密画那样令人窒息。轻便电动车在街上风驰电掣，从杏黄色土墙前走过的维吾尔族兄弟表情恬淡悠闲，妇女们披着艾得来丝绸缝制的连衣裙，色彩艳丽的扎染效果真像"布谷鸟翅膀的花"，现在这种服饰已被列入国家非遗项目。

　　这里有茶馆、烤馕店、羊肉店、水果店、炊具店、地毯店、服装店，堪称"南疆第一"的烤包子店就在老茶馆对面。还有针对内地游客的数家古董店，铜茶壶、羊皮鼓、丝织地毯、铜牛铃、土陶瓶……满坑满谷，古董店老板看出我们想拍照，就非常配合地弹起了热瓦普，后来索性唱了起来。

　　第二天我们又驱车四个多小时来到喀什下辖的巴楚县，在上海援疆项目之一的红海景区，饶有兴致地观看了两场实景表演。一场是《使团通关换牒入城》，在复制的尉头国城门下，铜号声声，旌旗猎猎，唐僧师徒四人取经路上风尘仆仆经过此道关隘，城防官兵给他们换了通关文牒，打开城门迎接，老汉们敲起了羊皮鼓、弹起了热瓦普，姑娘们跳起了快速旋转的舞蹈……另一场是《谒者馆国王迎宾》，唐僧师徒与西域诸国使者在此拜谒国王，交换礼物，彬彬有礼，像真的一样！演出进入高潮，再次让我们领略了维吾尔族兄弟姐妹能歌善舞的天赋和才华。

这一切当然是对历史的美好想象，但令我感动的是，扮演尉头国国王、城防官兵以及唐僧师徒的都是当地村民。红海景区的旅游开发大大促进了当地经济的发展，交通、养殖、餐饮、绿化造林等方面都受益不小，还间接提供了两千个就业岗位，增加了村民收入。演艺团队三十六个演员都是从村里能歌善舞者中选拔来的，一个人通常要扮演两三个角色，演技之高，可以直接上春晚。

猪八戒的扮演者买买提一开始不愿意扮演这个角色，但在村长和乡亲们的鼓励下，特别是看了好多遍《西游记》，对这个角色就有了理解和好感，敞开宽厚的胸怀，露出浓密的胸毛，套上面具，扛起钉耙，跑到哪里，哪里就哄堂大笑，类似京剧中的丑角，怎么也少不了他。

上海静安区援疆干部、巴楚县周玉鸿副县长对我说："南疆大漠生态脆弱，在治理和保护中发展第三产业，尤其是旅游业，是一个门槛低、投入少、见效快的好办法，受到村民积极响应。通过旅游业，还可以在各民族中间建立一条纽带，了解彼此的生活，融合彼此的文明，欣赏彼此的变化。"

这两台实景演出在旅游旺季一天要演上五六场，其他还有叼羊、赛马、赶马车、达瓦孜、歌舞表演等项目也都很受游客欢迎。景区里的餐饮也是游客不可错失的体验，巴楚烤鱼、红柳枝烤羊肉、拉条子、老头瓜的风味令人难忘。

最后几天我们经过长途跋涉探访了唐代尉头州城遗址、宗朗灵泉旅游区、泽普金湖杨国家森林公园，在这些占地面积广阔、人气有效集聚的景区里，欢声笑语不断，各民族和睦相处，气氛十分融洽，特别是在巴楚夜市寻找美食的过程中，我跟烤羊肉的维吾尔族摊主在语言上交流有些困难，但通过肢体语言和夸张的表情，都能得到愉快的响应。

据上海旅游局援疆干部、喀什地区旅游局李平副局长介绍：仅从2014至2016年，上海市政府投入巨额资金，用于莎车、叶城、泽普、巴楚四县旅游景区（点）开发、配套设施建设、旅游营销宣传和举办节庆活动等。现在，瓜熟果香鱼羊肥美，上海的朋友若去南疆旅游，还能看到胡杨林最灿烂壮美的呈现。

遥致冰川，端起那碗酥油茶

去西藏，对我来说有两大难题躲不过去。

一是高原反应。这几乎是每个长期生活在低海拔环境的上海人的魔咒，尽管飞机降落在贡嘎机场之前我就大把大把地吞下红景天和高反灵，然而没用，等我们一行上了包面车，七转八弯进入大昭寺附近我们下榻的唐卡酒店，似曾相识的胀痛感便锐利地袭来，脑子犹如进水，一股股白浪左右拍打，企图撞破脑壁。接下来的几天里，特别是进入海拔五千多米的嘉黎县尼屋乡和麦地卡湿地，我被头痛胸闷气短等症状折磨得死去活来，孙悟空被唐僧念紧箍咒痛得满地打滚也不过如此吧。

二是餐食不对胃口。我对传说中膻味极重的牦牛肉和酥油茶不能不保持警觉。虽然十多年前我去过一次西藏，但主要在有"西藏江南"之誉的林芝活动，一日三餐都在一家汉族人经营的制药企业里吃，与藏餐擦肩而过。当然，比起铁板钉钉的头痛，藏餐的考验中可能隐含着一份意外的惊喜。

第一顿藏餐是在我们登高拍了独俊大峡谷全景后，进入易贡藏布岸边一家藏民开的小饭店里吃的。这家饭店被篱笆墙围起，里面有一个挺大的庭院，一排简易房子建在草地上，屋前有几棵树，野蛮生长不修边幅，树荫下支起两个凉篷，老板把我们引到棚里入座。我们口渴，吵着要喝酥油茶。老板问：三磅还是五磅？原来酥油茶是装在老式热水瓶里的，我们当然要了五磅。眼看浅棕色的酥油茶徐徐注入碗里，我端起来就喝。没有令人畏惧的膻味，加了点盐，味道微咸。接下来上了薄薄的烙饼，表面斑驳，撕开来吃，恰到好处的韧劲给牙齿扎实的安慰，大麦的原香对肠胃也是亲切的安慰。

哇，他家自制的酸奶来了！一大盆分作几小碗，稠到牢牢咬住木勺，甩也甩不掉，也许是存在冰箱里的缘故，吃到嘴里有咯咯响的小块冰碴，也是一种刺激。有朋友加了砂糖——藏族同胞为了保持高热量，吃糖很厉害，整袋的白砂糖撕开口子杵在桌上，随便添加。我血糖偏高，就吃原味。

咸的酥油，甜的酸奶，喷香的烙饼，蓝天白云，绿草红花，阳光火辣，微风徐来，易贡藏布在远处轰鸣，我们在大快朵颐，真是天上人间！

过了一会老板端出一大盆热气腾腾的牦牛肉。清水白煮的大块牛肉之上，横七竖八地插了几把藏刀，块儿大小，任凭自己切割。切牛肉有讲究，得以45度切断它的纹理，这样又能保持弹性，又不至于塞牙。我切下一块，蘸了盐，入口后也不觉得有膻味，肌理清晰，纤维适中，脂肪很少，厚实饱满的咬劲也助长了我恣意的吃相。

有一种说法：全世界的牦牛约有95%生长在中国西藏。牦牛生活在海拔三千米以上高寒地带，抗寒能力特别强，体质粗壮结实，大风大雪也无所畏惧。

没错，一路上看到，翡翠色的高原牧场上点缀着墨点般的牦牛，原生态环境全程放养，无污染，无天敌，爱去哪就去啊，日月星辰，悠哉游哉，日子一长就消磨了牛脾气。据说除了草，牦牛还能吃到贝母等野生药材，啧啧，还有虫草！所以朋友推导出一个结论：吃牦牛肉就相当于吃虫草。我反驳：那不一定，或许它吃下去的虫草没消化，后来就混在排泄的牛粪里，藏民将牛粪拾起来堆垒成一堵堵墙，冬天大雪封路不出门，一家老小围在家中烧牛粪，虫草就这样化成一缕青烟啦！

再也没有别的菜了，但我们已经吃到撑。酥油茶热量很高，很顶饿，治高反特有效，我喝了四五碗，感觉果然好了很多。老板先后提了四热水瓶酥油茶来，后来结账时仍然以五磅计。

饭后我们还赖着不走，老板就将家里吃剩的半篮水果放在桌子上，有印度青苹果，还有梨子、葡萄和香蕉。在西藏能吃到香蕉，怎么也想不到！

正要起身，老板又从家里捧出一块蛋糕似的食物，那是奶渣！我们各自掰下一块尝尝，嗯，真不错！我在心里排出一个公式：奶渣＝奶酪+麦片+微焦的炒麦粉+盐。

这是想当然。老板告诉我：做奶渣嘛，把牛奶打搅分离出酥油以后，剩下的奶液架在火上煮沸，冷却后就成了酸奶水，再把它倒入竹制的漏斗里，沥出水后，留在漏斗里的就是奶渣。

貌不惊人的奶渣，却有着极强的助消化作用，藏民出远门时总要带上一块奶渣以防水土不适。煮酥油茶时加一块奶渣再加点红糖，别有风味。

易贡藏布一带的旅游还刚刚兴起，其实这条旅游线路极佳，不管是自驾游还是探险游，都可以设计许多节目。我对老板说：你们以后要增加一些体验项目，比如让游客身穿藏袍，在高高的木桶前边喝歌边打酥油茶，无线网络也快点开通，游客玩嗨了就会将视频发出去，等于给你做广告！

老板一边憨厚地笑着，一边搔起头皮：我们现在打酥油茶都用上了机器！

关于牦牛，我一直觉得是藏民一笔稳定的、可观的收入。那曲一带的藏民每家每户都会养牦牛，少则几头，多则几十头，最多的一户人家养了270头。天然牧场水草丰满，牦牛随便享用，在冰天雪地的日子里，牦牛入圈，政府又会发放青稞，充实牦牛的冬粮。牧民的放牧成本很低，而等到牦牛长足后，一头能卖到一万元，这笔账连小学生都算得清楚的。

然而……情况并非那么简单，我们的司机才旺，一个瘦长精干的藏族帅小伙，他家就养了四十多头牦牛。"但是我们跟大家一样，牦牛一般不卖，也很少宰杀，我们只喝牛奶。等它们老死后，就找一个地方埋了。也有人会在年底杀一两头牛自己吃，或做成肉干，但也有些牧民坚决不杀牛，自己要吃牛肉，就是去市场上买。所以流向市场的牦牛其实很少，拉萨商店里出售的牦牛肉干，你能确定他是用什么做的吗？"

我不禁要问："明明知道牦牛肉很值钱，为什么不让它转化为商品呢？难道你们不想脱贫致富？"

脸色黧黑的才旺笑了，露出一排洁白的牙齿："我们靠一年一度上山挖虫草就有一百多万元的收入，我们不缺钱。饲养牦牛主要是为了这个……"才旺做了一个奇怪的手势，表情也很古怪，不大好理解。

"为了延续自己的牧民身份？或者为了传承放牧的传统？"我说。

才旺认真地点点头，"对对，让它们去天堂。"

不过在那曲地区，许多乡村是精准扶贫的对象。

下一程我们去嘉黎的上尼屋乡，最大限度地接近对亚洲气候造成重要影响的卡洛冰川，然后找到一家民宿吃午饭。这家民宿是一年前刚刚建起的，占地宽广，藏族特色的木屋被涂成大红大绿，加上几十条飞扬的经幡，在一片草地中非常惹眼。我们在绘彩描金的藏桌前坐定，也喝了酥油茶和自酿的藏白酒，吃了大麦饼，还吃到了炒白菜和炒土豆丝，蔬菜采自他家的园子，绝对有机。

这次的亮点是藏香猪，水里一煮而成，切成厚片，蘸着盐和辣椒水吃，厚度超过一厘米的猪皮居然是脆脆的，猪肉肌理稍感粗糙，但脂肪含量低，无油腻之感，味道鲜美，甚至有一种接近野猪的香味。

在嘉黎县城通向尼屋乡的四十多公里旅程中，全是极难走的山路，坑坑洼洼，积水成潭，把人颠得浑身骨头散架，路边除了牦牛，还能看到成群结队的藏香猪。这种猪全身乌黑，可能处于驯化的尾声吧，脊背上的几撮鬃毛又长又硬，剑戟般地向后斜插，凛然而不可侵犯，若与野猪狭路相逢，谁赢谁输还真难说。它们的小眼睛闪烁着快乐的光芒，腿脚虽短，却行动敏捷，在山路上避让行人或车辆，嘟噜噜一闪而过。小香猪好像永远也长不大，听说有人将它们当宠物来豢养。

我们在这家民宿里吃了饭，还喝了藏民自酿的藏白酒，欣赏了千锤百炼的藏刀，抚摸了他家传了十几代的石锅，最后给我们一击的是，站在餐厅外面的走廊往窗外望去，一大片乌云正好飘过，一缕阳光趁隙打在山巅的卡洛冰川上，反射光箭一般地射来，瞬间将我们的面额涂成金黄。所有人都齐声欢呼起来！

窗框将美丽的风景永远留在了这里，也留在了我们的记忆深处！

长城之最——司马台

位于河北省滦平县境内的金山岭长城，近来颇受驴友关注。1992年金秋，亚洲"飞人"柯受良驾驶摩托车成功飞越了金山岭长城，"金山岭"三字由此植入人们记忆。后来经常有驴友在此攀登"野长城"而遭到不测的消息传开，增加了它的神秘性与诱惑力。在金山岭以东并与之相连的司马台长城，名气稍逊于前者，但近年来它的粉丝量与日俱增，大有后来居上的势头。

司马台长城位于北京市密云县东北部的古北口镇境内，距离北京市中心约120公里。它东起望京楼，西至后川口，全长5.4公里，沿山脊分布着35座敌楼。整段长城构思精巧，设计奇特，结构新颖，造型各异，独具"险、密、奇、巧、全"五大特点。著名长城专家罗哲文教授曾说：中国长城是世界之最，而司马台长城又堪称中国长城之最。

由李唯兄带队，与国斌、继平、忠明、明森等几个朋友一起前往北京密云县，在古北水镇下榻并游玩，抽空也去爬了爬司马台长城。这天骄阳似火，蝉噪阵阵，但登长城而当好汉的热情不减丝毫。从小镇坐电瓶车到长城脚下只需十几分钟，换乘缆车以大角度上升，旱地拔葱的感觉也相当刺激。弃车后我们选择有利地形，一阵狂呼，攀上城墙。

我抚摸着热乎乎的墙体，心情相当激动，一块块砌得紧密坚致的长城砖，以惯有的沉默欢迎远道而来的"南蛮子"。砖缝里镶嵌着当年工匠们灌进去的石灰糯米浆，在日晒雨淋数百年之后，泛着苍茫而温润的象牙色。好几块砖上铭文依然清晰：大明万历五年、万历年石塘路造……

史料记载，司马台长城始建于明洪武初年，又经蓟镇总兵戚继光和总督谭伦加固。这一带山势陡峭，地势险峻，所以工程相当浩繁。由于其特殊的地形条件和工匠们的创造性劳动，司马台长城沿着鱼脊般的山脊一路奔驰，宽的地方可以走马，窄的地方只容一人通过，隆起时似虎啸原野，蹲伏时如潜龙在渊，绝对入画。更有看头的是一座座大小不同、形态各异的敌楼，因地制宜地建立在各个制高点上，威风凛然，冷峻挺拔。整个敌楼用大方石块砌成，墩实坚固，气度不凡。观察口有三眼四眼之分，视野开阔。墙体极厚，外观朴实无华，但敌楼内的砖砌藻井却别有风情，有方有圆有六角形，每块砖咬得十分紧密。不少敌楼坍塌了一角，但外墙依然支撑着霸气十足的轮廓，沧桑感极强。

与八达岭长城相比，司马台长城整体的起伏更大，既有人所常见的"城墙类型"，也有适应悬崖峭壁的山势而建的"半边墙类型"；既有随缓坡而舒展的马道，也有陡坡上以大阶梯叠进的"天梯"，从一个敌楼走到另一个敌楼，落差往往数十米，攀爬起来就相当吃力啦。

我们登上第四个敌楼，古北水镇尽收眼底，河流池塘倒映着白云蓝天，黛瓦屋顶上萦绕着浅紫色的炊烟，远方而来的白鹭在高大而繁密的树冠上栖息，一派安宁气象。再进入第六个敌楼，楼分上下两层：上层是瞭望台，下层是戍边将士住房，南墙三眼，北墙设有射箭孔。远望连绵不断的燕山山脉，奔涌而起，叠起无数的奇幻景象，一直伸向目力不及的天际，令人浮想联翩。

司马台长城是国家级重点文物保护单位，1987年被列入世界遗产名录，也是我国唯一保留明代原貌的古建筑遗址。

司马台长城因开发得较晚，吸取了前人的教训，故从一开始便定下了"整旧如旧，整残如残"的宗旨，对墙体和敌楼除了必不可少的维护加固之外，都以保留原有外貌为原则。司马台长城的修复工作受到联合国教科文组织的高度评价。

在我们准备离开时，从山下来了一群美女，她们是某个国际著名品牌请来的模特儿，准备在这里身穿比基尼，以残破零落的城墙衬托柔美光滑的肉身，拍一张惊艳于世的大片。

春访崇德里

　　人间四月在成都，杜甫草堂去过多次，这次专访宽窄巷子、太古里、崇德里，借由老建筑、老街坊开发的商区或旅游景点令我眼睛一亮，原有的城市肌理与市民生态还在，文化内涵却得到加载，而且多元。

　　宽窄巷子"涛声依旧"，让我意外的是在五香兔头和炖猪脑之间还保留着好几幢民居，高墙深院，宽大屋檐下叠着斗拱，下面悬一块匾，堂堂正正名人手迹。斑驳的朱漆大门沉沉紧闭，摒退红尘，门槛高过一尺，麻石台阶两头染了一层苍苔，铜门环上挂一块木牌：私人住宅，非请莫入。从围墙上探出泡桐或苦楝的树梢，像警觉的哨兵。

　　锦里也是值得一访的，这里曾是西蜀历史上最古老的街区，早在三国时期便人声鼎沸。锦里是作为武侯祠景区的组成部分而体现其存在价值，两边是仿明清建筑，川西风格一望便知，低调内敛略有夸饰，但不艳俗。这个街区建成也有十年了，茶馆、戏楼、酒肆、手工作坊、工艺品摊点、小吃铺子遍布街区，春风拂面的草根特性让人可亲可近，嘈杂中透出一种川西人的诚恳与热情，因此被当地人誉为"清明上河图"。

　　太古里算是现代元素注入最多的，但与上海的新天地相比，它比较坦诚，简约风格的现代建筑只盖到三层楼，向街区内核心地带的大慈寺等六幢古建筑礼让三分，所以，尽管有爱马仕、Hugo Boss、Gucci旗舰店以及星巴克等，也不觉得过分刺目，而况地下一层还有方所书店，像一个巨大的洞穴，气氛却相当温馨，除了书，还有瓷器、香具、鲜花、时装、咖啡、简餐等，堪为实体书店向多样化转型的试点。

　　春熙路商业街区是一块典型的成都市民生态区，也是在老成都记忆中活得最长的闹市区，两三百年里，这块地方也产生了许多成都的老行当和讲究老礼法、老情调的生活方式。崇德里就在这个商区内的锐钯街，靠近东大街。

八十多年前，一位名叫王崇德的商人，在红石柱横街买下一块地，取名为崇德里。这个商人并非富甲一方，名声也不算大，但因为成都是西南锁钥之地，成为南来北往坐贾行商的聚集地，那么崇德里就得了天时地利之便，再不发达也天地难容了。1938年，四川作家兼爱国实业家李劼人经营的嘉乐纸厂就安顿在这里，成都文艺界抗敌协会的办公处与联络处也设在这里，当年四川文艺界人士三天两头在此聚会，可以想象当时茶汤初沸，浊醪盈杯，烟雾腾腾，慷慨激昂纵论天下大势的情景。

2013年，成都市政府将崇德里纳入历史保护建筑名录，有个名叫王亥的画家让它获得新生。

王亥与何多苓、罗中立是四川美院的同学，三十年前去了香港，在艺术圈、文艺圈、美食圈轮番混过，炼成人精。回成都接手崇德里这个案子时，发现老房子衰朽得"扶都扶不起来"。但他没有推倒重来，虔诚地保留了建筑整体框架以及绝大多数梁柱和门窗，小修小补。王亥希望用鲜明的设计感赋予老房子以新生命，他要打造"一个城市的回家路"。没错，我看到好几堵红砖老墙作了加固，与钢结构形成强烈对比，很有一番后现代的感觉。

崇德里项目就藏在一截长不足五十米的小巷里，四幢老房子，有建于上世纪90年代的教工宿舍，也有民国时期遗留下来的川西宽檐瓦房。项目分作三个部分：茶文化馆——"谈茶"，私房菜馆——"吃过"，小型精品酒店——"驻下"。

名为"谈茶"的品茗空间，王亥宣称："至少保留了90%老建筑，连一根柱子都没取下。"空间内黑白灰三色为主基调，简洁的设计，流畅的线条，柔和的灯光，现代风格强烈。敞开式厨房引进由英国著名设计师大卫·奇普菲尔德设计的意大利厨具，为了避让一根被虫蛀过的沧桑感极强的柱子，不锈钢台面还故意挖掉一块。在这样的环境里体验老成都的生活方式是颇有意思的，白瓷盖碗茶配上紫铜大壶，再来几碟瓜子、花生，臭气相投的几个茶客围坐在竹椅上扯闲篇，就是其乐融融的一天。

在五号楼名为"驻下"的精品酒店里只有十二间客房，每间格局不一，均为新旧交融，从香港采购来的包豪斯家具与最新款式的丹麦音响一起，频频向成都老院子鞠躬致礼。与酒店一墙之隔就是居民楼，或高或低，黛瓦粉墙，阳台衣被飘飘，窗口鲜花盛开，成都老百姓的生活情景，一定会给入住客人格外亲切的感受。

王亥当年在香港开过一家私房四川风味的饭店，金庸、蔡澜、倪匡等大佬都是他的座上宾，所以在做这个项目时他就想复刻这样的荣耀。"吃过"在三号院，这家餐厅只有三十六个餐位，装潢现代简约，餐具都是世界名牌，更牛的是不提供菜单，每个客人菜品都是一样的，只是会根据季节变化进行微调。像夫妻肺片、松子贡菜、家常小卤、香卤豆筋、麻婆豆腐、粉蒸排骨、小炒肉、豌豆汤等传统川菜都能吃到。

今天，崇德里已经获得重生，新旧交融，变身合体，成为千年古都的时尚前沿。

三江汇流，成就元通

在成都的最后一天，四川省作协副主席、峨眉电影集团董事长何世平兄驱车带我去了元通古镇。从成温邛高速到崇州约四十公里，再从崇州到元通十公里，整个行程约摸一小时。几年前他在那里拍过电影，在一声惊叹中发现了"新大陆"。

元通为崇州所辖，有着一千六百多年的建制历史，是崇州四大名镇之一，曾有"小成都"之誉。据方志载：古运通航，元通堪以重任，从此起航，须经白马渡、陈家渡、方渡，再顺着崇州境内最大最长的河流——西河到新津龙王渡，然后进入岷江，这段三十余公里的航道乃为崇山十分重要的水上交通。

正是通过这条航道，元通境内及周边的土特产，得以远销乐山、宜宾、泸州等地，同时也从小镇这个口子获得日常生活需要的百货。于是，航运业成就了小镇的千年繁华，万商云集的货物集散地，灯红酒绿的销金窟，在明代已有"良田数万亩，烟火数千家"之说，到清咸丰年间终成商贸大镇。

这里群山屏列，环境优美，气候宜人，物产丰饶，民风淳朴，自古以来有"元通国"之称。文井江、味江、泊江在元通汇合成急流奔腾的汇江，形势与都江堰相似。家家户户都在江边后门筑有码头河埠，淘米、洗衣、出行、卸货……这情景与江南枕水小镇相似。

在半边街尽头的老石拱桥边的吊脚楼小憩，看江水从身边流过，想象着一千六百年前元通的繁华，禁不住像孔老夫子那样感慨一声："逝者如斯夫！"

镇上的主要建筑都沿江而筑，现存一百多幢清代中晚期到民国初年的建筑皆为木结构，青瓦粉墙，裙板华丽，历经沧桑而精气神不散。有些宅子观音兜高耸，防火墙宽厚，仿徽派一路风格。有些天井里藏了一座非常考究的龙门子，二楼有美人靠和走马廊，以及精美的走马转角楼。有的房子在第二大门后还设计了砖石结构的牌坊式门楼，牌楼上方的砖雕泥塑居然模仿罗马斗兽场或凡尔赛宫！西风东渐时节，这里曾经阔过！

走过龙门子，进入罗氏公馆，穿过两个前后相连的天井，直入木楼内部，似乎沉入井底，必须登上二楼回廊才有豁然开朗之感，又可看到栏杆梁枋雕刻着形态各异的垂柱吊瓜，枋梁上面也有许多以四时花卉和戏剧人物为题材的精美浮雕，瓦当及滴水分别有篆书"春""寿"等字样，一柱一椽、一图一字，凝聚了昔日的繁华。

罗家大院的故事一直被镇上的老人津津乐道，因为这座大宅院的建造者是一个女人。话说清末期间，罗家老爷发了一笔横财，但三个儿子都是扶不起的刘阿斗，吃喝嫖赌样样来，罗家老爷眼看坐吃山空，赶紧将钱财分给了三个儿媳妇。之后三个儿媳先后成了寡妇，大媳妇和二媳妇只知守成，唯有三儿媳有见识，脑子灵，做起了生意，渐渐富甲一方，最后就在街上修建了这座大宅院。上世纪50年代，罗家大院被政府用作供销合作社，十多年前经过一番修缮，被人租下开成颇有小资情调的茶馆，庭院里也摆了好几张茶桌，鸟语花香，闲适悠雅，也算是古建筑的活态保护吧。

黄家大院又称"将军府"，建于民国初年，是国民革命军第二十四军独立炮旅旅长黄润馀的宅院，院子相当敞亮，一横一直矗立着两幢民国风格的清水砖楼，可是租给一个古董商人，说是开博物馆，其实经营为主，沿墙根摆满了坛坛罐罐，真假难辨，无一件让我动心。虽然主人十分客气，我们也无意逗留。

增福街中另有一处名人故居也值得一看，这处建于康熙年间的建筑是典型的川西民居，不算十分高大，但保存较为完好，外墙斑驳，黝黑深沉，看来饱受岁月洗礼。这家的主人叫王国英，清代武举人，曾随著名武将陕甘总督杨遇春去新疆参与平定准噶尔部叛乱，后又在鸦片战争中赴宁波抗击英军，慷慨捐躯。道光皇帝为其题辞"马革裹尸才算死，麟编载笔俨如生"。而今在其故居的门楣上还有崇州乡贤罗元黼题写刻联"宁波义烈彪麟笔，文井清光耀鲤庭"及横额"琅琊旧望"，笔力苍劲，清晰可辨。

我在麒麟街上甚至看到了一座形制奇特的天主堂。听世平兄介绍，这座教堂在清代光绪年间由法国传教士主持建造，民国五年崇州突起毁洋教风潮，而元通的这座教堂幸免于难。它的主体部分是中式木结构，外墙却有哥特式的浮雕。彼时的传教士已经懂得，必须借助本土文化才能求得生存与发展。更让我吃惊的是，在另一条小街上，居然还保存着一座由法国传教士经营的当铺，为清末镇上七家当铺之一。临河的门楼虽小，却是典型的哥特式风格，有装饰繁复的柱头和拱券，门额上写着"月霁风光"四个字，下面的弧形门楣上却刻了一行字迹漫漶的拉丁文字。一丛蔷薇在微风中摇曳生姿，大黄狗趴在地上一声不吭。世平兄叫门，不应。老屋住着一个老头，前些年镇政府有意买下这幢房子办一个博物馆，他不愿搬走，大门就一直关着。

除天主教堂外，本土的寺庙宫观也一样香火鼎盛，长寿禅院、圆道寺、关帝庙、宅角庙、杨泗庙在几百年风雨飘摇的岁月中，与元通一起兴旺，见证小镇的辉煌。

与深宅豪门相比，我似乎更爱逛逛小街。麒麟街是古镇最热闹的一条老街，街上的铺子一家挨着一家。酒店进了新酿，酒糟堆在店门口，一股香气简直要将行人熏醉。有着百年历史的夏家茶楼生意不错，二楼客堂里散落着竹椅，七星灶上坐着乌漆墨黑的铜壶，推窗探看，老街景色一览无遗。老板娘告诉我，这里天亮得迟，每天六七点钟老茶客才陆续拢来。她还说："在不赶集的日子里，街上很安静，走在石板路上能清晰地听到自己的脚步声，赶集了，喝茶的人也多了，几个铜炉子一起烧水也常常不够对付。"

双凤街往北是顺河边的半边街，直通石拱桥头，街上开着几家花花绿绿的香烛铺子，生意清淡，而酱菜铺子、修鞋铺、水果摊前面倒经常有人驻足，购物或与老板交谈，这些都构成了市民生态圈不可缺少的一环。

黄家大院、陈家大院、罗氏公馆、惜字塔、广州会馆、湖广会馆、永利桥……每幢建筑都是传奇，都凝聚着泪水与欢笑，都是古镇风云变幻的见证者，拍影视剧，尤其民国戏，到这里来几乎用不着搭景。世平兄是电影《让子弹飞》的出品人之一，与老作家马识途是忘年交，他要是早一两年发现这里，就不必跑开平去拍碉楼了。他说："开发晚也有好处，失之东隅，收之桑榆，我喜欢这里的原生态，打麻将，卖蔬果，摆龙门阵……这就是生活！"

正是在世平兄的努力下，元通古镇前不久被评为4A级景区。"但愿这一

切不会因此而有太大的改变。"跨过汇江铁索桥回到游客中心，回望对岸略
有起伏的轮廓线，这位成都汉子乐观地说。

东海那边，有个古村儒雅洋

在两场细雨之间，我们上海作家协会四十多个写作者，怀着新奇的心情走进了一个名叫"儒雅洋"的古村。

正在家门口喝茶的老人告诉我们：他们的村子在很古的时候叫"树下洋"，也搞不懂后来怎么叫成了"儒雅洋"。村民们也乐意接受这个儒雅的名号，一年一度亚热带季风轰然吹来的时候，宁静的小村就迎来了旅游旺季。

其实所谓的旅游旺季，只是到最近几年才被留守在家的老人感知。忽如一夜梨花开的样子，村里来了许多陌生人，红男绿女，嘻嘻哈哈，东张西望，找小吃店，找古玩店，找那种用清代老房子改建的、可以躺在朱漆雕花拔步床里发发微信撒撒娇的民宿，手机横拍竖拍，或者再走到村外，任海风吹散发头，亲亲一路跟随的大黄狗，俯身沙滩捡一枚被渔民抛下的贝壳。

儒雅洋村位于宁波市象山县西周镇东南青龙山南麓的丘陵古地，这是一个典型的富有江南气息的古村落。作为出面接待的东道主，象山县文联主席郑辉先生告诉我："根据《宁波古村落史研究》考证，儒雅洋村在唐朝已有人生活，相传原名'树下洋'，后雅化为'儒雅洋'。'洋'在浙东方言里表示宽阔的平地。'树下洋'就是形容树林荫翳下的一大片平地，雅化后的'儒雅洋'则意味着'充满儒雅之风'的地方，祈愿'耕读传家，儒生辈出'。一音之转，即分雅俗，蕴含着中国传统文化的情趣。"

我们走在由青石块铺成的主干道上，这条小路叫作鸿儒路，是明清两代贯穿村落的驿道，经由这里可通向宁波。入村后我们很快就来到一座庭院深深、气派非凡的祠堂面前，这就是何恭房祠堂。经过象山县政府拨出专款修复，已经再现昔日风姿：青砖黛瓦、重檐雕梁，蔷薇花在风中摇头晃脑，像喝醉了一样。庭院两边散置着从别处移来的十几个柱础，每个都像茶几那么大，可以想见立在柱础上的建筑该有多么巍峨！去年元旦的时候，从事紫砂艺术设计的桃林兄带我来这里领略了这个祠堂的风采，并得知儒雅洋地处东隅，经济发展起步较晚，但后发优势在今天得以显现，村里现存的数十幢共56000平方米明清古建筑就成了开发旅游业的宝贵资源。

当地还流传着两句俗语，一句是"东厢萧家，西厢何家"，还有一句是"萧家谷，何家竹"，足以想象何家以前的气派与显赫。我们在儒雅洋村看到的这幢何家祠堂，就是这俗语的注脚。

郑辉先生告诉我：何姓祖先仁六公于明洪武末年自墙头下沙迁此，至清乾隆年间，何氏家族发展到鼎盛时期，成为象山望族。象山产毛竹，而毛竹贸易基本都由何氏垄断，行销四方，获利颇丰。古宅以恭房、友房命名，其中恭房为何涵一系所有，友房为其兄长何源一系所有。如今在村里还能看到友房一系的友大房、友二房和友五房等。这些建筑年代虽有不同，但格局均以四合院为主，木雕精细繁复，少有雷同。

修复后的何家祠堂还有待充实，以前内有藏书楼和书房，主要是供何氏弟子修学进业。

何家祠堂一侧还有一个古建筑部件的修复作坊，上世纪40年代，祠堂一度是抗战期间的县政府驻地，信用社、邮电局、影剧院、医院一应俱全，后被县中学和村中学征用，书声琅琅，弦歌不绝，直到2000年儒雅洋中学才迁至别处。

靠近大路还有一处文物保护点——儒雅洋团练房也值得一看，这处联排式建筑建于民国初年，是专门供村里一百多个团练成员及家属居住的，而这些"地主武装"的主要任务之一就是保卫何家毛竹生意和宗族财产的安全，可见那时候何家的势力有多大！

儒雅洋村的古建筑修复工程得到了象山县和宁波市有关方面的资金支持和技术指导，到目前为止，何恭房祠堂、友二房、何志浩故居、长排楼屋、赖昌源商铺、何家西园都完成了"修旧如旧"的修缮，友大房、乾三房、金三房、老大份、新大份、王家宅以及碉楼、小洋房、何恭房偏房等正在进行抢修或编入了修复计划。

儒雅洋虽小，在清乾隆年间倒也形成了几处景观：蒙顶观日、深水潜龙、金谷奇峰、清潭回照、儒雅山城以及欧阳桥和紫云洞等。由于上世纪90年代兴建水库的原因，欧阳桥一半被淹在水里，远远望去像一只正在下沉的大船。要让欧阳桥重新浮出水面，其实并不是一件难事。

村里还有一个更大的祠堂崇本堂，目前正在修复，工程完成后将成为儒雅洋旅游业的最大亮点。不过我认为何家有另一处建筑更值得研究，它就是村口的碉楼，方方正正，三层楼高，建于晚清。碉楼由何家团练看守，负责保卫儒雅洋村和驿道的安全，旧时每逢农历四、九有集市，车马云集，人多口杂，维稳要紧。砖木结构的碉楼倚靠着旁边一幢高楼的山墙，只留有一个小窗户对着大路，易守难攻。一位老人对我们说：碉楼上可以架机关枪的。在碉楼后面还有一个医院呢，你们可以去看看！

鸿儒路的路口有一家小超市。店主是一位精神矍铄的老太太，名叫赖雪琴，眼角眉梢都是海风吹成的沧桑。陪同我们参观的雅歌女士说：这座楼房是她父亲留下来的"赖源昌"商铺，在当地政府的鼓励下办起了一家超市，麻雀虽小，五脏俱全，村民日常所需，跨出家门就可买到。更让人惊讶的是，货架上下全靠老太太亲力亲为。老太太拗好造型让我们拍照，并饶有兴致地叫我们猜她的年纪，我们没一个猜中。老人家呵呵一笑自揭谜底：已经九十二岁啦！赖婆婆的儿子、孙子都住到城里去了，她不愿动窝，只想在此守着祖业，守着岁月。

儒雅洋是全省数一数二的长寿村。

路经另一处高墙深院的古建筑，听到了木工机械的叫嚣声，我们推门进去一看：不得了！村里引入了民间资本，欲将此处打造成民宿，有两百多个床位。中共象山县委常委、宣传部长罗来兴很豪爽地说：欢迎上海的作家们经常来这里采风、创作，儒雅洋环境优美，空气清新，民风淳朴，我们可以提供一幢老建筑让上海作协建成创作基地。

我们这帮写作者大声叫好！

李庄，"下江人"留下的读书种子

每块石板都留下了大师的脚印

走进李庄的那一刻，我的心情相当复杂。想象着七十多年前，这里该是何等的"风光"——那是今人在承平语境下的形容，小街上行走的，都是些星光灿烂的大师：傅斯年、李济、吴定良、董作宾、梁思成、童第周，还有英国著名学者"中国通"李约瑟博士和美国学者费正清……

从川南旅游名城宜宾出发，再奔19公里就到了市郊李庄。李庄地处长江南岸，这个小村落人口仅有1.2万。

说起来，李庄实在是历史悠久，春秋战国时即为古僰人聚居地，属古僰国、僰侯国地。南朝梁武帝太清二年（548）置南广县，治设今李庄。明朝末年，张献忠滥杀无辜，使四川境内十室九空，后来才有了"湖广填四川"的移民潮。李庄坐落在江边，应该是一个不错的移民点。慢慢的，这里就又恢复了生气。

1940年秋天，抗日战争进入最为艰苦的阶段。南侵日军强渡汨水，突进长沙等城市，并从宜昌和长沙威逼陪都重庆，大后方岌岌可危。10月，日机疯狂轰炸西南联大，给人员和财产造成重大损失，在昆明的中研院史语所、社会所和中央博物院等单位准备另迁他处，同济大学的建校计划立刻停止，决定迁往四川腹地。

同济大学先向李庄试探，当地官员与乡绅（其中包括哥老会）紧急商议后发出了掷地有声的回电："同大迁川，李庄欢迎，一切需要，地方供给。"

同时，傅斯年也在为中央研究院史语所、社会学所、体质人类学所等单位的搬迁而焦虑，他要寻找一个"地图上找不到的地方"。于是，李庄以它的山川形势、纯朴民风，进入傅斯年的眼帘。

这年秋天，国立同济大学、中央研究院、中央博物院筹备处、中央营造学社、中国大地测量所、北京大学文科研究所等高等学府、研究机构等开始陆续内迁李庄，直到抗战胜利后的1947年才陆续回归原地。在路途险峻、交通工具简陋及难民如潮和战火纷飞的情况下，内迁的曲折艰险，不难想见。比如1943年3月，一辆运输同济大学测量仪器的货车在贵州威宁附近翻滚到沟底，损失惨重。再比如1940年11月，史语所140箱公物抵达宜宾后，装上民生航运公司的一艘驳船，驳船从泸州转运宜宾时失重倾覆，一大批珍贵图书付诸滔滔。

因为日寇侵华所导致的中国知识界一次群体性南渡西迁，遂使李庄一度凸显为现代学术史上与重庆、昆明、成都并列为"中国四大抗战文化中心"的人文学术重镇。正如李庄的"发现者"岱峻先生（四川作家、学者，《发现李庄》的作者）所言：中国大地的广袤民间，永远像一处温情无限的林地，总能在艰难时世中为犹如惊弓之鸟的文化人撑起一方祥和的浓荫。

同时，李庄在"读书种子"扎堆的这几年中，不仅经历了战火的洗礼，还经受了中国文化气息的熏染。从此，这个小村庄的社会、经济、文化都潜移默化地发生了变化。

那年我应岱峻先生邀请进入初夏的李庄，江风习习，嘉木苍翠，村民在寺前古树下打牌、喝茶、聊天，或者摆摊做小买卖，神静气闲，从容洒脱。谁能想象，七十年前的这个小村镇曾经发生过如此悲壮而又富有戏剧性的一幕呢？

古戏台上曾上演过《雷雨》和《日出》

李庄现存的古迹不少，原号称有"九宫十八庙"的古建筑群，现在较好保存的有明代的慧光寺、东岳庙、旋螺殿，清代的禹王宫、文昌宫、南华宫、天上宫、张家祠等十余处。古建筑群规模宏大，布局严谨，比较完整地体现了明、清时期川南庙宇、殿堂建筑的特点。古建筑群中的木雕石刻做工精细，图像生动，有较高的艺术欣赏价值。村内的羊街、席子巷是商贸中心和富户聚集区，建筑风格古朴，略有弧度的街道都是大块原石铺成的，反映了明、清时期川南乡镇的民风民俗。

进入李庄，首先就看到了位于长江之滨凸出部位的奎星阁，它建于清光绪年间早期，为全木结构通高三层建筑。梁思成曾经说过："李庄奎星阁是从上海到宜宾沿长江二千多公里江岸边上，建造得最好的亭阁。"从中国的传统和历史看，凡建有奎星阁的地方，文风是比较盛的，李庄也不应例外吧。可是很不幸，奎星阁在"文革"中被拆除，现在我们看到的奎星阁是1998年重建的。重庆的朋友请我们在这里吃了午饭，原来它是一个附设宾馆的酒家。

水势平缓的长江在李庄北边流淌，似老者喃喃的絮叨。我贪婪地呼吸着它的湿润气息，缓步走进慧光寺。慧光寺原名禹王宫，建于清道光十一年（1831），由一主一次两个四合院构成，主院有山门、戏楼、正殿、后殿、魁星阁及厢房等建筑，其山门、戏楼均为重檐歇山式顶，檐下饰如意斗拱，整个建筑有些气势。

但经不起几眼细看，寺院已经衰败了，几个孩子在里面冲拳踢腿，气喘吁吁，满面通红。不过寺内有一个古戏台是李庄人的骄傲，它是四川保存最完整的古戏台之一，戏台台基上有单钩栏古代戏剧人物浮雕。台柱上挂了一块白底黑字木板，上书"四川李庄同济大学爱国荣校教育基地"。1942年5月国立同济大学三十五周年校庆就在这里召开，同济大学和江安国立剧专在这里联合上演曹禺的《雷雨》和《日出》。

人体解剖课引发了文明冲突

张家祠堂是李庄望族张家的宗祠，位于李庄羊街临长江边，建于清道光年间。祠内有用整块上等楠木雕刻的五十扇窗页，每页窗面上都雕刻着形态不一的两只仙鹤，四周以镂空雕刻出线条流畅、动感十足的祥云衬托，共有一百只栩栩如生的仙鹤，所以称它为"百鹤祥云窗"。据说张家以每扇窗页纹银十四两的代价请工艺高超的匠人雕刻，而当时一个正一品官员一个月的俸银才十五两。

张家祠堂下厅房挂有包弼臣手书"张氏宗祠"匾额、清代两江总督张之洞题写的"宏我汉京"匾额。在祠堂一侧的小院子里有一个大花坛，原先是一个水池子。正在院子里喝茶的老乡告诉我们：当年同济大学的医学院就驻在这里。

是的，当年李庄一下子纳入这么些高大上的学术机构，这么多的知识分子在老乡的眼皮底下活动，虽然文质彬彬，却打破了这里的平静，也引发了文明的冲突。

当地人称南迁的师生为"下江人"，同济医学院在教学时有人体解剖的课程，史语所和体质人类学所都藏有大量的人体骨骼，还有殷墟出土的头骨，以及搜集来的近代人胫骨、股骨，对了，中国营造学社还要测量古墓……这些"下江人"的异样举动，不能不引起村民的警觉。有一次，一个泥瓦匠在修屋顶时揭了瓦片往下一看，发现祖师殿里师生们正在上解剖课，几十个学生围着一位外籍教授看得津津有味。当那个洋人举起一柄手术刀在尸体（战争年代无主尸体比较多）的肚子上划了一刀，内脏嘟地一下都翻出来时，这个泥水匠吓得差点从屋顶上摔下来。

不久，一个消息传得全村老幼惶恐不安："下江人"在杀人、吃人。

于是，有些村民看到师生就一溜烟地逃跑，还有些村民点燃柏枝或扎草人跳傩舞驱鬼，甚至准备用武力驱逐学生。

校方见状，趁6月9日中研院成立十三周年纪念日的机会，联络中研院、中央博物馆以及中国营造学社等，在张家祠堂举办了一次包括有北京人头盖骨和恐龙化石及青铜器在内的科普展览，连美国学者费正清也赶来以壮声势。董作宾、李济、凌纯声、梁思永等人分别担任讲解员，使绝大多数为文盲、一辈子活动半径不超十公里的李庄人大开眼界。同济大学医学院还展出了人体解剖用的人体骨骼和图表等，工学院拿出了据说是当时远东唯一一台航空测量校正仪。

慢慢的，村民们增长了识见，消除了疑虑，看到"下江人"也不怕了，有不少村民还去学者家中帮佣或抬滑竿，傅斯年的家佣龙嫂后来甚至跟着他们去了台湾。

饥寒交迫中的学子

李庄有两条宁静的小街，一条是席子巷，虽然建于清代初期，但保留着明代建筑线条简洁明快的风格，巷子两边都是全木结构穿逗一楼一底小青瓦建筑，楼为木挑吊脚楼，过去住房多为加工和出售草席，所以有这个名字。

可能是为了振兴旅游业，小街上新开了几家店铺，但生意冷清。老婆婆在门口闲坐，孩子在巷子里玩耍，"文革"时贴上去的标语还依稀可见。

还有一条是羊街，这条更狭窄的小巷又名羊市街，明清时为牛羊交易市场，位于李庄镇军民街口栅门外侧，除巷首处有一规模不大现已改作民居的文昌宫外，另有刘、胡、王家等数个民居四合小宅院。石门坊上所刻对联，内容或为家训，或为写景，或为抒怀，均耐读、玩味。县里的一位干部指着一座雕刻得相当精细的门楼对我说："你能想象吗？这里曾经是同济大学女生宿舍，是美女加才女出入的地方啊。"

中年以上的读者一定记得电影演员祝希娟，但几乎没有多少人知道她的童年是在李庄度过的，因为她的父亲祝元青在同济大学附设高级工业学校任校长。但是请不要以今天时尚、娱乐新闻的信息来想象当年的情景，当年蛰伏李庄的学者和师生，无时不处于饥寒交迫和日机轰炸的威胁中。

董作宾在一封书信中提及1942年的情况："是的，从云南搬来一年又八个月，你看，物价又上涨得多么凶。柴五倍，米六倍七倍，面、糖、肉八倍，肥皂九倍，饼干十倍，都是日用必需之品。至于布，以阴丹士林为例，初来时两块钱一尺，现在已经涨到十八块了。……肉，是饭桌上不常见的东西，如果有一家杀只鸡或买一条水鼻子，甚至大伙食团吃一顿炸酱面，那简直是山村里最重要的新闻了。"

据傅斯年的侄子傅乐成、弟子屈万里回忆，傅斯年在生活最困难时，每餐只能吃一盘"藤藤菜"，有时只喝稀饭。实在接济不上就卖书度日。梁思成梁思永兄弟受疾病威胁几乎濒于绝境，以致傅斯年不得不放下身段向朱家骅写信，祈其向陈布雷、蒋介石转达求援之意，信中饱含的惜才怜士、行侠仗义之情，读来至今令人动容。而林徽因呢，她的肺病越来越严重，很多时候只能躺在床上，并经常大口大口地咯血，但仍然顽强地承担了《中国建筑史》全部书稿的校阅，并执笔写了五代、辽、金部分。

1942年，受美国战略情报局的指派，费正清来到中国，后在陶孟和的陪同下走进李庄，亲眼目睹了中国知识界的日常生活后，将百般感触写进了他的《费正清对华回忆录》："……傍晚5时半便点起了蜡烛，或是类似植物油灯一类的灯具。这样，8点半就上床了。没有电话。仅有一架留声机和几张贝多芬、莫扎特的音乐唱片；有热水瓶而无咖啡；有许多件毛衣但多半不合身；有床单但缺少洗涤用的肥皂；有钢笔、铅笔但没有供书写的纸张；有报纸但都是过时的。你在这里生活，其日常生活就像在墙壁上挖一个洞，拿到什么用什么。别的一无所想，结果便是过着一种听凭造化的生活。我逗留了一个星期，其中不少时间是由于严寒而躺在床上。"

　　按国民政府的规定，战时知识分子所拿到的薪金只有战前的十分之一，加上物价飞涨等因素，他们的生活质量大打折扣。然而包括傅斯年、董作宾、陶孟和、李方桂、李济、梁思成、林徽因、金岳霖、梁思永、童第周、岑仲勉、郭宝钧、凌纯声、芮逸夫、曾昭燏、吴定良、劳榦等在内的一大批在当时就已蜚声中外的一流学者，没有中止战时学术活动，反而口嚼菜根，青灯黄卷地写出了一大批具有奠基意义的传世名著。而当年的后起之秀如梁方仲、巫宝三、汤象龙、屈万里、罗尔纳、夏鼐、马学良、何兹全、高去寻、王崇武、丁声树、全汉升、李光涛、严耕望、任继愈、周法高、董同龢、王世襄、王利器、傅乐焕、李霖灿、逯钦立、张政烺、陈槃、周祖谟、石璋如、胡厚宣、罗哲文、杨志玖、刘致平等先生，数十年后大多成为中国现当代人文社科学术史无法绕过的重要人物。

人文荟，歌壮烈；绩弦诵，声未绝

　　今天，"李庄"已不止是一个地域概念，其凝聚着抗战文化人心中永志难忘的爱国情结。概括李庄精神，那就是旧时中国知识分子"忧道不忧贫"的追求——对比今昔，我们很难确定，今天的知识界是否还有像当年那样的理想主义情怀？

　　时穷节乃现。抗战时期，中国知识界群体表现出了前所未有的自觉担当。对于蛰处李庄的学人群体来说，尽管亦有如考古学家吴金鼎等人投笔从戎参加战地服务团和同济学子慷慨从军等悲壮之举，但更多的则充分体现出胡适所倡导的"健全的个人主义"——"救国的事业须要有各色各样的人才，真正的救国的预备在于把自己造成一个有用的人才。"国家的纷扰，外界的刺激，更加增加了他们问学的热情，培育了他们钻研的定力。

梁思成、童第周、董作宾、董同龢、李方桂、马学良等在某一方面研究的领军人物，都是在物质极度匮乏、身体状况极其羸弱的情况下，进行田野考古或独立研究，完成了开山之作或扛鼎之作，奠定了某一学科的基础、惠泽后学。甚至像李济，战争与疾病夺去了他两个可爱的女儿，但仍没耽下手头的殷墟考古整理与研究。

"人文荟，歌壮烈；绩弦诵，声未绝。念李庄父老，萍水扶协。"国难当头，战火纷飞的时代，知识界勇于为学术献身，为民族文化之命运担当，另一端的普通民众，也对知识界表现出惯有的尊重与礼遇。乡绅这个阶层亦儒亦民的身份，使他们在沟通民众与知识界时起到了不可替代的联系作用。

哲学家贺麟1946年在昆明为自己的名作《文化与人生》作序时就说："八年的抗战期间不容否认的是中华民族历史上独特的一个伟大神圣的时代。在这期间，不但高度发扬了民族的优点，而且也孕育了建国和复兴的种子。"

夕阳西下时，我走进了东岳庙。同济大学的工学院曾经迁入于此，现在它成了旅游接待中心。在李庄，它大约是规模最大的庙宇建筑了，中轴线两边建筑整齐，门墙相当气派，正殿是玉皇殿，很是开阔。大门两旁是拉弓式青石贴面墙壁。只不过进去一看，黛瓦白墙的屋宇，窗纸都破了，在江风中瑟瑟作响。过去，这些偏殿都是教室啊。可见当年学生读书的条件是相当艰苦的，但从这里走出十余位世界著名的科学院院士，比如吴旻、唐有棋。盘桓之时，我向院中央一棵大槐树深深地望了一眼。

走出东岳庙，我看到地面上留下一串脚印，那是同济大学前几年在此搞纪念活动时留下的雕塑作品，脚印上刻录着难忘的年份：1907、1912、1917……一直通向江边。在一大片江渚上，几个班级的学生正在上体育课。四川的朋友沉痛地告诉我：抗战最艰苦时，日军的轰炸机就沿着长江向重庆蜂拥而去狂轰滥炸，有时也会落下几枚炸弹在这里。但是同济大学的师生毫不畏惧，照样在江边滩涂上体育课。

是吗？我望着或打球或短跑的李庄中学学生们，他们欢快的笑声使江边的景色更加宁静，并带了一点惆怅。当然，更多的是对历史的感慨。身边有一株大树，白色的小花盛开着，满树都是。一阵江风吹来，清香一片。

　　李庄曾感动过中国，中国应永远铭记李庄。

沙溪古镇的选择

　　小时候得知太仓，缘于两个知识点。一是太仓肉松，彼时上海南货店里供应的肉松有两种：太仓肉松与福建肉松。前者色泽金黄，状如棉絮，膨松柔软，咸鲜回甘。后者色如黑糖而纤维短促，油脂丰富，容易结团，甜度较高。上海人大多选择太仓肉松，但这个选择也是被动的，一般是家里老人小孩偶抱微恙，胃纳稍差，当家人才会去买太仓肉松，一只三角纸包花费一角，过白粥最好。我小时候盼望生病，也是受了太仓肉松的诱惑。二是我家附近有一条太仓路，与"一大"会址上的兴业路平行，东边有外国坟山，是淮海公园的前身。现在老家崇德路被彻底荡平，太仓路向东扑来，将崇德路东段覆盖，与西藏南路打通，新天地板块的交通获得明显改善。

　　太仓与上海嘉定接壤，因为没在铁道线上，也没有特别出名的旅游景点，上海人并不将它视作旅游目的地，我也一直没去过。真正踏上太仓的地盘，是在2017年春上。从太仓路到太仓市，在我的人生经验中自有一种沧桑感弥散于胸。

　　太仓是一个县级市，为苏州所辖，又是一座江南历史名城，有着四千五百年的文明。春秋时期吴王在此设立粮仓，故得名"太仓"，民间俗称"锦绣江南金太仓"。是的，明代三宝太监郑和从浏家港（今浏河镇）走向深蓝，由五桅大帆船组成的庞大船队在此启航，这是今天建设"一带一路"的历史渊源之一。

　　在太仓沙溪古镇上文史馆里我看到一座小山模型，名为穿山。讲解员小姐说太仓境内自古以来就有这么一座小山，1949年后，上海市政府要修筑南北向的共和新路，这条路向左一拐又可与沪太路接通，在大的格局上对太仓也是有利的，所以太仓人民就将此山削平，向上海提供石料以充路基。这么一说，让我脑洞大开，心里也不免一惊：原来上海还欠太仓一座山啊！

但后来在古镇一家颇有书画雅趣的茶馆里听主人解释，穿山为浙江天目山余脉，确系当年削平，但所筑公路却是通向璜泾的，此举导致穿山胜景永远成为记忆。

我舒了口气。再问为何有此传说？茶馆主人笑着解释：太仓虽然归苏州管，但感情上与上海更亲，太仓与嘉定接壤，不少亲戚就在嘉定，走动较勤。历史上太仓比较富庶，官民安于享乐，当年清兵一路杀来时几乎没有抵抗，而嘉定人就不服清军的削发令，乡绅侯峒曾号召民众起义，三起三伏，遂有"嘉定三屠"的惨剧。太仓人对嘉定人高山仰止，在今天表现为对整个上海的归属愿景，与上海长期以来形成的地域相近、人缘相亲、经济相融、语言文化相通的"同城效应"日益显现。

其实，太仓的旅游资源还是很丰富的，历史上留下来的有南园、弇山园，当代开发的有金仓湖公园、太仓博物馆等，还有这里——因错过开发的"黄金时间"而原生态保留较为完好的沙溪古镇。

沙溪古镇历史悠久，人文荟萃，物产丰富，素有"东南十八镇，沙溪第一镇"的美誉。

漫步在小镇的石板路上，有一种亲切感，心情自然十分舒畅。古镇的平静生活似乎并没有被外来者过多地打扰，蔷薇花上的阳光与昨天一样灿烂，瓦楞上的野葱也与去年一样在微风中摇晃，洗后要晾晒的被子、衣服，被长长竹竿挑起，从隔街相望的窗口伸出，浓烈的色彩与写实的图案，书写着浓浓的乡土风情。印溪书舍、南野斋居、连蕊楼等一批古宅名居的基本轮廓还在，他们的后代在天井里编织毛衣或在灶头间升火烧饭，神情淡然，也乐与外人交谈。

与老街平行的是开凿于宋代的七浦河，河上横跨着三座石拱桥（均为太仓市文物保护单位）：利济桥、庵桥、义兴桥，石板都被磨得光溜溜的，起了厚厚一层包浆，形制具有典型的清代建筑风格。站在桥上，天开地阔，孤舟泊岸，群鱼唼喋，两岸鳞次栉比的民居一览无遗，粉墙黛瓦，桃红柳绿，燕子贴着水面一掠而过，留下一圈圈涟漪。江南本色，令人沉醉。

老街两边开了许多小商铺，有理发店、裁缝店、篾竹铺、古玩店、画廊、茶馆、花圈店……古玩店有六七家，隔几十步来那么一家，青花瓷、花窗板、

老家具、紫砂壶、旧字画，随意地堆在柜台里或暗角落，这正是淘宝客希望看
到的"乱象"。耐心点，或许能淘到一两件中意的宝贝。小吃店现做现卖大方
糕、炒米糕、千层饼、海棠糕，热气腾腾，还有我小时候吃过的甘草梅饼，铜
钱那么大小，清香而酸甜，开胃生津。满足镇民日常生活所需的那些百年老
店还在使用排门板，匾额写得也古意十足。小青年在此创业则选择时尚气息
浓郁的茶馆和手艺坊，门前的立牌上写着美术字和花体英文。有风吹过，风
铃一阵乱响。

　　一位老者一边烘烤海棠糕一边与我聊天：这些年镇政府着手开发古镇，
给老街新铺了石板，修理了老房子的外墙，路面上弄了十几座铜雕塑，修鞋
的、挑担的、下棋的、拉黄包车的，像煞老底子的光景。但我们与政府达成了
共识：原来怎么生活，今后也怎么生活。前几年进来一些外头人，开酒吧、
开咖啡馆、开落弹房，动静太大，又被我们请了出去。我们原来的生活是很
安宁的，就像这口井——他指着脚边——那可是千年古井，宋朝时候就在这里
了，水是甜津津的，我的海棠糕之所以好吃，全靠它来调和面粉。现在我给它
加了盖子，否则游客都来你一口他一口地喝，这口井水很快就会见底。

　　我笑了。我觉得这并非沙溪人的保守，英国作家彼得·梅尔写过一本游
记《普罗旺斯的一年》，让这个法国小镇名扬天下，游人趋之若鹜，但同时也
使它失去了"世代相传"的宁静，因此村民并不领彼得的情，还限制游客进
入。那么，即使太仓人想纳入上海的范围，沙溪古镇上的"土著"也有捍卫原
生态的权利。

　　不过听说再过小二年，上海的11号地铁就会从嘉定一路延伸到太仓。到
时候，原生态的沙溪古镇将不可抗拒地接纳更多的上海游客。那么，海棠糕
还会那么香甜吗？晾晒的衣被还能无所顾忌地伸出窗外横贯小街吗？千年古
井还能汩汩流出清澈的甘泉吗？

　　李克强总理曾在北京举行的首届世界旅游发展大会上致辞，他令人兴奋
地透露：中国将在未来五年内通过发展旅游业使1200万人口脱贫。而且他强
调："坚持在发展中保护，在保护中发展，走出一条生态保护与经济发展相
协调的路子。"那么，像沙溪古镇这样人与自然、人与环境两相和谐的原生
态，必须得到有效保护。文化价值也将进一步彰显，成为珍贵的人文及旅游
资源，受到民众和学界的重视。

頔塘河畔师俭堂

记不得来过多少次震泽老街了，白露后趁着秋高气爽再往访一次也不算多。

对我这样好发思古之幽情的上海老男人来说，游访震泽，重点就在老街。将车子停在旅游中心前面的停车场，穿过一片掩映在大树中间的旧民居，就到了頔塘河南岸的驳岸街。这条街上有两个看点，一是农机具博物馆，记录了中国江南数千年农耕文明的痕迹，体会一下直到半个世纪前还让庄稼人感慨无限的田间劳作之辛苦。还有一个是太湖农家菜文化展览馆，展现了太湖流域丰富的物产和周边城乡的各种美食，以及与美食有关的民风民俗。在展柜里，我还看到了苏州原饮食服务公司总经理、苏州美食协会会长华永根先生捐献的一本古籍《农桑辑要》以及多件青花瓷盘。前者是华先生淘冷摊时所获，弥足珍贵。后者粗枝大叶的描绘，鱼游虾跳，生动传神，鱼米之乡富饶的生活场景就欢天喜地涌来眼前。

然后直上禹迹桥。清代为纪念大禹治水而建的禹迹桥，是一座高耸水面的石拱桥，姿态雄伟，线条简约，与朱角家的放生桥可有一比。拾级而上，站在桥顶——景区制高点，脚踏大石板上雕刻出来的那朵牡丹花中心，抬头便可看到北岸始建于宋咸淳年间的慈云禅寺和始建于赤乌年间的慈云塔（资格与上海华龙古寺一样老。一般是先有寺后有塔，而慈云寺是先有塔后有寺），东望可以看到建于清代乾隆年间的文昌阁，西望可远眺师俭堂、大顺米行和砥定桥遗址。

脚下的頔塘河宽阔平静，水质优良，河埠头上不时有人来洗菜剖鱼漂衣衫。河道两边布满了粉墙黛瓦的江南民居，入秋时节，微风轻拂，紫薇花开得正艳，探出墙头的几枝笑得真快活。

下桥。桥堍一堵黄墙后便是慈云寺，不像其他寺庙香客云集，香火如炽，慈云寺的肃穆宁静反而更容易激起人们的崇高感。向西漫步而去，頔塘河北岸的这条宝塔街铺着平整而紧密的大块条石，两边鳞次栉比的店铺镶嵌在朴素的民居中间，相安共存。架着冬瓜梁的老民居至少也有一百五十年的历史，门口坐着三五个大妈大爷，喝茶谈古，脚边有大黄狗蹲着发呆。老房子改建装饰的店铺门口栽几盆鲜花，或放置着石狮石磨，绿釉大缸里游弋着锦鲤数尾，成串的大红灯笼从屋檐垂落，幌子赫然写着一个"酒"字，落地招牌上画着动漫，二次元风格的信息符号，召唤着年轻人来此歇脚，葡式蛋挞正好出炉。

传统一路的更多，古玩店里琳琅满目的苏绣补子青花瓷，说不尽乾隆爷的南巡故事。丝绸店里的高领高开叉改良旗袍，走出了民国月份牌里的桃花美人。泳良糕团店里的鲜肉月饼刚刚出炉，阿婆团子店里的咸菜团子已经卖光，缘源园的猪油汤团在锅里翻转，安仁轩里的三鲜面和蛋黄馄饨卖得正疯，老严卤味馆里人气爆棚，慕名而来的上海游客吵着要吃这里的卤鸭面和三丝面，吃完还要带一只卤鸭回家。阵阵弦索从花格窗里传出，原来台上响档正在演出《宝玉夜探》。画馆里迎来了双休日前来习画的小朋友，棋馆里走进了永不言败的老大爷。街上响起惊天动地的爆竹声：又一家奶茶店在今早开张！

三角小黄旗一阵乱摇，大妈旅游团杀进了老街，一溜自行车左躲右闪，戴头盔的小伙子们扔下一连串点赞，从民宿里走出来的客人，脸上还写着昨夜的情歌与酣醉。

宝塔街因慈云塔而得名，但老街上最吸引我的倒是师俭堂。师俭堂建于清代同治三年（1864），是震泽望族徐氏的祖产。亦官亦商的徐家，致富后建起一座占地2500平方米、内有大小房屋147间的六进大宅，取名却相当的低调。据江苏省作家协会副主席荆歌兄说："师俭"两字出自《史记·萧相国世家》："后世贤，师吾俭；不贤，毋为势家所夺。"勤俭持家，谨慎经营，也是江南世家的经营智慧和生活态度。

师俭堂集河埠、行栈、商铺、街道、厅堂、内宅、花园、下房于一体，街中建宅，宅内含街，三面临河，可前门上轿，后门下船，水陆称便。为江南建筑中设计机巧、商住两用、交通便利的宅院，是一座反映晚清工商绅士坐行经商时代特点和地方特色的代表性建筑。

师俭堂最令人勾留之处，有人认为是建筑内部的244幅雕刻，包括砖雕27幅、石雕4幅、木雕213幅，但我更着意于主体建筑一侧的"锄经园"。小园占地仅半亩多，却亭台楼阁俱全，池柄有流水，池畔有花草，池面有倒影，凭栏小坐，周围皆有声色，四季应有变化，并不觉得局促或单调，充分体现了江南骚客士绅治园造景的审美情趣。最令人惊叹的是贴着高墙攀缘而上的一棵紫藤，老株虬曲，分出无数细脉，年龄与院子一般大，依然郁郁葱葱，生机勃勃。还有一处妙构充分利用了中国建筑的特有构造，把人们的视线最大限度地引伸：数座宝瓶式门框东西重叠，构成了"瓶中有瓶，瓶瓶相套"的奇妙景象，并与主体建筑内部打通。如此一来，半亩地的空间就被放大了。

师俭堂是我国现存最小的江南园林，于1995年列入江苏省文物保护单位，2002年重修，两年后开放，2006年被列为全国重点文物保护单位。

对了，震泽还有一处全国重点文物保护单位。在哪里呢？喏，站在师俭堂前举目回望，镶在层层拱门中间的慈云寺便是。短短一条宝塔街368米，一东一西就坐着两处全国重点文物保护单位，在全国也属罕见吧。

出师俭堂再往西走几步就到了老街尽头，街口有一座茶馆供游客歇脚品茶。我们一行傍河而坐，品了四碗茶。第一碗是水潽鸡蛋茶，依古礼是用来招待新女婿的，现在用来招待一般客人。水潽鸡蛋煮得到位，鸡蛋完整，黄白清晰，蛋黄溏心，蛋香诱人。第二碗是饭糍茶，从农家大灶铁锅底下起出薄薄的饭糍，晾干后掰碎，放入青花盖碗中，撒上糖屑，沸水高冲而下，一碗软糯喷香的饭糍茶便成了。第三碗是熏青豆茶，这种茶在青浦朱家角也有，但这里除了熏青豆，还有胡萝卜干、白芝麻、黑豆腐干等，成分更加丰富。第四碗收口，就是简简单单的清茶，当地人也称其为淡水茶。但水质好，茶叶也新，味道居然相当清隽。

茶馆老板告诉我，以前震泽的茶馆也是不少的，在大年初一到初三还有元宝茶讨喜。

震泽是中国蚕丝文化的发源地，桑蚕重镇，丝绸故乡。早在宋代就设镇而兴，是历代震巡检司署驻地。至清代乾隆年间已是"货物并聚，居民二三千家"。蚕毕时，"富商大贾千里辇金来买者摩肩连袂"（清乾隆《吴江县志》）。清代中叶，震泽丝市崛起，带动百业兴旺。资料表明，至民国初年，震泽已是吴江县西南隅的商贸集散中心，頔塘河船流量每日不下二三百条。江中舟楫拥塞，岸上桥头商旅行人熙熙攘攘，俨然一幅震泽的《清明上河图》。其时，頔塘河两岸透着明清、民国风格的建筑，鳞次栉比，逶迤数里之长。

文化方面，早在宋代震泽已建儒学，南宋宝祐元年（1253），沈义甫于镇之西栅筹建三贤祠，"建义塾，立明教学以淑后进"。元代，镇建儒学，亦称镇学。明清两代，书院、义塾、私塾普及全镇及近乡。清末民初，震泽兴办新式教育居于吴江县之前列，清光绪三十三年（1907），周积理（苕墅）等办私立淑群女子小学，创女子入学之先声，开妇女解放之先河。

历尽沧桑，震泽进入改革开放的新时期，所幸还艰难地留住了一些水乡古镇的风貌。而这，也正是震泽开发旅游业的文化脉络与基础。

不错，与周边多个已暴得大名的江南小镇相比，震泽的旅游开发起步较晚，但起步晚也有好处，就是可以吸取他者的经验，为我所用，扬长避短，另辟蹊径。据震泽旅游公司总经理吴小英女士介绍，作为古镇的核心风貌区，2003年，随着师俭堂的修缮顺利完成，宝塔街进入全面改造与开发。原住民非但一户不迁，政府还投入巨资清理河道，修复公共环境，保护、修复一批危房简屋，这样一来，原有的生态环境和内循环系统都被保存下来了。

现在老街两边沿街有四五十户居民，商铺三四十家，都由当地人自己经营，不愿开店的，管理部门也不动员，一切由自己决定。而且对经营项目设置了很高的门槛，尤其不允许污染环境或产生噪音的产品进入。我多次往访老街，发现这里没有油炸臭豆腐，没有油墩子，没有烤羊肉串之类的烈火烹油。红烧羊肉是震泽名物，也是游客必尝的风味，但是因为烧煮羊肉时产生的气味可能会引起游客和原住民的反感，老街上找不到一家羊肉馆。居民的生活污水和餐饮业的污水全部排入管道，不准排入河道。所以老街的石板路上没有滑腻腻的油渍污痕，頔塘河上也不见漂着一颗油花。在頔塘河驳岸街，借助艺术手段还原了蚕桑人家的外墙，民国风格的跨街楼也在紧张修复之中。

江南古镇的旅游各有特色。那么震泽古镇的特色在哪里？震泽镇决策层经过多方调研后认为，震泽的特色旅游就应该在一根洁白柔软的蚕丝上做好文章，与古镇旅游紧密结合的产业非丝绸产业莫属。震泽经过几年发展，拥有大小蚕丝被企业二百余家，真丝家纺企业一百多家，形成了养蚕——抽丝——生产——经营——服务的产业链，为了研究与弘扬蚕丝文化，则建起了一个太湖雪蚕桑文化圈。

宝塔街景区也引进了"五朵金花"：丝立方、太湖雪、慈云、山水、辑里，它们在老街上有自己的品牌门店和形象窗口。游客漫步在老街上，可以进入丝绸店挑选面料，定制旗袍，或购买时尚新款丝绸成衣以及其他亚麻服饰，还有人见人爱、婚嫁必备的蚕丝被，一直是声播海内外的旅游产品。正因为做好了丝绸这篇大文章，2015年11月，震泽宝塔街就跻身于"中国特色商业街"行列。

吴小英还领我去老严卤菜馆对面一块立着一堵类似照壁的场地，这里好像是老街中段的休息区，一个小小的街头花园，但更大的惊喜在后面，一转两拐，眼前呈现出别样的天地：原来这里是原机械厂、土特产厂的旧址，略有起伏的荒地上辟建了一条长长的健身步道供镇民慢跑，不远处还有一片八十多亩的紫色花海，这个不是大红大俗的熏衣草，而是马鞭草，但同样是婚纱摄影的极好外景。将视线抛远一点，可以看到两个有着圆椎形盖顶的桶形建筑，这是建于上世纪50年代的粮囤，现在空置在那里，震泽旅游公司准备将它们打造为标志性建筑物，引入创意产业，交给年轻人玩去。

吴小英对我强调：震泽的旅游业起步较晚，但得到了迅速的发展，最让人高兴的是，镇里的老百姓，尤其是身居历史文化街区的老百姓，从旅游业中得到了实惠，原有的生活方式、市民生态包括宁静的环境并没有遭到外来文明的袭扰破坏，经营者增加了收入，安居者的生活更加便利，生活质量都有明显提高。年轻人愿意在自己的家园创业就业，将聪明才智用于建设自己的家乡，古镇的空心化得到了扼制。人文生态这方面增加了体现社会主义核心价值观的丰富内涵，旅游环境的改善也规范了原住民的行为模式，乱扔垃圾、乱搭乱建等不文明现象大大减少。

如果自己在震泽瞎逛，还可以去文昌阁、王锡阐纪念馆、太湖雪蚕桑文化园等处看看，说不定还可以在小巷深处吃到龙凤面筋汤、地蒲塞肉、阿王套肠、红烧羊肉、震泽酱肉、东港野鸭、菜花头扣走油肉、黑豆腐干、柳家弄苏式糕点、麦芽塌饼、海棠糕、青团子等，小镇风味，唇齿留香。

2014年以来，震泽被评为"中国历史文化名镇""中国商业名镇""国家4A级旅游景区"，还被住建部列入第一批中国特色小镇名单。这充分说明震泽在文化、商贸、旅游三个方面的融合上取得的丰硕成果。起步较晚的震泽旅游开发是成功的，也为其他古镇的旅游开发提供了宝贵经验。

　　旅游，让生活更美好!这不仅是每一个旅游者的深切感受，更应该是旅游景点中所有相关从业人员和所有生活者的一致获得。

微旅行，说走就走的访问

　　在资讯发达、交通便捷、体验经济方兴未艾的宏大背景下，我们比以往更有可能获得开阔的视野、激发更为丰富的内心诉求，以及希望在生命过程中赋予更多的个性色彩和浪漫情调。同时，成熟的社会也使我们有了更多的闲暇与良好的心情。于是，微旅行悄然进入我们的生活空间。

　　谁都可以来定义一下微旅行："微旅行是一次说走就走的访问"，"借助互联网手段进行短小的旅行体验与分享"，"一种全新的休闲与社交方式"……

　　在微旅行的过程中，虽然有信息发布的环节，但最终目的不止于将获得的信息供给他人分享，而且还能从互动中增进交流的快乐。也因此，当事人所采集的信息质量如何，是否有足够的现场感和多维度的思考成果，很大程度上决定了微旅行的文化价值。所以，就今天发起或参与微旅行的人群而言，似乎以年轻人为主，且有较高的学历与工作经验，有独立思考的习惯和挑战精神。他们不满足于现成的答案，希望通过更多的路径来实现亲身体验，帮助自己走向心智成熟。

　　前不久，上海《旅游时报》与台北观光传播局联手设计了一个由作家、记者与资深旅游专家为主体的微旅行团队，在上海与台北两地进行互访。之所以选择台北，是因为从城市的文化积淀、旅游资源以及规模、气质、居民构成等方面考量，台北与上海有一定的可比性。这个名为"上海——台北·微游双城"的特色节目分两个批次完成，由长荣航空与《旅游时报》共同承办。我有幸参与第二批次对台北的访问。

　　台北方面设计的线路与传统旅游线路无一处重复，我们访问的重点是文化、民俗、社区与创意产业。在台北捷运中山站附近的一些文创小店里，我们发现了社区民艺爱好者将自己制作的瓷杯、香皂、公仔、泥塑、木雕、布艺等摆到柜台上，富有情趣，价格公道，销售收入据说将会提取一部分投放公益事业。在由一处老建筑改建的光点电影兼咖啡馆里，我们看到了数以千计与电影有关的纪念品，差不多串起了一部世界电影史。我们还在最后一天体验了诚品书店敦南店，并不意外地看到购书的人数明显少于在那里喝咖啡的人数，但诚品的环境令人印象深刻。

在永康街周边，我们参观了铁艺饰品店、布艺店、可以自制笔记本的个性化书店，还参观了私人芭蕾舞学校和规模很大的松山文创园区。

在历史场馆与名人故居方面，我们参观了台北中山纪念堂、台湾当局领导人办公场所和胡适纪念馆、林语堂故居，与大陆同类的纪念场馆比，台北方面更注重维持原貌，忠实再现"固化最后的瞬间"，而在陈列与教育等功能上明显欠缺。特别是中山纪念堂前的广场上，置放着从别处移来的鲁迅先生铜像，令人感触良多。

在民俗与社区方面，我们考察了保安宫、慈圣宫、霞海城隍庙、大稻埕、剥皮寮等，还深入到小巷子里考察了流浪者之家，真切地了解到当地的民风民俗，感知了中华文化深远而持久的影响力，也体会到台北社区工作者的辛苦与真诚，更感知了宗教场所对于纾解民意、沟通民情、引导舆论方面的特殊作用。对剥皮寮、永康街等历史文化保护区在开发利用方面遇到的多重困境，我们是比照上海的经验来思考的，就更能体会到大陆现行政策的前瞻性和操作的有效性。

最后一个方面也是颇具吸引力的，那就是台北方面精心设计的美食板块，我们品尝了浓郁的宝岛风味，也从中发现大陆美食在台湾延续并本土化的诸多线索。而且发现大陆游客将寻找美食视作台北微旅行的重要内容，更感受到台北风味小吃经营者对美食的敬业态度，是为台北这座城市吸引游客与提升美誉度的内在因素。

微旅行既是繁忙的现代人实施减压、获取知识、触摸城市肌理、增进与人深度交往的一种方式，还可以回望逝水年华与精神偶像，在惊喜与沉思中加深对既定目标和沿途景观的感悟。对于有志于此的旅游企业而言，也可成为一种不可忽视的营销平台和手段，以及前景看好的长线产品。

微旅行，正在起步中，而且可以走得更远。

趣味的意味

从历史上看，在大众文化消费行为中，趣味一直起着强大的引导作用。以前，诠释或代言主流意识形态的文化产品，是通过组织化的渠道，或官方媒介传播正面信息的，在权力体系内有预期地运作，传递着一种权威、正统和信誉，文化产品所承载的道统与政统，起着强大的引领作用。但及至今天互联网时代及娱乐化背景下，权威话语频遭挑战，文化呈现多元样式并不断突出边界，信息源五花八门且不必细究出处，传播者借助光速传播至各个领域，覆盖面无限扩大，叠加、互动、反诘、追摹甚至合理想象等现象层出不穷，收效之奇，恐怕连传播学创始人哈罗德·拉斯韦尔、库尔特·勒温和卡尔·霍夫兰等也始料不及，故而趣味的引领作用越来越强。

从纯商业的文化消费层面上说，这可能是一个可喜的现象，但从接受美学与文化传播等较深层面上说，就值得反思了。前些天去了一趟台北，所见所闻，使我对大众趣味引导文化消费这一"生物链"有了更深的见识。

前些年在文化界有一种说法，认为台湾同胞对中国传统文化的传承比较用心，教育方面也收到明显的效果，台湾同胞，特别是青年人在待人接物上表现出知书达礼，已经达成共识，学养较之大陆人更深一层也是大家的由衷赞许。但事实上，台湾比大陆领先一步在文化产品开发、生产、销售、传播整个过程中导入娱乐化运作，或者说，他们早将纯学术与娱乐化进行了刀切豆腐两面光的切割。在电视节目里，无论时事综述还是社会新闻，都全面娱乐化，连时政类评论员的宏篇巨论也充满了夸张的表情。那么在文化消费这一块更是运作得得心应手，比如台北故宫，以前曾听说那里的常设展有许多在大陆看不到的精品，抱着很大的希望前往，但看到的场景令我吃惊，观众的兴趣只集中寥寥几件展品上，比如清宫里的翡翠白菜和肉形石，等候入场的队伍一直拖到楼梯上，据说要排上整整一小时才能看到。还有一件西周晚期的毛公鼎，因为有失而复得的故事，因为有物主屡遭灾祸的穿凿附会，等待参观的人群也如过江之鲫。而具有同等价值的散氏盘，陈列在另一个馆里无人搭理。书法爱好者应该知道，散氏盘之所以珍贵，是因为它有357字的铭文铸于盘内底，其书法浑朴雄伟，有金文之凝重，也有草书之流畅，是研习大篆的极佳范本。但我看到好几位导游带着客人从它面前走过，赛过看到灰尘一样，而馆方也没有将铭文的拓片展示出来，不能不说是严重缺陷。

　　另外，北宋的汝窑器也是大众趣味所在，但外行观众看了陈列出来的一件纸槌瓶和一件水仙盆，并不觉得它们有特殊的价值，语音导览器也没有点到要害。纸槌瓶瓶底曾经被那个附庸风雅的乾隆皇帝命人刻了一首御制诗，还题刻了"奉华"二字。而导游就抓住这个亮点，以趣味挑逗观众，而不是从汝窑器的产生与结构美学上讲解。至于在中国陶瓷史上具有里程碑意义的器物，比如明代永乐宣德的青花、成化的斗彩等也遭到了冷落。

　　在基隆市西北方约15公里处，有一突出海面的岬角，受造山运动的影响，深埋海底的沉积岩上升至海面，产生了附近海岸的单面山、海蚀崖、海蚀洞等地形，海蚀、风蚀等在不同硬度的岩层上作用，形成蜂窝岩、豆腐岩、蕈状岩、姜状岩、风化窗等世界级的岩层景观。这里就是野地柳地质公园。但游客一直挤在所谓的"女王头"前拍照留念，以致放弃观察其他地质形态的怪石。而这，也是受趣味引导的结果。至于日月潭，岸边留有蒋介石与宋美龄曾"驻跸"远眺的小凉亭，下面是一截碉堡式的建筑，除外几无可观之处。游客以大陆游客为主，坐游艇登湖心岛后，在导游的引导下买茶叶蛋品尝，味道可以想象，但据说当局只发出一张执照，持照卖茶叶蛋的阿婆已经营了四十多年。至于硬件与占地面积均远超台北故宫的佛光寺，也不乏商业化运作。

　　对旅游项目的消费，以新奇古怪引导游客，恐怕在世界各地都是"一本正经"吧，被学界认为在传承传统文化方面卓有成效的台湾也不例外。推而观之，从曾经在电视上大热的《志忑》，到网上疯传一时的《江南style》，都以文化含量稀薄的娱乐形式吸引民众眼球，后者还成为"观看次数最多的视频"之一。

　　稀释文化含量，强调反讽与自嘲，突出娱乐的观赏效果，提升亲民度与传播力，是当下全球化背景下信息传播的"主升浪"，这一现象的"升华"，电视、平面媒体和互联网往往扮演了重要推手。在某些文化修养较差的记者笔下，它们成了时尚和热点，成了可以敷衍成文的素材和吸纳广告的噱头，于是文化消费不再是精英文化的辐射与通俗化，而是独立自主开辟出来的反偶像奇异道路。那么单纯的不屑与嘲笑已经不能解决任何问题，我们要考虑的是：反智化能否成为大众美学胜利的标志？精英文化是否日趋边缘，曲高和寡？当大众趣味已经引领精英文化时，研究它们的生存空间与民众的需求，才是实现文化大发展大繁荣的前提。

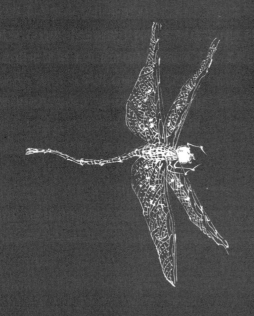

瓶隐庐识印

瓶隐庐识印

"青山隐隐水迢迢，秋尽江南草未凋"，杜牧的这句诗用来形容虞山和尚湖，再恰当也不过了。秋深时节，常熟虞山看上去依然苍翠，秋阳为山阳披上一层金光，加之蓝天白云的映衬，我见青山多妩媚，不知青山见我又如何。鹁鸽峰山麓下，山道弯弯，我们走进了略显荒凉的瓶隐庐。

瓶隐庐是晚清两朝帝师翁同龢晚年的住处，设在翁氏丙舍内。"丙舍"一词出自《千字文》，原意为正房旁边的耳房，后泛指正室旁的别室，或简陋的房舍。清姚际唐有《零丁洋》一诗："我家丙舍两三楹，性命苟全聊复寄。"再后来又指在先祖墓地旁边的房屋。清钱谦益《重修素心堂记》："余方营先墓于拂水，筑丙舍墓之西偏。"翁氏丙舍也应该是这层意思，墙外就有他的家族墓园。

晚清七十年，翁同龢与李鸿章被时人以"司农常熟，宰相合肥"并称。翁同龢，中国近代著名政治家，历任刑部、工部、户部尚书及协办大学士、军机大臣兼总理各国事务衙门大臣等要职，在朝四十余年，以两朝帝师之尊，积极参与了洋务运动、中法战争、中日甲午战争和戊戌变法等晚清政坛上一系列重大历史事件，被称为中国近代史上举足轻重的关键人物。

戊戌变法失败后，翁被革职，遣回常熟原籍，永不叙用。慈禧还规定他每逢月初、月半向当地知县报告自己的思想和行为，接受监督，这当然是对谪臣的极大侮辱。后来，翁同龢索性搬到城外鹁鸽峰丙舍住了下来，并悬匾"瓶隐庐"，意为守口如瓶地隐居，绝对不多说一个字。"谁知瓶隐庐中客，别有江湖浩荡天"，他在故乡度过了最后一段人生。

园子里有一座小亭，亭前有翁同龢的塑像，老人家拄着一根藤杖，驼着背，两眼凄迷地望着前方，满城风雨近重阳。右拐穿过墙门，眼前的建筑果然简陋朴素，不事雕饰，几间黛瓦粉墙的吴中民居而已。据引领我们参观的曹公度先生介绍，瓶隐庐在抗战时毁于侵华日军之手，只留下翁氏祠堂、西山梦庐的老石基，池塘倒也没被填没，正门与一条小路也保留了下来。2002年有关部门在此基础上依原样重建。

瓶隐庐共有三进，第一进是翁氏祠堂，是翁同龢和他的兄长翁同爵在1873年建造起来的。现在我们能看到的是，中堂悬挂着翁同龢父亲翁心存的朝服相，右手边是翁氏一门的世系简表图。天将黑，看起来有些吃力。大门两边的对联为：无惭三世德，莫负百年身。

公度兄是活跃于各个领域的作家、收藏家、书法家和张大千研究专家，他的父亲曹大铁是著名的词家、诗人、画家、书法家、篆刻家、收藏家、版本目录学家、书画古籍鉴定家、学者、作家，被艺坛人士尊称为"江南大才子"和"中国真名士"，所以公度兄从小耳闻目染，肚子里也装了许多掌故。他向我介绍：翁氏家族是从祖父翁咸封时发达的，翁咸封任海州学正，其子翁心存，也就是翁同龢的父亲，在翁氏家族中官位最高，历任刑、工、吏、户部尚书，后官至体仁阁大学士，正一品，晚年做了同治的老师。翁心存有四个儿子和两个女儿，长子翁同书官至安徽巡抚，三子翁同爵担任湖广总督，大女端恩和次女寿珠，次子音保四岁就夭折了，其中四子翁同龢名声最为显赫。

书房被翁同龢命名为"紫芝白龟之室"。常熟宝岩三峰一带盛产灵芝，有紫、赤、玉等色，兴福寺山涧有白毛龟，翁同龢曾得紫芝与白龟，书房由此得名。颐养天年是中国人的普遍愿望，但他的内心还是需要沉默。所以翁同龢在书房里还贴出了"不写荐信，不受请托，不赴宴会，不见生客，不纳僧道"的字条，自称"五不居士"。

正中供台上有一朵灵芝，瓷缸里曾经养过一只白龟，现在不知去向。右侧靠墙处置一对圈椅，其中一张坐着翁同龢的硅胶质地塑像，布衣老臣，灰须垂睑，神形兼备，栩栩如生。

书房外五步之远的地坪上镶着一块一尺见方的白石，称为"叩石"，每逢同治帝忌日、光绪帝生辰，翁同龢都会跪在此石上向北遥拜，以示忠君爱国之心。

更让我惊心的是书房西墙上有一扇小门，门外有一口井，名曰"溧井"。

翁同龢重归故里后一直担心慈禧太后会加害自己，为免受其辱，他就叫人挖了这口井，等到真有那么一天朝廷官员衔命而来，推开后院小门便可跳井自裁。"渫"字在佛教中有"清除污秽"之意。后来他外甥虞忠銮由易经中"井渫不食，为我心恻"之句，认为取名"渫井"有讪谤朝廷之嫌，就命人将此井栏沉入尚湖。

一位老臣的背影里颤动着多少的惶恐和悲愤，不难想象。

我们出门观看了这口井，井口很小，上面盖了一块石板。不远处就是农田，几个农妇在挑水浇菜，有时候也会就近从渫井里汲水。湖面反射着天光，夕阳西下，余晖照在瓶隐庐的白墙上。

公度兄又告诉我：风雨如晦的1907年7月，七十四岁的老人在返归道山前，向身边的亲属口占一绝："六十年中事，伤心到盖棺。不将两行泪，轻与尔曹弹。"并口授遗疏：深望光绪帝励精图治，振兴中国，委托门生张謇代书陈奏。

那天晚上，公度兄在瓶隐庐二楼设宴招待我们一行。文物保护单位不能举明火，负责此处日常工作的姚姐就近叫饭店送来饭菜和大闸蟹，公度兄带来几瓶三十年花雕酒，主客痛饮甚欢。

方广强兄专程从温州坐动车赶来常熟与我们欢聚，餐后展开一轴长卷让我们一饱眼福，长卷才露出半尺有余，在场各位就不约而同地惊呼起来：广强兄的先父、篆刻大师方介堪先生的数十方印蜕华光四射！主题是"上海市各界人民爱国公约"，印文也见证了一个生气勃发的新时代，比如"继续协助政府肃清反革命分子""完成抗美援朝""切实作好优待军属及残废军人工作""保证完成捐献飞机大炮的计划"等。用典雅、精致的篆刻艺术来表达鲜明的意识形态和政治口号，这或许是一项崇高而荣耀的使命，也可能是艺术家热情拥抱新政权、表达政治觉悟的机会，所以这批印章刻得极其认真，精彩纷呈，用"呕心沥血，竭尽全力"来形容也不为过，但他当时内心的纠结与苦闷，后人应该不难想象。

方介堪先生在"十年动乱"时惨遭迫害，忍辱含垢，红卫兵抄家时将大师印章掠走不少，带不走的就一股脑儿倒在门外，后被人捡拾，损毁严重。广强先生在改革开放后从民间回购父亲大量印章，又从有关部门追讨回一批抄没艺术品和珍贵文献，为中华文明抢救、保存了一批珍宝。方介堪与张大千是至交，张大千在上世纪三四十年代的作品上所钤印章，基本上都出自方先生之手。据说张大千渡海后写信给方先生，请他赴台共襄艺事，但是方先生怀着对新政府和中国新文化的热情与希望，坚留不动。

师母沈嘉华

　　每次参加戴敦邦老师的主场活动，于我来说都是一次愉快的体验。进入热气蒸腾的时空，总是被嘉宾云集、笑语喧哗的情景所感染。戴老师也特别来劲，与画室里埋头苦干的形象判若两人，思维敏捷，妙语连珠，还时不时地来几句自嘲。有一次他收学生，拜师仪式结束后摆了几桌，我端了一杯酒去敬他，顺势跟老爷子说："您得加快步伐广收徒弟，得收一个连，至少也得一个排。"老爷子故作生气地说："一个排？你这是存心要我一败涂地啊！"

　　在上海方言中，"排"与"败"同音，他居然从"一个排"想到了"一败涂地"，真有他的！其实地球人都知道，自带光芒的人才敢于自嘲。

　　戴先生的学生至今不满一个班，戴家班的门槛可高啦！但是我知道，门墙外起码有一个团的莘莘学子在翘首以盼！

　　要是我年轻三十岁，要是我会画人物画，就一定会缠着戴老师请求收下我这个学生，程门立雪的诚意与执着我还是有的。可惜啊，梦想与现实的距离往往是最遥远的，花开有意，落叶无情，我一不小心沦为码字人！

　　好在师母常常安慰我。她的安慰方法之一就是夸我文章写得好，这样一来，至少在彼时彼景，我恍惚觉得还没有浪掷年华。

　　是的，但凡这样的欢快场合，师母总是跟随戴老师出境的，挽着他的胳膊，形影相随，从容不迫，优雅大方，脸上洋溢着幸福的笑容。戴老师为纪念辛亥革命一百周年的创作太过投入，把一只眼睛也搞坏了，所以外出得借助师母这根"拐杖"。师母乐于奉献，甘做一根有温度的拐杖。

　　师母在向新朋友介绍我时总会说："这是我阿弟。"对方立马对我肃然起敬，鞠躬如仪。我马上解释："不不不，师母客气！"

但是我已经享受到了一种超规格的礼遇。

师母芳名沈嘉华，本人贱名沈嘉禄。一字之差，别人真以为我们是姐弟俩，其实我哪有这个福气啊！我每次都得费很大力气解释一番，不然在戴家四兄弟面前就等于僭越了，帽子可以戴错，辈分不能搞乱啦！

但也就这一字之差，我又觉得跟师母很亲，仿佛真是一家人似的。我们的性格、脾气甚至口味是相似的，有一点不同，师母的酒量据说极好，白酒可以喝倒须眉，但为了"监督"戴老师，她只能靠橙汁来燃烧自己的卡路里。

有一次我与老师、师母同桌，吃到大菜上来，才发现老爷子超水平发挥，已经下去一斤多啦，仍然面不改色，谈笑风生。最后他老实交代："这是白开水，老太婆早就掉包啦！"

就是啊，师母为了戴老师，为了这个家，这六十年来可说是操碎了心。

据红倩兄回忆，师母的外公在解放前是某丝织厂的股东，上世纪50年代后期与另外几家丝织厂一起合并为上海第一丝织厂，作为资方代表的家属，师母享受到优先安排工作的机会，进厂从事统计工作。"文革"中，因为家里孩子大了，左支右绌，不免见肘，她就主动要求去第一线"三班倒"，这样就可以多收入几块钱。戴老师心疼太太，每逢她上中班，就要去17路电车站接她。从杨树浦回到顺昌路的家，要转两部公交车，路上耗费一个小时，灯火阑珊之时，正是风寒砭骨之际，但他乐此不疲。有一次师母问戴老师："你现在来接我，以后还一直来接吗？"戴老师斩钉截铁地回答："当然，一直接你！"果然，戴老师每天晚上十一点半就去车站接驾，暑来寒往，风雨无阻。只有一次，戴老师发高烧，路也走不动了，就差遣十来岁的红倩代劳。

接到太太，戴老师也会与师母一起拐进电车站附近的大庆饭店（今砂锅饭店），买一碗阳春面，两人分来吃，遇到发薪日，手头得宽裕，才会各吃一碗浇头面，算是改善伙食了。一直到1984年，全家搬到田林新村，而此时师母也回到了统计岗位，不用"三班倒"，戴老师接驾使命才告圆满。

也因为有两人合吃一碗阳春面的"苦中作乐"，戴老师和师母对砂锅饭店很有感情，有时候也会带上四个孩子去那里吃面，或点几只价廉物美的本帮小菜，一家子其乐融融。也因此，当他们还住在顺昌路时，遇到赖少其、丁聪、芦芒等艺苑老友来访，或者叫孩子去砂锅饭店添几只菜，或者就一起去吃顿小老酒，五香肉丝、响油鳝糊、红烧头尾、砂锅鱼头都是戴家的最爱，至今还是。

"小时候跟爸爸妈妈去砂锅饭店吃的本帮家常小菜，味道真的老灵额！"红倩至今思之，仍回味悠长。

戴老师在中国画家中大概是最最勤奋的，每天清晨四点左右就起床了，在他轻手轻脚洗漱时，师母也起床了，为他淘米烧粥，老爷子喜欢吃粥的习惯几十年不变。大米粥、酱菜、乳腐，暖心乐胃，清心寡欲，素简的生活滋味长。

人们常说：上海女人都是"茄人头"，这几乎成了上海城市的品格与气质，也是对上海女人的最高评价。而师母肯定是勤俭持家的典范，家里孩子多，为了节省理发的开销，她也不知从哪里学会了理发，买来推子轮流给孩子剃头，当然从生到熟需要一个过程。红倩对我说："一到剃头的日脚，我们都是哭着坐在凳子上的，要知道我们顶着一个'马桶头'走出家门，要面对弄堂里别的孩子多么难堪的嘲笑啊。"

但是戴老师不怕"马桶头"，自从与师母结婚后，他就不再去理发店理发了，头发长了就朝师母面前一坐，怎么个剪法一概不管，只要推子响起，他就打起了呼噜，这是他的又一个幸福时光。老两口结婚一甲子啦，师母这个"女理发员"也当了足足六十年！更过分的是，戴老师爱穿布鞋，却从来不去鞋店挑挑拣拣，着令师母去店里挑一双经济实惠的，师母躬亲试穿，略大一码，轻巧耐用，就买回来，戴老师一套正好，就非常满意了。

戴老师从艺七十年，塑造了无数英雄好汉、风流人物、美女娇娘、引车卖浆者流，武松、林冲、宋江、李逵、贾宝玉、林黛玉、潘金莲、西门庆、孙悟空、猪八戒、铁扇公主……很多很多，一个个栩栩如生，血肉丰满，从历史深处走来，向着中华民族的伟大复兴走去。

等等，老爷子建立的人物长廊中还有我呢！真的，真的有我。2007年，上海文化出版社准备替我出版一本美食随笔集《上海老味道》，编辑希望配上插图，那么请谁来画呢，戴先生应该是最佳人选。我拿着一份"菜单"拜访戴老师，老爷子一口答应。两个月后他来电话说："好了，来拿吧。"我去他画室看画稿，上海市民的饮食生活徐徐展开在眼前，种种风情和细节俱是活色生香！更妙的是，老爷子居然将自己的形象画进去了，那个在火锅里烫羊肉片的老人、在腌腊店里运斤成风的伙计，那个在小酒馆里咪老酒的汉子、卖白斩鸡的店员、做糜饭饼的小贩，就是他呀。这是他对百行百业的悉心观察与精准描绘，更是他对草根阶层的深刻同情与体贴关怀！更让我受宠若惊的是，他把我也画进去了！那个抱着一支大毛笋蹦蹦跳跳的小男孩、那个用足吃奶力气在磨糯米粉的少年，不就是我吗！戴老师并不知道我的童年、少年长啥模样，但一落笔就活龙活现。这就是老爷子的本事和情趣。

许多读者至今还没有破译图中诸多奥秘，今天在此剧透了！

又想起一件事，有一次我接了戴老师去嘉定江桥四海壶具博物馆给许四海新建的"一家春"茶馆题写匾额，完了许四海先生捧出十几把刚刚做好的紫砂壶生坯，让老爷子过把瘾，在壶上画画，然后请宜兴的师傅刻好烧成。戴老师胸有成竹，不慌不忙，兴致甚浓，李白、陆羽、苏轼、欧阳修、李清照一一走来眼前，突然间，笔下显现了凤冠霞帔、光彩照人的王母娘娘。"老太婆生日快到了，画一把送给她，让她开心开心。"他乐呵呵地说。

这批壶画得精彩，刻得也好，窑里出来没有任何瑕疵，壶身上的王母娘娘慈眉善目，灵动飞扬。后来见到师母本尊，不由得惊呼起来：画得真像啊！

所以说戴老师塑造得最传神的人物形象，也许就是师母！当然，师母也在风雨同舟的六十年里成功塑造了一个民间艺人大画家、一个好好先生、一个好丈夫、一个好父亲——戴敦邦。

碗底的婴戏图

婴戏图，即描绘儿童嬉戏场景的画作，又称"戏婴图"，是中国人物画的一种。画家以儿童为描绘对象，以表现童真为审美追求，创作时若能放松心态，或使画面丰富，形态有趣。如果通过孩子的一举一动、一嗔一哂激活尘封的记忆，抒发思乡的情怀，就会产生更大的共鸣。中国很早就形成了描绘婴孩的传统，到唐宋时期技巧渐趋成熟，宋代更是婴戏图创作的黄金时期，使之成为中国绘画中极受欢迎的类别。

将婴戏图移至瓷器装饰，在唐代就有了，长沙窑执壶上描绘的儿童形象生动活泼，时代气息扑面而来。到了宋代，定窑的孩儿枕、磁州窑与耀州窑的婴戏梅瓶、湖田窑的娃娃碗等，都是风行一时的产品，也是今天博物馆里见证历史的标准器和收藏家寻访的目标。明清两朝是婴戏图创作的鼎盛期，反映在瓷器上更为可观，无论是盈盈在握的碗碟杯盏还是坛坛罐罐等大器，心灵手巧的工匠凭借寥寥数笔便能将儿童垂钓、赶鸭、逗鸟、蹴鞠、抽陀螺、放风筝等形象描绘得栩栩如生，令人解颐，这不仅迎合了民众的普遍心态，还以连生贵子、五子登科、百子千孙等寓意传递着主流价值观，表达民众祈求天下太平、避难呈祥的愿景。

三十年前我开始迷恋陶瓷收藏，对瓷器上的婴戏图案也比较在意。有一次看到漫画家毕克官编著的画册，厚厚一册全是他在荒郊野地捡拾来的青花瓷碎片，林林总总的图案中，最让人会心一笑的就是婴戏图。景德镇工匠的那种简笔画，已经到了少一根线条不能成形的地步，但多一笔也可能显得累赘。那种天真无邪的笑容以及迎风飘动的衣袂，令人过目难忘。于是我在淘宝时也格外关注绘有婴戏图的器具，日积月累也收藏了十几件小盅子、小碟子。最近几年市场上的老器物越发难觅,我只能退而求其次,去收藏绘有婴戏图的碗底、盘底。经过打磨的底足残件可作纯粹审美,也可发掘它的实用价值,当作镇纸盏托,也可移作案头笔舔。

有一次与收藏鉴赏家沈胜利先生和刘国斌兄一起来到老城厢西姚家弄一家小旅馆,来自江西的古玩商人从床底下拖出一只蛇皮袋,哗啦啦兜底一倒,几百枚瓷片让我们砂里淘金,我与国斌兄几乎同时看到一片形象生动、发色完美的婴戏图碗底,眼睛一对又相互谦让起来。

过了不久,我与国斌兄来到他的老师沈胜利先生府邸赏宝,沈先生让我欣赏了几件官窑器后又展示了一件元代釉里黑高足碗残件,在碗心的中央,工匠以娴熟的笔法画了一个饰以桃子头的稚童,他一手荷锄,另一手长袖轻舒,回首远望,形象自在而舒展,诚为大写意中的精品。放眼当下画坛,我也敢肯定没几个人能如此潇洒地一挥而就。

沈胜利、刘国斌师徒俩收藏瓷片也有好多年啦,集腋成裘,已有上千枚之富!为了让更多的爱好者分享瓷片,解读中国陶瓷的密码,师徒俩加上沈胜利公子沈恺宇共同策划并编撰了《谈瓷侃片——中国历代名窑瓷片鉴赏》一书,近日已由上海书店出版社推出,引起了同好的极大兴趣。这里单说图案方面吧,就有"醉仙""双雁图""双狮图""团花湖石""骑马访友""富贵有余""仕女游春""昭君出塞""五福捧寿"等,这些散发着市井气息的图像起到了传承民俗与礼教的作用,同时也表达了知识阶层的理想情操以及对底层社会实施教化的意图。再比如有些碗底中描绘的图案,比如萝卜、山猫、湖石、双鱼、翼龙、竹叶小鸟等,工匠往往以寥寥数笔勾勒出生动活泼的形象,呼之欲出,可亲可爱。而瓷片中的婴戏图案,比如蹴鞠、游春、戏鱼、纸鸢、斗草、牧牛等,会让每个观赏者获得极大的快乐,触发自己的童年记忆。

著名画家江宏先生看了这本书后,对婴戏图特别激赏。他认为青花瓷中的婴戏图画面饱满,布局得当,落笔肯定,删繁就简,线条流畅,作为画面主体的孩子健康可爱,山石花树等也无不富有生活气息与时代精神,比起官窑器的规矩整饬,更具生命力与感染力。事实上,他本人在大笔泼墨泼彩的山水画中,常以简笔人物点缀于林下坡上,估计就受到婴戏图的影响。上海中国画院副院长陈翔先生也从这本书中发现了自己的目标,他将瓷片中的老头形象收集起来加以研究,作为日后创作的参考。一气呵成的老头形象,庶几就是儿童的镜像!

陆康的"七彩人生"

陆康住院做手术，出院后蛰伏不出，朋友们得知消息当然要去探视，他一概谢绝。他怕烦，更怕劳累别人。大伏天骄阳似火，暑气蒸腾，倘若三五知已躲进空调房里喝喝茶，赏赏骨董，谈谈名流轶事、前朝掌故、艺坛趣闻，或许能激活他的谈兴，若要他一五一十复述病情，就头大了。

不过我还是抓住一个机会，跟着朋友去看望他了。进入客厅，又发现了不少新东西，这是他的收藏品——西洋老家具。柚木质地，白铜配件、花旗玻璃，包浆锃亮，洛可可、安妮女王、帝政时代……各显妖娆，又摆得满坑满谷，穿插在这些宝贝中间，倒有点爬山涉水之乐了。墙上挂着白璎和何㖊的水墨作品，这是他对新锐艺术家的奖掖。

那副老楠木对联还在墙上。清晚期书法家王文治手迹，内容又是从《兰亭序》里提炼出来的：林荫清和兰言曲觞，流水今日修竹古诗。楠木材质本来密致温存，加上光阴的抚摸，更显沉郁。

十年前，陆康陪朋友到吴中路一家老家具商店淘宝，朋友看中一件中式的朱金木雕大柜，正在讨价还价时，他却发现仓库的一角斜搁着一对老对联，随手翻过来一看，一行典雅的王（王羲之）字依稀可辨，马上用掌心抹去浮尘，"王文治"三字落款赫然入目，心底顿起狂澜。

陆康询价，老板居然不知王文治何许人也，开出的价钱出乎意料的低。陆康一口应承，要求他再整修一下，整旧如旧，油漆斑驳的效果不能破坏，完了再配了一对旧的铜挂钩。他向我显宝时的表情相当生动："放在我这里才算是宝贝回家。"

聊了一会风花雪月，又有几个朋友赶过来，看夕阳的余晖将窗台涂抹成金黄，陆康便邀请大家去小区里的会所用便餐。这家会所的主人雅好字画，大堂里挂了一幅伊秉绶的隶书对联，还有一轴翁同龢的行书中堂，陆康的一件书法横披也挂在堂前，论气概风度，倒也不让前贤。有人说，但凡上海滩有点格调的饭店里，必定会有陆康的书法。也有人说，但凡陆康题写店招的饭店，必定生意大好。这两个"必定"有点开玩笑的用意，但你要驳倒他倒也不那么容易。

我问陆康：养病期间外出应酬少了，是否可以定心安神地写字刻印呢？他微微一笑：不能多弄，怕作品中带进病气。陆康的作品犹如玉树临风，典雅秀美，不染俗尘，这其实也是他平和心态的写照。

这家会所的菜水不错，虽然食材不惊不咋，烹制上却步步到位，予人有家常一路的亲切感。也因此席中胃口大好，来一只吃一只，最后陆康吩咐服务员"再上一个老节目"。很快，一盆混搭风格的新菜上桌，无非是肉丝、青椒丝、香干丝、榨菜丝、芹菜梗、绿豆芽、鸡蛋等一勺烩，但色彩悦目，吃口爽脆，汁液饱满，大家纷纷投箸尝鲜。"吃到此时大家已经九分饱，再上大鱼大肉难免暴殄天物，那么再加一道下酒小菜最为相宜。"陆康说。

某年某月的某一天，陆康照例在外应酬，也是酒酣耳热之际，他如此这般吩咐厨师选择七种厨余食材炒了一盆，一开始不行，盆底见水，菜梗不够爽利，再炒一盆，仍有欠缺，最后他干脆屈尊深入厨房指导，着炉口喷火，呼呼作响，犹如狮吼，食材分批投入，中间不加一滴水，鸡蛋结块，边缘微焦，翻炒N次，颠锅N次，眼看最后一次腾空，陆康抄起一只九寸盆插进去，一坨菜稳稳落在盆中央，于是这款带着浓浓镬气的小炒就横空出世了，美其名曰"七彩人生"。如今上海好几家饭店都有这道"七彩人生"饷客，但菜单上没有。

陆康会吃，懂得烹饪之道，早年在澳门开过饭店，生意好到飞起来，自己要吃饭也只能另找地方解决。有一天他正在自己饭店对面的小铺子里吃牛肉面，突听店里枪声大作，再一看，硝烟弥漫处冲出三四个持枪男子，一转眼消失得无影无踪。他赶紧过街察看乱局，杯盏狼藉处只见一个食客躺在血泊中。等警察赶来处置，才知道是黑社会火拼。次日一早陆康在店里处理杂务，只见来了一帮人，在店门口齐刷刷立成一排，一式黑西装黑领带，从他们后面走出一妙龄女子，黑衫黑面罩，冷艳凄绝，缓缓蹲下烧了一堆纸钱。

城门失火，殃及池鱼，第二天陆康就将饭店关张了。这是澳门回归前夕的事情。

吴颐人的格局与清气

　　一连几天的秋雨下到10月22日，已经叫人有点烦了。但这天下午两点钟，老天爷突然叫停，正好给"吴颐人艺术世界"在七宝老街揭幕仪式让出一个空档。书法家管继平兄打趣道：回望近来十几年，大师画展的开幕式往往都是下雨天，大师似乎就应该"大湿"。

　　此前七宝镇上已经有了一个张充仁纪念馆，此番再辟建一个吴颐人艺术世界，诚为有前瞻的文化举措，让民众在逛逛古镇老街吃吃汤团羊肉面时，顺便接受一番文化艺术的熏陶，也可为七宝古镇增加一些文化积淀。

　　吴颐人长期生活工作在闵行，莘庄是他的"道场"，他的艺术世界建在七宝也是顺理成章的，因为他此生无悔的事业正是对传统文化的传承与弘扬。

　　吴颐人艺术世界其实就是他的艺术馆，坐落在一幢白墙黛瓦的江南民居里，两层楼共400平方米，展出吴颐人的书法、绘画、篆刻、陶艺、瓷器等作品共120件，旁边还有工作室。开馆那天，吴颐人书画作品展就在隔壁的七宝艺术馆揭幕。

　　在热气蒸腾的上海书画界，吴颐人被许多人看成是一位安贫乐道的隐士。他给我的印象就是清雅、清高。清雅从他的书画篆刻作品中自然流露，一丛修竹、一株白荷、一拳丑石、一棵孤松，均给人一种超凡脱俗、天趣盎然的感觉，面目清新，格调风雅，有传承也有独创，有寄托也有追怀，令人拜观之后久久不能忘怀。清高从他的日常行为中体现，他从不随波逐流，也不屑于看风使舵地赶时髦，成为某类得势得意得利者的附庸。他的作品是健全人格的外化，也可以据此窥测一个知识分子的倔犟性格。

　　吴颐人年轻时酷爱文学、音乐、书画篆刻等，上世纪60年代起拜在钱君匋、钱瘦铁、罗福颐三位大家的门下，对马公愚等前辈也时有请教。吴颐人先从篆刻入手，临刻钩摹的秦汉玺印及近现代大家精品数以千计，被同行誉为"千玺运动"。除了有书法篆刻专集问世之外，他还编写了多种教学著作，特别是《篆刻五十讲》一书，出版二十多年来，重印十万余册，辅导了一代又一代印学新人。在某年《篆刻批评报》的问卷调查中，被读者评为当代印坛最有影响的四本入门书之一。半个世纪的耕耘，吴颐人在当代艺坛上卓然而成大家。

除了篆刻一门，吴颐人还致力于书法和大写意花鸟画的创作，在这次展览上我们可以欣赏到吴颐人近几年来创作的书法作品。他对篆隶草书颇有研究，特别是将汉简自然融为自己的笔墨，注入了自己的艺术思想与人文情怀。结构奇特，瑰异奇谲，燥润错杂，收放自如，极富汉乐雅韵的音乐感。

他对汉简的学习研究，在全国来说也是很早的。那时候信息闭塞，关于汉简的资料也极少，罗福颐先生就将自己收藏的剪报、书信以及有陈梦家先生题赠的《武威汉简》一书转赠给他。罗福颐先生的父亲就是大名鼎鼎的罗振玉，是甲骨文、汉简的发掘者和第一批研究学者，在"特殊时期"罗福颐还参与临沂发现的银雀山汉简《孙子兵法》的整理研究工作，这种脉络清晰的师承关系使吴颐人获得了丰富滋养。还有钱瘦铁先生，对吴颐人研究汉简也帮助不小，他鼓励吴颐人在临摹的基础上追求奔放自由的风格。

后来吴颐人还深入到敦煌去研究汉简，再后来他去云南丽江采风，将有"文字的活化石"之称、至今还在使用的东巴象形文字融入书法创作。东巴文字模仿人的动作以及自然界物体的形状，有不少看一眼就能猜出意思的词语，有的是一字一音，有的则更像一幅连环画。在古代，多用于录写纳西东巴经书，故称"东巴文"。从文字学层面考察，它们正处于由图画向文字演进的过程中。吴颐人用古老的象形文字来书写IT时代的"新翻杨柳枝"，使这一非遗项目获得了重生可能，或从形式层面进行传播，为现代书法引入了一个审美对象。

进入新世纪后，互联网时代扑面而来，吴颐人触摸到大时代的心跳，居然聊发少年狂，根据电脑偶尔出现的乱码创作了"乱码书法"，不成文，不成诗，无法通读，但浓淡枯湿、轻重缓急一样也不少，仍然像文又像诗。"乱码书法"超越文字表意功能之上，真诚地表现书法艺术的纯粹形式美，与他的日文书法一样让人会心一笑，有所感悟、有所收获。真想不到平时不苟言笑的吴颐人，内心躲着一个顽童，或许说，大凡上了一定境界的艺术家，不意间就会流露出大胸襟和大幽默。这些尝试和研究，不仅体现了吴颐人开疆辟土的艺术追求，也为当代中国的书法艺术增添了新的内涵。

吴颐人的大写意花鸟，也以独特的金石书法线条与书法题款、用印融于一体，构图上讲究虚实对比，力求笔墨的简练含蓄，用笔"写"的意味和韵律感很强，集中地表现了作为印人书家的本色，颇得八大山人和李苦禅先生的神韵气息。在吴颐人艺术世界陈列的作品中，我还看到了他画的齐白石造像，神形兼备，气息丰沛，这是他在人物画上的可喜开拓。

上世纪90年代起，吴颐人开始研究岩画，将岩画融入自己的书法和绘画以及篆刻，但由于今人书写工具及用笔方式与古人根本不同，所以吴颐人不是简单的摹写，而是融入书法、中国画表现技法和审美原则的再现，是将远古的文化信息打入现代人的艺术思维之中，是值得期待的美丽呈现。

有了汉简与岩画，有了自己的深刻感悟与二度创作，吴颐人就拥有了历史的思考与宽阔的眼界，无论篆刻还是书画，他的格局就很大，一股清气就散发出来，频频打动欣赏者的心灵。

重阳节与诸烨兄一起登高

重阳佳节那天，想必沈大成、王家沙、乔家栅门口又是排起长队，小青年买两盒重阳糕回去孝敬父母，这是近年来传统文化回归日常生活的一个例证，我是欣赏的，虽然我儿子从来也不会买糕回家，他每天加班到八九点钟，都是我买了重阳糕等他回来吃——还要看他高兴不高兴。

旧时沪滨九月初九吃重阳糕是一项习俗。这个是有渊源的，早在战国时代，古人就认为重阳是恶日，应该"佩茱萸、食莲饵、饮菊花酒"，然后趁着酒兴男女老少一起登高，以期避厄。这个风俗到汉代逐渐成熟，并流行于大江南北。但是上海真可怜，市区里没有山，最高的佘山在松江——海拔100米，那好意思叫作山吗？所以只好转而去登楼。过去老城厢民众登的是东北角天后宫里的丹凤楼，"沪城八景"里的一景"丹凤远眺"就是这个意思。今天呢，也有登高活动，有关方面组织有兴趣者一起去攀登东方明珠或金茂大厦，参与者蜂拥而至，兴高采烈，这也是传承古意。至于"佩茱萸、食莲饵、饮菊花酒"，食材难得，也就不必刻意为之了。那么在不可能人人都去登高的情况下，买块重阳糕来应个景，就皆大欢喜了。吃了一块糯米糕，犹如登高远眺，心理上就获得了莫大安慰。

但是我今天说的登高，既不是爬楼也不是吃糕，而是欣赏戴敦邦先生创作的《诸先生登高图》。画面中，诸烨兄正在兴致勃勃地爬山登高，层层石阶从他脚下沿伸至前方，至山口豁然开朗，烟霞一片。山中黄菊集丛、红叶满阶，似乎有风吹来，他停下脚步回首一笑。我看他一身古装，素简而端庄，腰间束一根绸带，头戴宽沿斗笠，脚穿布袜芒脚，手持一根藤杖，杖首悬一枚葫芦，应该装的是泉水而非醪酒——诸烨兄与我一样对杜康敬而远之。

这幅画真是令人畅怀。诸烨兄借由戴老的生花妙笔，翩然重返晋唐田园诗的美妙意境之中，也是今天许多城市人所向往的乐园。

诸烨兄是沪上颇有影响的文化推广人，情商高，智商高，交游广泛，精力充沛，同时也是一位眼光独到的收藏家，他几十年来专攻字画、玉器收藏，在同侪面前说话很有分量。他对戴敦邦先生的人格与艺术是十分敬仰的，两年前恭请戴老创作几幅人物画，希望戴老将自己的形象入画，模仿宋代人或明代人，玩一把时空穿越。

后生要登高望远，年近八旬已很少出门远足的戴老当然高兴。再说戴老向来注重传统，古人的生活方式和民间习俗他是高度认可、心仪已久的。我在戴老的工作室里看到，每逢辞旧迎新之际他都要画几幅年画，而且将自己画成财神或灶神，这真是一位非常有趣的老爷子。于是，戴老很快就画好了这幅《诸先生登高图》，还以长者风范寄语诸烨"更上一层楼"。

一幅不过瘾，戴老又乘兴创作了两幅，一幅是《诸先生行乐图》，一幅是《诸先生品茗图》。在前者中，诸烨兄端坐在芭蕉叶下，右手执一柄牡丹湘妃折扇，左手在膝盖上轻轻打着拍子，摇头晃脑，一副怡然自乐的样子。身前一张矮几，上置青瓷执壶一具、青瓷口杯一枚，几下滚着两只西瓜，还散落着樱桃数点，呼应了"红了樱桃，绿了芭蕉"的易安居士词意。身边还有两位美女，一弹琴一吹箫，明眸皓齿，粉腮红唇，衣袂飘飘，楚楚动人。后者呢，诸烨兄坐在一块石头上，手持团扇，举杯小啜。面前有一张石桌，一卷线装书翻至一半，一柄阳羡紫砂壶配了两只细瓷压手杯，还有一盘红樱桃衬托色彩，身旁还置了一具红泥小火炉，煮着一壶甘泉。身后立着一座颇有姿态的假山，一棵桐树稍作依傍，一丛剑兰和一团昌蒲在绿荫中小心陪衬，仔细点缀。

中国画中的人物画，贵在传神，贵在意趣。戴敦邦先生的人物画就达到了这样的高度：形象饱满，神态逼真，布局疏阔，意境高远。他有西画的功底，早年就非常注重人物写生，甚至研究过人体解剖学。

二十年前我在田林新村戴老的寓所采访他时，他就跟我讲过一番很深刻的话："其实人物画在中国是有着悠久传统的。在唐以前，人物画占主导地位。那时的人物画强调教化功能，所绘多为圣贤忠良、道释神仙，其中虽不乏神采飞扬之作，但总体上只是提供膜拜偶像，无法满足人们对艺术欣赏的需要，而以下层凡众生活为题材的人物画更是罕见。唐宋以后，画家寄情于山水，通过对大自然的意象性描绘倾诉人生的感悟，造成了文人画的勃兴，人物画就为画家轻视了。建国后，人物画在反映现实生活方面是起了很好作用的，但同时也在历次运动中承担了过于沉重的政治使命，艺术上就不能不受到模式化、标准化、概念化的影响。改革开放后，画家们轻视人物画似乎是对这种图解式创作的反动。一个倾向往往掩盖另一个倾向，人物画得不到应有重视也是不正常的。"

戴老还说："徐悲鸿、蒋兆和两位前辈大家的人物画为什么生动感人？就是因为他们将西画的一些技巧引进中国人物画中，他们是受过人体素描训练的。而现在我们的一些青年画家反而忽视了这一基本功，笔下的人物常画得怪里怪气，名为创新、变形，其实为了藏拙，借用文人画的由头来壮自己胆，迷他人目。所以我们要借一切机会呼吁美术教育界：一定要重视中国人物画，重视人体素描的训练。"

戴先生还沉思一番后对我说：中国的山水画发展得已经很成熟了，唯独人物画还没有总结出一套程式性的技巧。我认为最大的问题就是缺少人体解剖学这堂课，这一意识还不如前人。任伯年的人物画堪称一绝，人物比例都很准确，他还搞过雕塑呢。陈老莲画的《水浒页子》也给明末清初的画坛带来了清新的空气。他以富有创新的笔墨，表现"伧父屠沽"的平民生活，拓展了人物画的题材。

我清楚地记得，戴老说到激动处，不由得手舞足蹈起来。

半个多世纪以来，戴敦邦先生从连环画创作拓展到根据古典名著创作的系列人物画，为中国画的艺术长廊增添了数百位栩栩如生、性格毕现、具有时代气息与精神的人物，赢得了"当代任伯年"的美名，为中国人物画创作提供了丰富的经验。

戴敦邦先生虽然获得人所共知的巨大成就，却一直为人低调，兢兢业业，一丝不苟。他在这三幅作品后又题了很长的一段图记，其中这样写道："诸烨君诚意相邀嘱绘其神态容貌图，吾本自知之明，乃已衰年技穷，加之一目失明，曾婉辞之，但感于坚请，却之不恭，故勉为其难。画人难而画美人更难，却绘作伟岸英姿之雄丈夫同样难上加难，而诸烨先生是一位在审美理念上无可挑剔的天赐模特，若描绘上略稍差池毫厘，就将致邈失千里。今吾虽尽其所能也难现诸君之神态笑貌矣。"从这段文字中可以真切感受老艺术家一贯的谦虚谨慎，着实令人感佩。

　　前不久我在闵行中国书画院上海院参加戴先生的作品研讨会，油画家夏葆元就直截了当地表示："戴敦邦的人物画，造型非常精准，甚至超过了刘旦宅。"与会者还透露，当年范曾初次见到戴老就不得不坦承："我临摹过你的作品，有些地方就是偷你的。"

　　我面前的这三幅作品，正是戴敦邦先生艺术理论与实践的完美体现。而且，根据当代人物的形象进行写实创作，不仅精准地传达了对象的精神气质和时代背景，还让对象穿上古装，使之置身于唐诗宋词营造的优雅环境，戏剧性地再现历史场景，实则表达的是当代人回归田园牧歌生活、追求内心宁静、与大自然共命运，进而抵达物我两忘境界的希望。所以，这个"命题作文"并非游戏笔墨，而是戴敦邦与诸烨共同策划完成的一次有思想深度的超越时空的艺术活动。也因此，我在欣赏这组人物画时，犹如与"天赐模特"诸烨兄一起在重阳佳节那天登高远眺，享受天高云淡、秋高气爽的美好时光，追怀古人的博大胸襟，感念生活与亲友，并祝戴敦邦先生健康长寿。

花间微醺，访问石禅的故乡

三十年雾雨雷电，当代传奇正以浓墨重彩激进呈现，大江南北铺开了热气蒸腾、尘土飞扬的建筑工地，然而摩天崇楼穿云刺日之际，每个人的故乡都在沦陷。

回不去的是故乡，到不了的是远方。于是，故乡、远方以及同样遥不可及的人情故物，再次成为艺术创作的母题，也成为酒桌上的段子和网络上的热词。在如此喧嚣的时代背景下，石禅的画，以冷石的沉静呈现了一种蕴含禅意的诗性。

我的书房里有好几本石禅的画册，不是插进书架供起来，而是放在伸手可取的茶几上、书案上，画册当中还插了几枚书签。既然是诗，就值得时时检出，对着窗外春的花絮、秋的冷月，抑扬顿挫地吟哦一番。流连忘返之时，我享受到了一种大快乐。

石禅的画，在我的吟哦中将镜头推至朦胧的深远。如歌的行板中，闪烁着陶渊明、王子安、王摩诘、李太白、李义山、玄真子的孤傲身影，还有苏东坡的大江东去、李清照的绿肥红瘦、辛弃石的金戈铁马、姜白石的夜雪初积。那棵石榴，滴落着红洇洇的朝露；那株白荷，兜满了潮滋滋的野风；凉亭上叠乱的黛瓦，披了一层透明的软霜，在初阳中化作一缕晨雾；古井周围的一圈青苔，映照着一对老友的薄醉，亮出彼此的杯底，倾诉着蒹葭苍苍的牵挂。虬松丑石，红泥小炉幽光明灭，紫亮的提梁铁壶，将一注冷泉煮沸，虾眼翻起夕照的思绪；持竿对准枣树梢头的老汉，将果实打出一个个短促的韵脚，在青石板上晕散窑变后的釉里红斑……

石禅画中的诗性，与其说来自唐诗宋词的铺垫，不如说是他对农耕文明的深情回望，同时也是对家园的无尽思念。每当社会快速转型之际，都会产生极大的离心力，使人们仓促间遗落许多东西。因为这些东西的珍贵，在今天越发被人认识并痛惜。凭着一份文化自觉，石禅善意地提醒我们：这些东西其实都在我们寂寥的故乡，等着你去一一认领。

于是在他的画里，我们看到了落花时的独酌，风雪夜的沽酒，古井边的斗虫，枫林中的逗鸟，山坳里的访友，草庐前的酬唱……这些尚未被时间之手摩擦起毛的记忆底片，为什么变得如此陌生和疏离？在这些人与景的背后，该会有何等丰饶的情趣与春阳的温馨？

再往细里审视，又会发现石禅的画虽然尺幅不大，容量却不小，隐藏着小说的情节，曲折、起伏、回旋、抑扬，悬念迭出。我不知道那个懒洋洋躺在椅子上的思春少女在等谁的来信，也不知道那个掉了断魂枪的武夫将如何收场，我听不清崖壁后面两个白袍书生在谈论哪桩公案，也不知道那场棋局的胜负与千里之外的血腥鏖战有何种关联？嶙峋怪石的背后，冲冠一怒的黑羽雄鸡被谁惊醒了春梦；飞流直下的碧涛，为何偏偏冲走了伊人的红叶诗笺？……石禅描绘的诗性生活，正是我们被现代化、都市化、全球化的浪潮裹挟之后，于万般忙乱中蓦然回首后惊起的一份警觉，我们是不是走得太快？走得太张皇？走得太盲从？以至于我们忘记了这一切拼搏与纷争的终极目的，不就是为了一份置身于清朗世界的宁静祥和！

有人告诉我，石禅出生在鱼米之乡青浦，曾为餐风宿露的渔家子——当然，所谓餐风宿露也是一种惯性思维，其实到他这一代，更多的考虑是如何弃舟上岸，融入都市的滚滚洪流。后来他果然在陆地上走稳，从"失水渔民"成功转型，成就了一位异秉丰厚、性灵生动、卓而不群的画家。这，也许就是上苍格外的眷顾。

一位画家选择何种题材或许并不重要，重要的是他如何抒发内心的感怀，在笔墨中体现怎样的人格与修养，还有如山似海的情怀。石禅以至诚之心师从程十发、龚继先、张桂铭等诸位先生，他的绘画实践深受上海地域文化的影响，这是他的福分。诸位大师的艺术人生对他是楷模，也是参照，这是他的福分。他有着从传统中汲取滋养的诚实与耐心，也有着迎风标举的狂野与追求，三十年的水滴石穿，铁杵成针，他在画风的形成过程中自觉对应江南艺苑的遗风雅调，在文质彬彬的修养中，不经意地聚集了一份寻常巷陌的野逸，形成了独特的绘画语言与风格。而这，更是他的福分。

他追求白阳、青藤、八大、石溪、虚谷、昌硕、白石的写意精神，面目俊朗，气格高古，他用笔沉郁痛快，沉着有力，线条富有弹性，张弛有度，色彩明快欢悦，情趣盎然，在中国画最最强调的气韵方面，更是淋漓痛快，云雾弥漫，或如坐春风，似醉佳酿。也因此，在许多场域，十米开外的白墙上，我便能认出石禅的画，无论一朵花还是一只鸟甚至一只佩带双刀的螳螂，都成了他的化身，向我伸出一双有力的大手。

更难能可贵的是，石禅在继承传统文人画的基础上，大胆引进现代构成的元素，使画面更具开合与张力。他在作品中体现的文学性和音乐性，以及弥漫整幅画面的隐逸之气、苍茫之气、旷达之气、率真之气，也是很让我陶醉并钦佩的。

这些年来，在知识界、艺术界"却顾所来径，茫茫横翠微"的时候，石禅的作品通过精心营造的场景与巧妙设计的情节给观者以明确提示，引导我们去思考可能无解的终极问题：我从哪里来？我是谁？我到哪里去？

在人们思考这个极具内在逻辑性的问题时，他又像一个农民，挽起裤脚，荷锄出门，去山的那边修复倾圮的家园——这，也是我们共同的故乡。

石榴、红荷、虬松、佛手、丑石、秀峦、凉亭、石桥、扁舟、瘦鱼、肥猫、鸣禽、飞虫、静女、莽汉、优伶、侠士、书生、髯客……石禅，诗，酒，凝视空的一切。

"正常人"沈善增

　　《正常人》是沈善增的第一部长篇小说，也是他最着力、最满意的一部作品。他将自己对生命意义的思考、对上海这座城市文化密码的解读，都写了进去。当时我写过一篇书评，十五年后的2007年再版，我又写了书评，但总觉得自己写得还不够到位，主要是对沈善增这个人的认识还不足，虽然我们结交已有三十余年了。

　　我承认，在今天做一个正常人真的有点难度。或许有人会不服气：我不就是一个很正常的人吗？但请你扪心自问，在今天这个花团锦簇、物欲横流、社会经常遭到撕裂、公序良俗时时被颠覆的时空中，你敢说你真的连一件不正常的事都没有做过吗？当然，倘若一个人迫于大环境，迫于某种"你懂的"规矩，做了一点违背祖训、违背公序良俗、违背自己处世原则的事，事后又相当羞愧，思想包袱很重，我觉得只要他没有触犯法律，本质上还是一个好人。说到底，我们这个世界就是由努力保持正常但实际上还不能完全做到正常的好人构成的。这样的世界才精彩，戏码也足。可惜我们缺少拷问灵魂的勇气。沈善增在《正常人》中勇敢地拷问自己，这部作品的最大意义也许就在于此。

　　"作者通过'我'的视角以散点透视的方式观察特定历史阶段的人文景观，反映出非正常年代市民阶层努力维持传统道德而在现实中处处碰壁的尴尬情景以及坚守心灵家园的挣扎与苦闷。整部小说就是'我'的成长史，是成人化与社会化的曲折过程，是痛苦的冠礼，也是从非'正常人'异化为'正常人'的过程，即世俗化、屈从环境的过程。"我在书评中这样写道。

　　直至今天，文学界对《正常人》还没有给予充分的估计。

上世纪80年代，全国文学界在思想解放推动下，呈现云蒸霞蔚、流派纷呈、佳作迭现、文学杂志遍地开花的大好局面，上海作家协会乘浩荡荡东风举办过两期青年作家创作讲习班，身为上海作协专业作家的沈善增责无旁贷地担纲带课老师，大家戏称他为"沈教头"。"沈教头"也就比学员大几岁而已，个别学员年龄还比他大，小教头大学生，大家也不以为怪。这两期学习班又被戏称为"黄埔一期"和"黄埔二期"，一期中的佼佼者有孙甘露、金宇澄、殷慧芬、阮海彪、程小莹等，两期中的出挑者有张旻、朱耀华、徐策、陆棣等，我也是"黄埔二期"的。

　　文学创作大概是不可教的，但这个全脱产的创作学习班，为业余写作者提供了学习交流的极佳形式。沈善增请到不少大咖来讲课，我记得有陈思和、蔡翔、陈村、李劼、毛时安、余秋雨、瞿世镜等，最后半个月就拉到外地圈起来搞创作。上一期拉到楠溪江边，我们这一期是拉到泾县一个山沟沟里，关在某军工企业的招待所里，推门即是青山，低头即是溪流，竹海茫茫，云遮雾罩，每个人写得昏天黑地，最后将厚厚一沓稿件送到教头面前。

　　沈善增提出的口号是："找感觉、要真诚、反奶油。"这九个字直白而中肯，在思想解放与文学复苏的大环境中，特别是现代主义在中国初露锋芒的态势中很有启发性，很接地气，也使像我这样的文学爱好者避免了走弯路，我认为这九个字放在今天仍有指导意义。

　　青创会的成果如何首先要看作品，沈善增就非常用力地向《收获》《上海文学》《小说界》等有全国影响的杂志推荐，作品发表后引起较大影响，他比自己的作品得奖还高兴。茹志鹃老师曾对沈善增说："你带出了两届学员，他们现在都成了上海文坛的中坚力量，你功德无量啊。"

　　阮海彪自小身患血友病，长期受病痛折磨，写作对他而言是向命运的抗争。他的长篇小说《死是容易的》一经问世，震动文坛，命运也发生了转折，成为上海作协专业作家，境遇大有改善。

　　学习班结束后，沈善增如释其重，就开始创作《正常人》。那会我经常去他家，作协给他解决了住房，一室户，连客厅也没有，又是底楼。我给他家做了防蚊纱门，卫生间的冲淋水管和换气扇也是我安装的。三十年前天宝西路那边真是"人迹罕至"，安静是最大的优点，他就在烫衣搁板上一笔一画写成了这部长篇小说。

沈善增的短篇小说写得真棒，比如《走出狭弄》《黄皮果》，很有现代小说的意味。他的中短篇小说集《心理门诊与魔鬼》也十分精彩，他将封面交给我这个外行设计，当时还没有电脑，我是用鸭嘴笔生生地画出来的，还用了达利的一幅画，可惜后来上海文艺出版社没有采用我的设计稿。

后来他还写过不少作品，文化论著《上海人》，学术专著《还吾庄子》《还吾老子》《老子走近青年》《孔子原来这么说》《心经摸象》《坛经摸象》等，在学术界引起了一些争议，但在国学热的背景下，确是开拓了读者的思路。沈善增对中国文化走出去以及民族复兴的重大命题表现出极大的热忱，写了不少文章，他对托克维尔的《旧制度与大革命》一书的解读相当精深，结合中国发展与改革的诸多难题提出了不少新思路。

除了写作，沈善增还热衷于打太极拳，鲁迅公园是他的主场，有一段时间无论寒暑，他几乎天天要与拳友切磋，拳友也称他为"沈教头"。他还用自学的气功为别人治病，确实也治好了不少人，他太太和儿子的致命急病都是经他起死回生的。我本人有头痛顽疾，他多次给我发功，可是我反应不敏感，但我太太的肘部疼痛真给他治好了。文学圈的不少朋友都被他发过功，可说是成败参半吧，也殊为不易。为此他还写了一部长篇纪实作品《我的气功纪实》，在当时也算畅销书了。

他的书法也是极有个性的，在工人文化宫办过个人书法展，有一年多伦路上的左联纪念馆请他写字，《左联赋》一挥而成，纪念馆给他报酬，他坚决不收："能为左联写字是我的莫大荣幸，还谈什么钱呢！"很多人还不知道，有一度他还热衷于硬笔书法，纯粹娱情，而且他玩的是微书，每个字才两三毫米，《金刚经》一口气写在扇面上，蔚为大观，可见那时候他的眼睛有多好！

近几年来，他还撰文主张"崇德说"，希望从传统文化中获得净化心灵、抵抗不良欲念的智慧，汲取社会前行的力量，为中华民族的伟大复兴助力。他有好几篇文章还引起了北京高层的关注。在他向我透露此种消息时，言语间的激动令我想起了杜甫。与一些爱惜羽毛、追名逐利的作家不一样，他是一位"自谓颇挺出，立登要路津。致君尧舜上，再使风俗淳"的知识分子。

但是他对自己过于自信，有好几次险遭不测，总认为靠自身的力量能够渡过一切难关，没想到病魔已经向他发起了更为险恶的偷袭。他的视力严重下降了，在电脑上写文章，字体必须放大到最大号，而且写好一个字要凑近看一眼，辛苦程度可想而知。2018年春节前，微信朋友圈里不见他发表诗作了，我很疑惑，心想也许是太累太忙的缘故吧，春节期间在微信上给他贺新岁也没有回应，心里倒也没朝坏的方面去想。不料之后接到他太太小秦的电话，才知道他因糖尿病并发多种疾病被送到市十医院抢救。据小秦说，他事先将通讯录藏起来，怕太太打扰亲朋好友，在走廊上一躺就是十天半月，后来小秦意外找到这本通讯录，才使他在急诊病房有了一张床。我去探望他时，情况似有好转，但他躺在床上不愿多说话，语言似有障碍，视力明显衰退。

早几年他得知自己患有糖尿病后，不肯吃药。他嗜肉，二十年前还向人夸耀一顿可以吃一只红烧蹄髈，我估计他在得病后的饮食也不设忌口吧，所以长期来内部器官一直处于受损状态。我跟他说出院后一定要吃药了，他反应也不积极。2018年3月28日一早，小秦打来电话：前不久沈善增出院回家了，情况似有好转，不料昨夜还是因糖尿病并发心肌梗塞，马上叫救护车送医院，经抢救无效，于凌晨3点05分去世，终年68岁。

我愕然。那天在病床边说好了的，等他出院后我再要去探望他。想不到半夜一个翻身，他的心脏就支撑不住了。

王蒙当年在匆匆读了《正常人》的其中章节后在上海衡山宾馆约谈沈善增，除了肯定与嘉勉，还非常赞同小说的结尾："一个不成熟的人，认为自己能改变一切。一个成熟的人，认为时间会改变一切。还有什么可说的？那就不说了吧。"

不过我还是要说，沈善增是一个"正常人"，他虽然不能改变一切，但已经，并在今后还会深刻地影响到很多人。

爷叔画《繁花》

陕西南路复兴中路转角上有个陕南邨，新式公寓里弄，曾经生活着许多文化界美女帅哥，隔一条马路就是汉源汇，装潢上延续了尔冬强一直喜欢的Art deco风格。这是汉源书店的3.0版，开张以来办了几场朗读会和画展，小青年对这个场子相当痴迷，如果没在这里喝过咖啡会过朋友拍过照晒过图，简直比没吃过网红奶茶、网红青团更加灰头土脸不能见人了。

前一阵尔冬强为陈村办了个摄影展，非常成功。许多作家都以能够被陈村锁定在光圈里而洋洋得意，镜头虚点无所谓。2017年开始村长在《新民晚报·夜光杯》上开了个专栏，每个礼拜发一篇文章配一张照片，就像给《水浒》里的好汉排坐次，不少人心惊肉跳。接下来，金宇澄被推到前台。

金宇澄的《繁花》大热，给上海这座城市加分多多，听说许多领导同志都向他讨签名本，书坛一哥高博文改编的评弹《繁花》以大世界为道场，领导同志也想去听一段。《繁花》开到哪里，哪里就是人间四月天。不过说起将《繁花》这部小说中的插图拿出来办个画展，我是第一人。当初拿到小说后哗哗一翻，我就迫不及待地打电话给爷叔，先问这批画在哪里？好，还在手里？我就像一个专业策展人那样跟他描述起来：办个画展！我甚至连场地都给他落实好了，就放在烟火气极浓的田子坊，与小说中的场景十分贴切，配框、推介、新闻发布会等等，一点也不用他操心。我们两个人有一个共同特点，就是在读书时，每次领到新课本，都喜欢立刻把"语文""数学"书名改写成立体字。单凭这个，我就认为他是会唱《国际歌》的同志。但是爷叔悠悠地回说："不来事啊，我已经答应翟永明了，要办画展的话，首先放在她的酒吧里。答应过人家的事体不好反悔。"

翟永明，四川诗人，就是何多苓油画《小翟》中的那个美女，文艺青年将她视作教母。她在宽窄巷子里开了一个白夜酒吧，诗歌直接刻在窗台的大理石上，粉丝们走过路过，闪进去喝一杯，如果正巧遇到教母与友人喝到痛快时，杯子一摔朗诵一段，那就赚了。翟永明有眼光，从成都打量上海的街道与石库门，别有一番情趣。但是两三年过去了，白夜酒吧的这场画展一直没办。尔冬强屏不住了，上海先来！

这期间，可以想象金宇澄的纠结。爷叔在小说里是狡猾的、生猛的、犀利的，但现实中的他还是有点腼腆，尴尬头上要搔头皮。最终，汉源汇的牌子终于击败了爷叔的承诺。为什么呢？因为前不久大隐书局的掌门人告诉我，他家准备在重庆南路原白玉兰剧院下面开家分店，环境比淮海中路的总店大而且好，正在筹划办些画展优化环境，我马上就推荐《繁花》的插图。大隐书局的掌门人当即拍板：成！然而回家兴冲冲地打电话给爷叔，那头又悠悠地说："不行啊，要在汉源汇办了。李琳是策展人，她做了不少准备啦。"

论实体书店的品牌影响力，后起之秀大隐书局还不是汉源汇的对手。那份挫败感堵在我胸口，就像一辆抛锚在高架下匝道口的违章集卡。

不过我仍然高兴，不管在哪个场子办，这一沓画稿终于见光了，读者的阅读有了亲切而美好的延伸。据说这次长达三个月的《繁花》插图展除了爷叔的手绘插图外，还有专门为王家卫决定投拍的《繁花》电影所画的已经消失的上海地标图，以及从小说文本中延伸出来的历史旧物、老照片、模型以及视频音频。这里剧透一下，展览上会出现一只老式的人造革行李袋，灰底，类似灯芯绒条纹的，肩部装了一条长长的拉链，正反面上印了上海国际饭店并写有"上海"两字的那种笨拙式样的包包，是六七十年代的LV，也是策展人李琳从古董铺子淘来的，600元，如今难得一见了。

作家画画，似乎是一种天赋权力，普希金会画，张爱玲会画，顾城会画，何立伟会画。作家会画，不仅可以炫一把技艺，在今天的阅读氛围下，也是叫出版社偷笑的卖点。但是并不是每个外科医生都会杀鸡，每个建筑师都会砌墙，我要说的是，作家一旦拿起画笔，一定能表现出更加饱满的在场感和叙事性。

金宇澄的插图让他获得了文字难以表达的内容，所以他下笔很沉稳，从容不迫，从线条中可以看到他内心的激动与冷静，还有极大的享受，一切都在他的掌控之中，在他的视野之内，所以他的画呈现出一种质朴顿挫而不乏机巧的美。

策展人李琳女士说得好：《繁花》其实已经变成一丛粗壮的藤蔓，缠绕在城市的周遭。相信未来还有无限蔓延的可能性。

这种可能性，值得更多人的参与和分享。

秋阳中的那棵白桦树

在当今艺术市场日趋成熟并精彩纷呈的背景下，有些脾气执拗的画家偏偏就"不食人间烟火"，对金碧光辉的画廊敬而远之，连一些博览会的盛情邀请也懒于应付，上海油画家刘石林就是这样的人。他大概想以大隐于市的方式享受孤独、获得存在感，抑或借此排除纷繁尘嚣的干扰而专注于艺术天地。

前不久我从朋友家里看到一幅油画，画面是一丛白桦树，在秋阳的逆光下，树叶呈现出迷人的斑斓与通透，橙与黄定下了基调，但少量的豆绿以及灰白获得了强调，细看之下还有几抹浅紫、群青与玫瑰红，它们点点滴滴地融合与纠缠在一起，彼此的边界仍清晰可见。特别是在澄明蓝天的映衬下，树叶在微微颠动着，呼吸着，诉说着春的狂喜、夏的情爱与秋的绚烂。白桦树的树皮，向来是一般画家着意表现的对象，白与黑，横向涂抹，层层叠加，使斑驳的树皮生产一种沧桑感，那种起翘或撕扯的肌理效果甚至让人想象到自身的多舛命运，但是刘石林借助中国画大写意的手法"唰唰唰"几笔带过，粗放的笔触，刷出了坚硬与耿直，使粗枝大叶的白桦树具有了一种高超的人格魅力和迎着寒冬绽放华瞻的乐观主义精神。

前不久"明珠JJ"从俄罗斯回来送我一件小幅油画，鲱鱼色的晚霞中，蜕尽树叶的桦树林层层推进，冰雪世界中有一条纵向小溪曲折而过，反射白光的水面细声报告着早春消息。而刘石林所描绘的白桦树，更让我感受到一种莫名的温暖与安慰。于是我厚着脸皮请求这位朋友转让，朋友笑着告诉我，这幅油画并不是他买来的，而是画家本人送给他的，他也不知道这幅作品在"水很深"的艺术市场里确切的价值。他一脸坏笑地耸耸肩膀："没有参照物。"

管他呢！三十多年的老朋友啦，除了老婆，其他东西都是可以"抢"的，我不管三七二十一将画框从墙上摘下来，乐呵呵地带回家了。一个月后，我找出一对清代道光年间的青花六角小瓶送他，以物易物，情谊更浓。

朋友总归是朋友，不久便引荐我与画家相见。在刘石林的画室里，我欣赏了他积累多年的作品，层层叠叠地记录了画家探索的历程，对大自然热情洋溢的赞美，其中很大的一块给了他钟情的桦树林。

难道画家有北大荒的生活经历？倒也不是，刘石林是上海人，从小生活在浦东，后进入苏州大学艺术学院学习，曾亲聆颜文樑讲课，几乎是零距离地观摹过大师带到课堂上的原作。毕业后他返回上海，但苏州成了他的第二故乡，一直魂牵梦绕，他为苏州画过《狮子林》《苏州水乡》《平江街坊》等，用并不厚重的色块对比来表现江南水乡的软红冷绿，但是像《高昌古城》《海岸边的山城》《阿斯哈图石林》《黄土高坡的窑洞》等作品，以粗线条与大色块信手拈来的处理，表现出自在与旷远，让我获得心灵的舒展与震颤。当然，更让人着迷的就是白桦林系列，轰然绽放生命的巨大能量与乐观性格，完成了画家的人格外化。

在绘画过程中，诚如刘石林在画册中所言：时而会出现困惑、迷惘与疑虑的状况，看到英国现代表现主义画家彼德·多依格的画，让我好一阵激动。因为他是一位具象表现主义者，经常以真实的景象作画。他善于纠缠景物的细节末端，着意刻画所有的纹理并加以弱化，使景物的混乱与秩序、实景与幻想糅合在一起……这正是我寻寻觅觅要探索的极端个人化的具象风格。

烹茶论画，相处甚欢，画家送我一册《刘石林油画》，我建议他重建与上海的关系。他表示同意，并透露他有意回归自己熟悉并热爱的城市，将自己善于表现的树木"回植"于城市的街道之间，比如表现永不拓宽的街道。我相信，这不是技术层面上的"挪移"，而是一次精神上的逆源，而逆源本质上就是为了更加坚定有力地前行。可以想象，再过若干年，刘石林笔下的那棵"树"必定会跟观众讲述更有意味的故事。

他用镜头挽救了苏州河的名声

在苏州河还很臭很脏的时候，陆元敏提前治理了它——用那架很普通的照相机和乐凯胶卷。在苏州河变得像花园那样美丽但又失去了铁驳船和机帆船的隆隆马达声后，陆元敏让它恢复了听觉，让它袅袅升起缕缕烟火，让过于鲜亮的色彩还原自然——还是用那架很普通的照相机和乐凯胶卷。陆元敏并不想跟谁作对，他是在挽救苏州河的名声，虽然他并不在苏州河边居住。

最后一次见到陆元敏，还是在十年前吧。有家出版社请他为上海一些文化人拍照，他来到我的办公室，我和楼下《新民晚报·社区版》的管继平兄就跟他下了楼，拐进旁边的四明邨，在一堵红砖墙前，也可能是陆小曼的故居前吧，我们各自拗起了造型让他拍。咔咔咔的一阵声响后，一个刚刚洗完头发的阿姨推开门说：又来拍照片了！她的表情有点烦，我很不好意思，我的童年不属于这条名声显赫的弄堂。后来陆元敏一直没把照片寄给我。我至今还不知道在他的镜头里我是何种表情。他很忙，我应该原谅他。

再早些时候，我采访过陆元敏，当时他还在上班，是普陀区文化馆的摄影师，不修边幅的一个上海男人。面对我的一连串提问，他的回答短促而随意。他是用镜头说话的人，离开镜头，有点木讷是正常的。

上世纪80年代到90年代，他住在襄阳路，每天骑一辆"老坦克"去上班，普陀区文化馆在兰溪路，他经过武宁路桥时，总要看一眼苏州河。"我觉得这条河很奇怪，市中心发生了翻天覆地的变化，而它的两岸还是老样子，拥挤而破旧的民居，空无一人的厂房，肮脏潮湿的码头，连路边晒太阳的人也似乎与半个世纪前没什么两样。时间在这里凝固了。"他也许觉得一条母亲河不应该对她身处的大家庭的巨大变化无动于衷。于是有一天，他背着一架老旧的DF照相机在桥上立定，凝神屏息地按下快门，对上钢八厂进行了一次纯客观的记录。

此后十多年里，陆元敏一直用这架照相机，而且是标准镜头，黑白单色，自己在暗房里冲洗。"用单色更能表现我的情绪，也符合苏州河的性格。"他跑遍了沿岸各个角落，记录下无数帧黑白照片，为苏州河留下了宝贵的文献资料。

文化馆的工作为他提供了一些方便，经常在午饭后，他骑着自行车往河边跑，桥上的女人、弄堂口的小摊、将要夷为平地的老房子、船上玩耍的小孩、逆流而上的垃圾船、最后一个渡口……都被他一一记录下来。有时，正当中午，黑白照片所表现的河边生态有一种强烈的反差和历史感。

他有一张照片给我留下深刻印象，那是苏州河边的一幢老旧的民居，一个精神病患者在装有铁栅栏的窗子后面对镜头嚎叫。我想这个可怜的中年男子已经认识陆元敏了。

评论家吴亮在经营顶层画廊时特意为陆元敏办了一个摄影展。他说："我愿意相信苏州河至今仍如陆元敏所摄——日光、桥、楼房、行人和阴影，这一切仿佛都丧失了时间性，一种迷离、凝滞与正午的倦意诱我沉入这城市的长梦之中。"

正午的倦意够感性的了，吴亮还要强调迷离和凝滞。这其实也是上海人在特定历史阶段的集体表情。

是的，这是摄影家镜头中富有感性的一条河，也是评论家预见到将要发生巨变的一条河。果然，推土机和大吊车迅速改变了它。它的水质变清了，市民非常高兴，尤其是住在河边的居民，他们的赞美是由衷的，无需掩饰的。发开商也是高兴的，他们对未来美好的估算永远赶不上形势。苏州河两岸的楼房越来越多，也越来越高了，慢慢的，这条河成了一条峡谷，文化界人士开始忧心忡忡。而且更让人忧虑的是，附着在苏州河上的集体记忆正在淡化、模糊，被时代的列车辗成碎屑粉末，还有可能被一阵狂风吹得无影无踪。年青一代根本不知道昨天的苏州河是怎样的状态，他们是昂首向前的一代，对回望不感兴趣。

一个城市需要记忆，就像一个人不能忘记自己的出身和童年。而苏州河以它的百年生态，记录了近代上海从一个县城发展为国际大都市的历史，特别是民族工业崛起、与外国资本抗争的历史。我们今天从母亲河里不仅能汲取一瓢净水，更能汲取思考的题目和前行的力量。从这个意义上说，陆元敏为上海的城市记忆做出了可贵的贡献。他曾经出版过一本摄影集《怀旧苏州河》，是我的朋友朱全弟配的文字。台湾出版家看后马上出了繁体版。

我还记得，那天采访快要结束时，已经起身的我突然又问了一句："现在你还拍苏州河吗？"

"现在的苏州河跟我无关了。"陆元敏说这话时望着窗外，一脸惆怅。

而事实上，陆元敏一天也没有离开苏州河。

图书在版编目（CIP）数据

褒曼走了，薄荷茶很甜 / 沈嘉禄著. -- 上海：上
海文化出版社, 2019.8

ISBN 978-7-5535-1636-3

Ⅰ.①褒… Ⅱ.①沈… Ⅲ.①散文集－中国－当代
Ⅳ.①I267

中国版本图书馆CIP数据核字(2019)第109959号

出　版　人：姜逸青

责任编辑：黄慧鸣

装帧设计：王　伟

书　　名：褒曼走了，薄荷茶很甜

作　　者：沈嘉禄

出　　版：上海世纪出版集团 上海文化出版社

地　　址：上海市绍兴路7号 200020

发　　行：上海文艺出版社发行中心

　　　　　上海市绍兴路50号 200020 www.ewen.co

印　　刷：苏州市越洋印刷有限公司

开　　本：710×1000 1/16

印　　张：17.25

印　　次：2019年8月第一版 2019年8月第一次印刷

书　　号：ISBN978-7-5535-1636-3/I.635

定　　价：48.00元

告 读 者：如发现本书有质量问题请与印刷厂质量科联系 T：0512-68180628